庫

文庫版

地獄の楽しみ方

京極夏彦

講談社

本書は、小社にて2019年7月27日に
一般公募の15～19歳の聴講生50名を対象に行われた
特別授業を元に構成しました。

case 8／死を呼ぶババア探偵事件……172
case 9／擬似家族強盗殺人事件……196
case 10／傘寿記念殺人事件……222
case 11／高齢者間痴情のもつれ殺人事件……248
case 12／世界母子会襲来事件……272
ピエタとトランジ……301

ピエタとトランジ

case1　メロンソーダ殺人事件

　私は小説家じゃない。これは小説じゃない。記録だ。備忘録。私と親友の冒険についての。親友に出会った年から書いてきたけれど、あまりたくさんはない。いつもいつも書いてたわけじゃないし、文章じゃなくてメモ程度のもののほうが多いし、それにかつてパソコンやスマートフォンで書いていたファイルのほとんどは、ほったらかしているうちに壊れてしまったみたい。それがわかったとき、私は自分でも意外なくらいがっかりした。ことに、いちばんはじめに書いたものが取り出せずに消えちゃったのは残念だった。あそこには、私と親友の笑える出会いのことが詳しく書いてあったのに。でも、なくなったものはしかたがない。このほんのわずか手元に残った分をもとに、あらためて紙に書き起こして整理しておこうと思う。どうせほかにすることはあまりないし。こんなことして何になるのかはわかんないけど。

わかんないのはもともとだ。ずっとわかんないまま、なんとなく書いてきた。誰かに読ませようとしたことはないし、読んでくれる誰かを想定したこともない。でも、自分のためだけに書いてきたかといえば、そうじゃないような気もする。かといって、親友のためではない。それはない。あいつ、隠してんのに探し出してときどきこっそり読んでたけど。こっそりじゃなくて、「でたらめばっかり書かないでよね」って小言を言ったりすることもあったけど。失礼なやつ。でたらめなんか書かない。私はとても正確に書いている。そう言うと、親友は「正確？　はぁ？　どこが？」って馬鹿にする。好きに言えばいい。私が思う正確さと親友の思う正確さは、ちょっと種類がちがう。ずっとそうだから、知ってる。とにかく、私は、私なりに正確に書いている。ただ、何に向けて書いているのかがわかんないってだけ。

「じゃあ書くのやめれば？」って親友はあきれかえる。「読む人もいないのに」

親友はわかってない。私には衝動があって、使命感がある。読む人はいない。たしかに。

でもいつか、すごく時間が経って、そのときまだこの紙の束が朽《く》ち果てていなくて、虫にも動物にも食べられてなかったら、もしかしたら、もしかしたら誰かが発見するかもしれない。その誰かがどんな誰かなのかは、もう私には関係のないことだけど。でも考えると、ちょっとわくわくする。人間じゃない、新しい別の生き物かも。それとか、地球に遊びに来た宇宙人かもね。

私は多分、このままなかったことになってしまうのはちょっともったいないな、と思っているんだと思う。私の親友は天才で、変で面白くてすごくいい子で、そのおかげで私たちは最高に楽しい毎日を送ってきた。私が心からそう思ってて、ひとつも後悔してないってこと、きちんと証明しておきたい。私に伝えたいことがあるとすれば、それだけ。親友の名前はトランジで、私はピエタ。本名は書かない。私たちだいたいそう呼ばれてきたし、しっくりくるあだ名だから。

高校二年生の春に、私の人生ははじまった。もちろんその前から生まれてたしいろいろあったけど、書いて残すほどのことは特にない。

私が通う地方都市の郊外の高校にトランジが転校してきたその日には、私はまだぴんと来ていなかった。退屈なこのあたりにぴったりな、地味な子だなと思っただけ。

あと、これなら私のほうが断然かわいい、勝ってるな、うんうんって思ったんだった。

でも、翌日からなにもかもが変わった。

学校をサボって、当時つきあってた十歳くらい年上の男の家に遊びに行こうとして、やっぱり学校をサボってふらふらしてたトランジに偶然会って、トランジを連れて彼氏の家に行ったら彼氏が殺されてて、トランジが推理して、あとで犯人が捕まってみたらぜんぶ彼女の言うとおりで、私はトランジがすごく頭がいいってことを知った。それから、高校でもたくさん事件が起こりはじめて、人がそこそこたくさん死んで、ほとんどを二人で捜査して解決して、何回か臨時休校を挟みながらやっと卒業したときには、全校生徒数は半分以下に減っていた。トランジはものすごく頭がいい代わりに、周囲で事件を多発させる体質なのだ。

「意外と減んなかったね」と私は言った。「あーあ、全滅するかと期待してたのに」

トランジはうんざりしていた。

「事件を解決するのは面白いけど、私のせいで人が死ぬのは気分悪い」

「あんたのせい？」私はおどけて言った。「自意識過剰じゃない？」

たぶん自意識過剰じゃないけど、トランジが気に病むことはない。トランジが直接手を下しているわけじゃないし、確率とか統計以外にトランジのせいだっていう物証はない。どんな法律もトランジを裁くことなんてできっこない。

大学は、別々のところへ行くことになった。トランジが私と同じ大学に進学するのをいやがったからだ。私は医大へ行くと決めていた。医学の知識があれば、今後の捜査に役立つに決まっている。

「医大はだめ。私はだめ。それだけはだめ」

「なんで？　トランジもいっしょに医大行こうよお。あんたなら入試も国家試験も軽いでしょ？　まあそりゃ……病院でばたばた人が死ぬかもしれないけどさ。きっといいお医者さんになるって」

「なにそれ。冗談で言ってんの？」人殺しみたいな顔をしてトランジは私をにらんだ。

でも、私の進路にはぜんぜん反対しなかった。私が現役で合格したことに両親や担任（三人目。はじめの二人は死んだ）はびっくりしていたけど、もともと理系科目は得意だったし、事件の捜査と、トランジのそばにいてもなるべく死なないようにと思ってはじめた格闘技教室に行ってるとき以外はカラオケも行かず彼氏もあんまりつくらず、トランジとファミレスに入り浸ってつきっきりで勉強を教えてもらったんだから当然だ。

当然といえば、ファミレスでも事件は起こった。言うまでもなく。


あの夜目覚めると、外はいつのまにか雨が降りはじめてて、ファミレスの店内はとても静かで、ただBGMだけがしれっと流れていて、私はこの曲知ってる、でもなんの曲だっけ、と考えていた。その曲はもとは男性ボーカルの曲だったはずだが、BGMでは女性がやさしげに、でもどこで息継ぎをしているのかわからないなめらかさで歌い上げていて、この人、人間なのかなそれとも機械かな、トランジならすぐわかるんだろうな聞いてみよう、とぼんやり考え続けていた。

それにしても静かだった。人の話し声がしなかった。立ち歩く音もなかった。お皿を洗ったり運んだりしている様子もなかった。もう夜で居眠りをする前からお客はずいぶん少なくなっていたけど、そのなかの誰一人としてかばんのジッパーを開けたり閉めたりせず、本のページをめくらず、くしゃみも咳もしない。かすかな雨の音だけがきれぎれに、BGMの一部みたいに意識に馴染んでいる。

臨時休校中で、私たちは真っ昼間からずっと四人用のボックス席に居座っていた。

ランチに彩り野菜のドリア（トランジはうどん）を食べ、夕飯にとろ〜り卵の濃厚カルボナーラ（トランジはそば）を食べたほかは、ドリンクバーでむりやり間を持たせ続け、私はひたすらメロンソーダばかり飲みながらトランジの指定した問題集を解き、トランジはひたすらジャスミンティーばかり飲みながら読書をしていた。

店内は、ずっとかなりうるさかった。昼間のうちは子どもがぎゃあぎゃあ泣き叫び、その泣き声をねじ伏せる勢いで女の人たちの集団が会話しまくり、夕方にはよその学校の制服を着た学生がぞろぞろ入ってきて、私みたいに机いっぱいに参考書やノートを広げるけど、結局ぜんぜん勉強せずにぎゃあぎゃあ笑っている。

いっぽうの私とトランジは、ほとんど会話を交わさなかった。トランジが問題集をめくり、「ん」と設問を指差してこっちへ押しやる。私は解く。解いているあいだ、トランジは読書。解けたら、あるいは解けなくて降参したら、「ん」とノートをあっちへ押しやる。するとトランジは別の問題集の中から私が次に解くべき設問をすでに見出しており、「ん」とそれを押しやる。私はもう一冊のノートでそれを解きにかかり、トランジは採点をやる。出来ていない箇所には、解答と解き方を走り書きする。さっさとそれを終わらせてしまうと、トランジは読書に戻る。

一度だけ、たぶん十五時ごろ、トランジが私にからんだ。

「それ、似合ってない。キモいよ」

「なにが」

「カラコン」

「え？　なに？」

「カ！　ラ！　コ！　ン！」

「あー、ばれた？　ナチュラルタイプだから彼にもばれない！　って箱に書いてあったんだけどなー。これ、よくない？　黒目おっきくするやつ」私はシャーペンを放り出し、机に肘《ひじ》をついて拳を顎《あご》に当て、上目遣いでトランジに微笑みかけた。「どう？　かわいい？」

「目に悪い」トランジは吐き捨てた。

「一箱十セット入ってたから一セットやるよ」

「いらない」

私はローファーを脱ぎ、ソファであぐらをかいた。トランジは何かそれについても言おうとしたみたいだったけど、つんとして読書に戻る。

「それ、今日何冊目？」

「まだ二冊目。もう読み終わるけど」トランジはペーパーバックから目を離さない。

私はノートの上にだらしなく上半身を乗っけて腕を伸ばし、端っこをつまんだ。

「小説？　どんな話？」

「森が水晶化して、そのうち人も水晶化していくの。そんでみんな水晶になって世界が滅びるの」

「へー」

人がそこかしこで喚《わめ》きたてる店内で、私はあぐらをかいたり、脚《あし》を伸ばしてローファーを踏んだり、立膝《たてひざ》をしたり、頰杖をついたり、制服のシャツの裾《すそ》を出したり入れたり、背筋を伸ばしてみたり、完全に突っ伏して目だけぎょろぎょろさせて設問を読んだりしながら過ごし、二十二時近くにはもうくたくたでまぶたを持ち上げているのもつらかった。

「トランジ、メロンソーダ」私は突っ伏したまま命じた。

「まだ入ってんじゃん」私のコップをちらっと見てつめたくトランジが言う。

「入ってるけどー、もう氷が溶けちゃってー、薄くなってるんですけどー」ノートに顎を食い込ませ、シャーペンを握ったままぐったりしている右腕の向こう、真正面に座るトランジを睨《にら》み上げる。なんでもいいからしゃべっていないと眠ってしまいそうだった。

「ていうかあんたずーっとジャスミンティーじゃない？　なんなの？　次はトランジもメロンソーダにしろよ。メロンソーダきらいなの？　メロンソーダきらいなやつとかいるの？　メロンソーダってさーなんかちっちゃいころのこと思い出さない？　別に具体的ななんかってのじゃなくて、こういうのうれしかったの思い出さない？　メロンソーダってさーメロンの味しないし、この体に悪そうな緑色もぜんっぜんメロンの色じゃないけどー、どうせメロンも入ってないんだろうけどー、甘くてしゅわしゅわしてるからそんなのどうでもよくない？　ちっちゃいころのー、自分でなんにも決められなくて悲しかったけどー、自分でなんにも決めなくてよくて安心だった感じに似てない？　それがさー、ちっちゃいころはさー、コップ一杯分しか飲ませてもらえなかったのがさー、ここじゃ飲み放題だよ」

　私はげっぷをした。

「冷たくて濃くてきらきら光ってるー、怪しいのかさわやかなのかわかんない緑色のー、しゅわしゅわのー、メロンソーダ！　メロンソーダ！　メロンソーダが飲ーみーたーい！」

　言い終わって、はっとした。店内は、昼間や夕食時とは打って変わって静かになっていた。私は右腕の内側に右耳を押し付けているからこんなに静かで、こんなに自分の声が響くのだと思っていた。でもちがう。実際に、ここはもう静かなのだ。誰かがかすかに笑ったのが聞こえた。今、店中に、確実に、私のメロンソーダのプレゼンが響き渡った。終わった、と思った。

　私はあーと唸りながら、右腕の囲いの中に顔をずるずると隠した。肘の内側のあたりにこめかみを当てる。トランジがぐーっと背伸びをした気配があった。右のほっぺたがべったりノートに貼り付いている。皮脂のあとがつくのを気にしつつ、そのまま目を閉じた。

　そしてほっぺたとノートどころじゃなくカラコンが眼球に貼り付いてぱしぱしする目を、左目だけやっとちょっと開けたら、店内がさっきよりさらに静かになってしまっていたのだ。BGMを切り忘れたまま、世界が滅亡しちゃったみたいに。

　私の前に毒々しいメロンソーダがなみなみと入ったガラスコップがあり、その向こうにうっすらとトランジが見えた。カラコンが曇って、目の前はソフトフォーカスだった。トランジは、私と同じようにテーブルに突っ伏して眠っていた。黒い髪が目尻からほっぺたを覆い、くちびるは腕に隠れて見えなかった。死んでるのかな、と私は思った。

　すると、トランジが音もなく目を開けた。目を開けるくらいで音がするわけないけど、私や無数の人々がふつうに目を開けるのとは段違いの、なめらかで、まるで目が閉じたままみたいな目の開け方だった。

トランジと私は視線を合わせていたけれど、トランジはトランジらしくなくぼんやりしているようだった。ぼんやりどころか、なんだかだいぶうっとりしているようだった。口元は見えていないのに、トランジが薄く微笑んでいるのがわかった。トランジは、きれいなものを見ているように私を見ていた。気分がよかった。ほらやっぱカラコン効果で私いつもより美人なんじゃないの、と思った。ソフトフォーカスの視界では、トランジもいつもより美人だった。

いくら見つめ合っていても、気まずくならなかった。そうやっていると、お互いの心が通じ合って、このままテレパシーで会話できそうな気がした。いつのまにか、雨の音がしていた。トランジ、雨だよ。困ったな。雨降るって知ってた？　傘持ってる？　でもトランジは私に見とれているだけだった。私は目を閉じ、また数瞬居眠りをした。

そのうち、ふと、あ、これ雨じゃない、と気付いた。これ掃除だ。床に水を撒いてるんだ。ほら、モップからしずくが垂れる音。よく耳をすませたら、人が歩く気配もしてる。なーんだ、世界、滅びてなかった。私は自分がおかしくて、目を閉じてテーブルにへばりついたままでちょっと笑った。声は出なかった。息が鼻から抜けただけの笑いだった。私は目を開けて、トランジを見た。トランジはさっきとまったく同じだった。ぼんやりして、私と同じレベルまで頭が悪くなった顔で、うっとりと私を見ていた。滅亡してないならさあ、やばいんじゃない？　うちら女子高生だしい、そろそろ追い出されるんじゃない？　私はトランジにテレパシーを送った。今、何時？　頭、だいじょうぶ？

でも、頭がだいじょうぶじゃないのは私のほうだった。

とつぜん、私の前髪が鷲摑《わしづか》みにされ、ぐぐっと持ち上がったのだ。といっても、そんなには持ち上がらなかった。せいぜい顎が上がり、のどが反《そ》ってあらわになる程度だ。頭のツボを押されまくっているような変な気持ちよさがほんの一瞬あり、しかしそれは高速で過ぎ去って、あとはただすごく痛いだけだった。目の端で、なにかがきらきらしていた。気にならないわけじゃなかったけど、私はトランジから目が離せなかった。

トランジの顔が、みるみる変わった。視線が外れて私の目の少し上あたり、抜きすぎた眉毛が眼力で急遽生えないかなって鏡を必死で見ているときの角度になるやいなや正気に戻り、正気を通り越して色白の肌を真っ赤にして、目を倍くらいに見開いてなにか叫びながら身を起こし、それどころかローファーでテーブルに躍り上がり、私ののどを掻《か》き切ろうとしていた小さな包丁を左手でつかんで、そいつの頭に頭突きをかました。

私も、トランジが膝で倒したメロンソーダをまともにかぶって、すっかり正気だった。

「え、なに？　なに？」

立ち上がってうしろを見ると、小柄な女性の店員が転がっている。彼女の制服は血しぶきで重そうに濡れていた。手も血まみれだった。あの手で触られたのかとげんなりして前髪に手をやる。でも、手も前髪もメロンソーダまみれで、血はまぎれてしまったみたいだった。

トランジが、ぱんっと音を立てて包丁をテーブルに置いた。

「ていうか！」トランジが私の肩をどんと強く突いた。その手も、店員ほどじゃないけど血で汚れていて、私は「えー」と小さく声を上げて自分の肩を見た。

トランジはおかまいなしだった。

「ていうか！　なにぼーっとしてんだよアホか！　なんのために格闘技習ってんだよ！　今、こ、殺されるところだったんだけど！　わかってんの!?」

「トランジ、それ、元から包丁についてた血？　ちがうよね。手、切っただろ今」

「あーもう痛い！」トランジが傷ついたほうの手を胸に抱きしめてそっぽを向いた。

口のまわりを舐《な》めると甘かった。シャツの袖で顔をぬぐい、私はあたりを見回して深呼吸した。さっきまでなんで気がつかなかったのか不思議なほど、店内は血のにおいでいっぱいだった。さあっと雨粒が軽く地面を叩く音も、バケツにモップを突っこんでごぽごぽやる音も、全部まちがい。私は起き上がろうとしていた店員の腰に膝を落とし、こういうときのためにかばんに入れていた粘着テープで縛り上げた。手がメロンソーダでべたべたしていて、粘着テープもべたべたになった。

ファミレス中で、人が死んでいた。生きているのは私とトランジと犯人だけ。厨房で二人、ホールではもう一人のフロア係と客三人の計四人がのどを搔き切られ、失血死していた。

トランジが怒っていてろくに返事もしてくれないので、私は犯人に聞いてみた。

「えーと、どうしてこういうことしたんですかー？」

「あの……本当は一人で死ぬつもりだったんです……」うつ伏せにしているせいか、かぼそい声だった。「今日じゃなくてもよかったんですけど、そのうち……近いうちに。えっと、なんかいろいろ嫌になっちゃって……」

それなのに、私がメロンソーダのすばらしさについて語ったのが厨房まで聞こえていて、店員仲間が「なんかこっちまでメロンソーダ飲みたくなってきたな」と笑ったので、ひらめいてしまった。一人ぼっちで死ぬことないんじゃないかな、と。そこで、「じゃあ飲んじゃおうよ。私持ってくる」と申し出てそっとかばんから睡眠薬の瓶を取り出し、

「えっそんなの持ち歩いてるんすか？」

「あっいつでも死ねるように。お守りなんです。私、処方されたらすぐ錠剤を砕いて粉にするんですけど……あっなんか、その方がよく効くような気がするから。それをアンティークショップで買った瓶に詰めてて。下の方はもう学生時代とかにもらって飲まなかった分だったりするから、悪くなっちゃってたかもですけど……」

「で、それを丸ごとメロンソーダのタンクに投入した、と」

「あっそうです、しかも、お客さまもみなさんメロンソーダ飲みたくなったみたいで」

「えっ待って待って、私のせい？」

「うーん……」

私が寝ていたのは、睡眠薬のせいじゃなくて単なる寝落ちで、トランジは寝たふり

だった。

「押収されてた睡眠薬の瓶、めっちゃでっかくなかった？　瓶っていうかボトル？って感じ」

事情聴取と、それから深夜に外出していた件で補導されたあと、もう朝になっていて、警察署の入り口の長椅子で呼んでもらったタクシーを待っているときに、私はトランジに一応確認した。

「で、トランジも睡眠薬入りメロンソーダ、飲んでなかったんでしょ？」私は目を細めた。朝は明るくて、異様にまぶしくて、ガラスのドアに傷や指紋の脂汚れや埃がついているのがよく見えた。

「飲んでない。一応、二人分入れてきたけど飲まなかった」トランジはうなだれ、左手に巻かれた包帯を右手の指でそっとなぞっていた。トランジの髪はいつもどおりまっすぐで、私の髪はトイレの洗面台で洗って、警察が貸してくれたタオルで拭いただけだったから、生乾きでぼわっと膨らんでいるのにへなへなで腰がなかった。私はカラコンを眼球から取り外そうとして失敗し、「あいてて」とつぶやいた。

「あの人が殺しはじめたとき、なんで私、止めなかったのかな」私の「あいてて」以上に小さな声で、トランジが言った。トランジがおとなしく順番を待っていたんだってことはわかりきっていた。もし順番が、私が先じゃなくてトランジが先だったら、私たちは生きていなかっただろう。

「まあそういうこともあるんじゃない？」私はやっと外れたカラコンを、指ではじいて床に捨てた。

こうして私たちは行きつけのファミレスを失ったが、いくら田舎とはいえファミレスくらい何軒もある。

二軒目で事件が起こったのは、お昼のピークが過ぎたあたりだった。私が問題を解くのを放棄して「あーもう」と立ち上がると、トランジが本から目も上げずに言った。

「まだトイレ空いてないよ」

「わかってるよ！　なんでここ個室一個しかないの！　おかしくない？　ていうかどんだけトイレ長いんだよ！　くさかったら殺す！」

「ピエタ、コーラ飲みすぎ」

私はトランジを無視して大股でトイレに向かった。ノブの下の豆粒ほどの表示窓は赤くて、鍵がかかっていることは重々承知だったけど、私はわざとノブを回し、ドアをノックした。

「あのー、まだですかあ？」返事はない。

私は半泣きで席に戻った。トランジが顔を上げ、わずかに眉根を寄せて鼻を鳴らした。

「まだだった」

「まだだって言ったでしょ」

「もう、誰なんだよ！　何やってんだよ！」

「名前はわかんないけど、四番テーブルにいた中学生の女の子。四番テーブルは、食べかけのチョコレートパフェがだいぶ溶けちゃってる席」

「あっそうなの⁉」

「あっ、そうか」

トランジはシャーペンを一本持って立ち、私の前を歩く。トイレに着くと、うんうんとうなずいた。シャーペンのキャップを外し、中から針金を取り出して、かんたんに鍵を開けた。

トイレの床は、血まみれだった。女の子が、こちらに背を向け片足を便器にかけて背中を丸くしている。スカートのあいだから、血がしたたっていた。

女の子が振り向いた。汗と涙で、ぴかぴか光るほっぺたをしていた。

「はいはい、もうだいじょうぶだから。貸して」トランジが袖をまくり、手を差し伸べた。

狭くて隣に並べず、トランジのうしろから覗《のぞ》き込む。女の子ががたがた震えながら、臍帯《さいたい》のついたままの赤ん坊を差し出した。途端に、赤ん坊が膀胱《ぼうこう》に響く声で泣き出した。

「だいじょうぶじゃないじゃん」貧乏ゆすりをしながら、絶望して私が言った。それは私の尿意がだいじょうぶじゃないし、この女の子もだいじょうぶじゃないってことだった。たいへんだ。まだ子どもなのに、赤ちゃん産んじゃったりして。

「でも殺さずにすんだよ。助けた。私」トランジが満足げにため息をつき、赤ん坊を私に渡そうとする。ぬめぬめした小さいものがトランジの白いシャツを蹴《け》って、不完全な足跡をつけた。

「えー無理無理」

「医者になるんじゃないの」

「えーちょっと待って、ほんとに今はそれどころじゃない」トランジの横をなんとかすり抜ける。片足を上げたまま固まってしまっている女の子の両肩を抱きしめ、さすり、ゆっくり足を下ろしてやった。便器の中で分厚く張りのある胎盤《たいばん》がきらめき、その上にはひきちぎられた臍帯がいっそうまぶしくしらじらと輝いていた。

「ほらもうだいじょうぶ、トランジがそう言ってるから、たぶん」女の子の体は熱くて、個室いっぱいに彼女の体から発せられた熱がこもっていた。「はい、方向転換して。はい、出て。あっち行って座ろう」

ほかのお客や店員たちが、集まりかけていた。

「救急車お願いします」とトランジが言い、トイレットペーパーをぐるぐる巻きとって血まみれの便器を半泣きで拭いている私を振り返った。

「あのねえ、無理だよ。現場だからそこ。こら拭くなって。ここで用足すのは諦めなって。あ。あーだめか。あーあ。それもまずいよね、実際。現場の保全が……あー、泣くなって」

私が二度とそのファミレスには行かない、絶対に、金輪際、どうしても行くというならお前を殺して私も死ぬ、と言い張ったので、私たちは三軒目に通うようになった。

「ここではコーラ飲みすぎんなよ」トランジが笑いをこらえながら言った。

「うるさい」

トランジは、機嫌がよかった。赤ん坊を助けて以来、ややうきうきしていた。その前だって私の命を助けたんだから、その時点でうきうきしていればいいのに。

早朝で、まだ大きなガラス窓の外はほの暗く、青々と沈み込んで物のかたちがあいまいだった。通り過ぎる車やバイクのライトだけが、硬くしっかりとした輪郭を残していった。

私はぜんぜんやる気がなかった。お客は少なく、死にかけた晩みたいに静かだった。私はテーブルに突っ伏した。上目遣いで見上げても、もうトランジは突っ伏してはくれなかった。私にかまわずに本を読んでいて、気に入らないことにそれはまたしても日本語じゃなかったし、英語ですらなかった。ガラス窓の手前に、細いガラスの花瓶が飾ってあった。あのファミレス無理心中、というか無差別殺人事件の犯人が大事にしてた睡眠薬の瓶よりちょっと小さい。挿《さ》してあるのはピンクのバラが一本きりで、造花だった。あの中学生の女の子は、殺人者にならずに済んでよかったけれど、その喜びを感じることができず、疲れ切って、無表情で座らされていた。おまけに、トランジから赤ん坊を預った店員は、タオルで巻いた赤ん坊をあの子に抱かせた。なぜそんなことをしたんだろう？　なんで私はあの子から赤ん坊を奪い取ってやらなかったんだろう？　なんで誰もあの子を抱きしめてやらなかったんだろう？　あの子はパトカーと救急車が来るまで、腕を前にやらされて赤ん坊を乗っけられ、赤ん坊を見もせず、ただ呆然として座り続けていた。私はあくびをした。

いらっしゃいませ、お好きなお席にどうぞ、と声がした。キャップをかぶった男が一人、入ってきたところだった。入り口からまっすぐ延びる通路の一番奥のボックス席に座っている私たちのところまでゆっくり歩いてきて、そのままぐるっと店内を一周し、また入り口をふさぐように立った。私は半分だけ身を起こし、肩ごしに振り返って男を見る。百七十センチ、首が短くて、肩が張っているように見えるが、あれは緊張して肩が上がっているのだ。男が手招きをする。若い女性店員が早足でやってきて、男の前で棒立ちになった。男は、肘を脇腹に不自然につけたまま店員にいやに接近している。

「強盗だよ」トランジが、ペーパーバックの向こうから目だけ出してささやいた。

「レジを開けろって言ってる」

「強盗か」思ったよりずっと明るい声が出た。私は体中に酸素が行き渡って、頭が冴え冴えとしてくるのを感じた。

男がこちらに背を向けたので、私はガラスの花瓶をひっつかみ、通路を全速力で駆け抜けた。

case2　女子寮連続殺人事件・前篇

豪雨の夜だった。私は女子寮の三階の、いちばん奥まったところにある自分の部屋で、ベッドに腹ばいになってスマートフォンに文字を打ち込んでいた。

医学生になって、私は古い女子寮に入った。築五十年の三階建てで、一階に食堂とテレビのある共用ラウンジがあって、トイレとシャワーは各階共同で、あと五年くらいで閉鎖されることになっていて、一人用の個室が二階、三階に各二十部屋あるけれど、もう空き部屋のほうがずっと多い。

この女子寮に決めたのは、だいたいはトランジの部屋に入り浸って過ごすだろうと思っていたからだ。それだったら、賃料が安ければどこでもよかった。トランジは日本でいちばん偏差値の高い大学のなかの、文系ではいちばん偏差値の高い学部にいて、そう遠くないところで一人暮らしをしていた。トランジの顔を見たくないときだけ（私たちは喧嘩もするし、喧嘩しなくてもそんなことくらいいくらでもある）、寮に帰ってくつろげばいい。

　ところが医学生というのは予想していた以上に忙しくて、私はすぐに建前どおりに、完全に寮に住むこととなった。寮には住み込みの舎監がいて、私にしてみたら、こんな取り壊しが決まっていてろくに寮生もいない女子寮の舎監なんか、名前だけの仕事で情熱をそそぐに値しないんだけれど、当の舎監にとってはそうじゃないみたいだった。舎監は六十代の沢田《さわだ》夫妻で、沢田（夫）のほうは電球を取り替えたり庭木を剪定《せんてい》したり、生活用品のストックを運んだりするだけの人だった。人ですらなかった。私たち寮生にとっては、ただの、そういう機能を持った何かだった。食堂の横に設置してある、二十四時間使える飲み物や菓子パンの自動販売機に似ている。自動販売機とちがうのは、私たちが会釈をするとにこにこして軽く会釈を返してくれるところだ。

　でも、沢田（妻）はちがった。沢田（妻）はめったに笑わず、信じがたいことに、寮則に書いてある22：30の門限と点呼、23：30の消灯、23：30以降の勉強や歓談は一階の共用ラウンジで、などなどの現実的でない文言を、現実のものとすることに全力を尽くしていた。

「大切なお嬢さんをお預かりしているのだから、私には責任があるんです」と沢田

(妻)は静かに、真面目な口調で私たち寮生に言い渡した。

沢田(妻)は本気だった。私は彼女の本気を見誤り、門限時の点呼を二、三度すっぽかして、その都度罰則として沢田(妻)監視のもとトイレ掃除をやらされた。

「あんなの、書いてあるだけかと思った」しょぼくれて私はトランジに愚痴《ぐち》った。

夜中の三時に、連続親指切断魔事件の犯人のあたりをつけて、住宅街の電信柱の真後ろに設置してある、ポストみたいな形をしたぼろぼろのコンドーム自動販売機のさらに後ろの、家屋とマンションのあいだの細長くて狭い隙間に身を潜めて張り込みをしている最中のことだ。コンドーム自動販売機は黄緑色にぼんやり光っていて、黒々とした隙間をますます黒々とさせて、私たちの姿を完全に見えなくしていたはずだ。ふたり並んで立つどころか、ひとりで正面を向いて立つこともできない狭い空間だった。横歩きをして私が奥に入り、トランジが私と向かい合うかたちで手前に収まっていた。

「でも、こうして出てきてる」道路をうかがうトランジの目尻あたりで、白目がぬるっとしてきらめいていた。

「まあね、たまにはね。窓があるし」と私は言った。私の部屋の窓の真下に立派なひさしが張り出しており、そのひさしには丈夫な庭木が枝を伸ばしているから、出入りはそう骨の折れる仕事ではなかった。「ところでさ、この自動販売機って使う人いると思う？　中のコンドームって、入れ替えされてんのかな？　劣化しててもう使っても意味ないんじゃないの」

「足音」

私は口を閉じた。トランジの頭ごしに、スマートフォンで下から眠そうな顔を浮かび上がらせた女の人が、スニーカーの底をアスファルトに軽く擦り付けながら歩いていくのが見えた。私は塩化ビニールの手袋をはめた手で金属バットを握り直した。彼女の足音にぴったり合わせて、別の足音が近づいてくるのがわかったから。

でもそれは、言ったとおり本当にたまに、のことだった。

呼ばれて飛んできた私が青あざみたいに目の下にクマをつくっていたり、昼間なのにマスカラも塗らずそれどころか眉毛が半分しかなかったりするのを見て、トランジは私に知らせずに勝手に事件を解決してしまうことが多くなった。私はもちろん不満だったけど、どうしようもなかった。授業も課題もたっぷりあって、それをしないわけにはいかない。そして気がついたら、沢田（妻）の情熱に呼応するように、寮生として体裁の整った暮らしをしていた。

毎晩、22：30に部屋の前へ出て腕をぶらぶらさせながら立ち、沢田（妻）の点呼に

「はあーい」と答える。本当なら22：25には待機しておかなくてはならない規則だけれど、私の部屋は最後なので、それでいつもぎりぎり間に合った。寮生たちは点呼がすむとさっさと部屋に引っ込む。だから私が廊下に出ると、そこにいるのは沢田（妻）ひとりきりだった。沢田（妻）は、私の態度がいまいちよくなくても、それには文句をつけなかった。非難がましい態度も取らなかった。そこにいればそれでいいみたいだった。私の「はあーい」に、沢田（妻）は小さく力強くうなずいて、廊下を引き返していった。

そのうなずき方は、きらいじゃなかった。沢田（妻）に肯定されているとまで言えるかどうかはわからないけど、少なくとも否定はなかった。

沢田（妻）は、私が寮生のふたりを張り倒して鼻血を出させたときも、事務的で中立的だった。松山《まつやま》と原《はら》は、私が共用ラウンジの机に参考書やノートを広げたままトイレに立った隙に、わざわざ参考書を二冊も持ち上げ、下敷きになっていたメモ帳を開いて笑ったのだった。そこには、トランジといっしょに解決した事件のメモや、それらについての文章の切れ端のようなものがたくさん書いてあった。

「なにこれ。小説？」

「構想練ってるって感じ？」

沢田（妻）は、ふたりの鼻血と涙を拭いてやり、「喧嘩は困りますね」とだけ言った。謝れとも仲直りしろとも言わなかった。

松山と原は夜にはすっかり元気になって、食堂で「あっ探偵小説家のピエタだ」「主人公のトランジって、変な名前」とわざわざ言いに来て、また鼻血を出した。ほかの寮生に呼ばれて駆け付けた沢田（妻）は、もう何も言わずにただ鼻血と涙を拭いてやっていた。

沢田（妻）は小さくて痩《や》せていて、筋張った腕をして、物静かな人だった。

でも一度だけ、声を荒らげたのを見たことがある。

寮は女子寮だから親族以外の男性は、正面玄関までしか入れない。あれは真昼間だった。そこで、木村《きむら》という子とその彼氏が立ち話をしていたのだが、別に言い争っているような気配もなにもなかったのにいきなりその彼氏が木村の頭頂部あたりの髪をつかみ、激しく揺さぶってから突き飛ばして転ばせた。共用ラウンジで勉強をしていてふと顔を上げるとそんなことになっていて、私の席からは彼氏の肩甲骨《けんこうこつ》から上と、つかまれて噴水みたいなかたちになっている木村の髪の毛が見えていた。私は頬杖をついてそれを眺めた。木村がふだんからＤＶを受けていることは、みんな知っていた。キャミソールと短パンで寮の中をうろうろする木村の腕や足は、いつもあざや擦り傷でいっぱいだったから。木村は、すぐに立ち上がって、涙をにじませながら男に笑いかけた。私には垂れ目の目のあたりまでしか見えなかったが、笑っているのはたしかだった。

そこへ、「出て行きなさい!!」という怒号が響いた。私は一瞬それを誰が言ったのかわからなかった。木村と彼氏の手前に、沢田（妻）の後頭部があったけど、沢田（妻）がレッドカードみたいに茶色いスリッパをさっと振り上げるまで、彼女とその怒鳴り声が結びつかなかった。共用ラウンジや、食堂にいる者みんながそれぞれやっていたことを中断して、同じところを見ていた。

沢田（妻）は、スリッパで彼女より頭ふたつ分ほど大きい木村の彼氏をすぱんすぱんと叩きまくった。

「なんだよババア！」そいつは叫び、私は立ち上がった。でも、私が一歩前へ踏み出す前にその男は逃げて行った。木村は口を開けてそれを見ていた。男が行ってしまうと、沢田（妻）は息を弾ませながら木村に「部屋に戻りなさい」と命じた。もういつもの、落ち着いた声に戻っていた。医学部の同期の森《もり》ちゃんが私の隣に並び、「びっくりしたー」と言った。森ちゃんは私の隣人でもある。空室を三つ挟んでいるけど。

「どっちに？　ＤＶ？　それとも沢田（妻）？」

「沢田（妻）のほう」森ちゃんは笑いながら答えた。

そのころには、22：30の「はあーい」のあと、私はめったに出歩かなくなっていた。

トランジは、こっちでも顔なじみの刑事をつくって、ときどきそいつと捜査しているみたいだった。痩せた、というか横から見たらむしろ薄いといったほうがいいような体型の、背の高い男だ。私はあんまりあの男が好きじゃなかった。昼間にちょっと時間ができたとき、メールせずにトランジのマンションを訪ねて行って、合鍵で開けて薄暗い部屋のベッドの盛り上がりに向かってばったり倒れつつ「トランジーさいきんお見限りですねー」なんて言って抱きついたら、トランジじゃなくてその刑事だったことがあるからだ。

私は布団を蹴落とし、「てめえ誰だよハゲ！」と叫んで喉仏を足の裏で押さえた。そいつべつに禿げてはいなかった。散髪に行き損ねて長く伸びた前髪をしていた。そいつは、愛想笑いをしながら両手をゆっくり上げた。しわくちゃのワイシャツの両脇が真っ黄色に汚れているのがだんだんとあらわになった。

「身体的な特徴を罵倒《ばとう》に利用してはいけないよ」子どもに言い聞かせるように、そいつは穏やかに言った。

めずらしく大学で授業を受けて帰ってきたトランジを、私は尋問した。

「あんたこいつとつきあってんの」

「はぁ？」とトランジが言った。刑事は他人事みたいにあくびをしていた。

「つきあってないの？」

「うん」

「じゃあ女の子がこんな男を一人暮らしの部屋に上げんなよ」

「なんで？」

「私が部屋に上げる男は、基本やってもいいって思ってる男だけだから！」

「えっそれはピエタの考え方だよね？　私はちがうんだけど」

「お前はちがっても、男のほうはだいたい私と同じ考えなんだよ」

「まあそうだよな、そのくらい警戒して生きることをおすすめするね、警察としては」と刑事が言った。「ああでも、まったく悲しい世の中だよね」

私は舌打ちをした。

刑事は、ふと真剣な顔をした。

「実をいうと、俺、トランジを張ってるんだよ。いろんな事件にこの子の姿がちらつくもんだから、もしかしてこの子が事件を起こしてるんじゃないかって。あ、高校んときの記録読んだよ。たいへんだったね。別にトランジが嘘ついてるって決めてかかってるわけじゃないよ。ほら多重人格かなんかでこの子も知らないうちになんかやっちゃってるとか、そういうの、あるかもしれないじゃん？　あるいは、ものすごいサイコパスで、不特定多数に暗示をかけてるとか嘘ついてるってパターンも想定してるけどさ、一応」

「だってさ」トランジが平気な顔をしてペットボトルの水をごくごくと飲んだ。

「ばかじゃねえの」と私は吐き捨てた。「税金返せよ。無駄遣いしてんじゃねえよ」

「お前まだ払ってないだろ」

「消費税払ってんですけどォ？」

　刑事は屈託なく笑った。トランジが帰ってきてすぐにカーテンを開け放したから、部屋の中は明るかった。照明もトランジが点《つ》けたけど、あんまりよく陽の光が入るものだから、照明を点けても点けていなくてもほとんど変わらないくらいの明るさだった。私が暴れたせいで舞い上がった埃が、まだ収まりきらずに部屋全体を粒子の粗い写真みたいにしていた。

トランジは一ヵ月前からあの刑事に請《こ》われて遠方に捜査に行っている。あの刑事、トランジを疑ってるんだか信頼してるんだかよくわからない。

「わかんねえの？　トランジにかかわると死ぬよ」呪いをかけるがごとく言ってやったけど、「べつにいいよ」なんてへらへらして気に食わないやつだ。でもちょうどいいので、大学に行く以外は寮の部屋に引きこもって勉強ばかりしている。

今、トランジの部屋の半分くらいの広さしかない、私の個室は暗い。

照明はちゃんと点いている。でも、私はいつも暗いと思いながら生活している。この天井の照明は紙みたいに白くて、備え付けの机や椅子は黒かと思うくらい濃い茶色で、なんだかなにもかもが平板だ。私が寝そべっている白い布団やシーツも、わら半紙を敷いているみたいにぺらぺらして見える。豪雨は相変わらず降り続いていて、もし誰かが悲鳴をあげてもきっと聞こえない。

突然、照明が落ちて真っ暗になった。私は腹ばいの姿勢のまま、目だけをスマートフォンの上のほうへちらっとやって時間を確認した。まだ二十一時を過ぎたばかりだ。消灯じゃない。私は動かずにスマートフォンを見て、豪雨の音を聞いている。

しばらくして、豪雨の隙間からカチッというかすかな音がした。私は今度はスマートフォンを伏せて置き、そっと肘を伸ばして上体を持ち上げた。ほとんど正面、ベッドから降りて五歩ほどのところに部屋のドアがある。暗闇の中でも、ノブがまわるのが見えた。ドアが薄く開く。

「ピエタ?」小さな声が私の名前を呼んだ。

「森ちゃん」私はベッドの上に正座をした。寮生の誰かと口をきくのはずいぶん久しぶりだった。「どしたの? 入っていいよ」

「停電かな?」森ちゃんがドアを閉め、内側から鍵をかけた。私はベッドの足側へ体をずらして三角座りになり、壁にもたれた。森ちゃんは真っ黒い影の姿でやってきて、私が空けたところにそっくり同じ姿勢で座る。その姿だと、ショートカットの頭のかたちのきれいなのがいつもよりよくわかった。

「ごめん、何してた?」

「べつに何も」

「しばらくここにいていい?」

「いいよ」

「雨、すごいね」

「そうだね。でも予報だと、深夜にはやむみたいだよ」

「停電、びっくりするよね」

「うん。もしかして怖い？」

「ちょっとね」

「えーなにそれ森ちゃんかわいい」

私は息を吐くついでみたいに笑って、またスマートフォンに戻った。

「メール？」森ちゃんが言った。覗き込むなんていう無作法をはたらくつもりがないことを示すために、微動だにしない。

「ううん」私は文章を書いていた。こういう文章を。

「小説書いてるの？」

「うん、まあ」と私は言った。小説じゃないけど。

森ちゃんだけに、私はトランジの話をしたことがある。あれもこの部屋でだいたいこの時間で、雨は降っていなくて、松山と原に鼻血を出させたあとのことだった。私はベッドに腹ばいになって法医学のカラーグラビアをのんびり眺めていた。森ちゃんはノックして入ってくると、ベッドの横を通り過ぎて奥の壁につけてある机に陣取って、すうっと息を吸った。

「小説を書くのって恥ずかしいことじゃないと思う。松山さんと原さんのことは気にしないでいいよ。あの子たち最低」

妙に四原色ドットの粗い遺体の写真から顔を上げ、振り返って森ちゃんを見た。森ちゃんはTシャツに綿のショートパンツを穿《は》いて、椅子の背もたれに肘を置き、片膝を立てて座っていた。紙みたいに白い照明の下で、森ちゃんの手足もまた紙みたいだった。森ちゃんは神妙な顔をして、まっすぐに私を見ていた。

「ありがとう」と私は言った。

森ちゃんはほっとしたように体の力を抜いた。お風呂から上がりたての森ちゃんの黒い髪は、べたっとして一本一本を見分けることができず、ひとつの塊になっていた。染めていなくて、パーマで傷んでもいない髪は、トランジと同じだった。森ちゃんは、机に立てて並べてある参考書の中から、ひとつを手に取り、ぱらぱらとめくりはじめた。

トランジと森ちゃんか。

トランジと森ちゃんには、髪の毛の色以外にも共通点がある。森ちゃんは入試をいちばんで通った。入学以来、テストの成績もずっといちばんを通している。休み時間、大学の教室で、森ちゃんは紙パックのコーヒー牛乳をちゅうちゅうやりながら、骨格図の印刷された紙に機械的に骨の名称を、日本語だけじゃなくて英語とラテン語でもずんずんと書き入れ、なおかつ私との会話も淀《よど》みなくこなしていた。

「私が書いてるのはね、トランジっていう子のこと。トランジも森ちゃんみたいに天才なんだよ。森ちゃんよりもっと天才だけど」と私は言ってみた。ふたりは意外と仲良くなれるかもしれない。男性は玄関までだけど、同性の友人なら一階の共用ラウンジに招待することができる。トランジはこの寮に来たことがないとは言わないけど、いくら誘ってもみんなの前に姿を現すかたちでは来てくれなかった。

「へえ」森ちゃんは、ちらりとこちらを見て唇の端を上げた。「名探偵か」

「そう」私はグラビアを閉じ、ベッドの上で森ちゃんの方を向いて座り直した。「今はT大文一の学生だけど、あんまり大学には行ってない。事件を解決したり、事件がとくにないときは趣味の痴漢《ちかん》狩りをしてる」

「痴漢狩り？」

「トランジってぱっと見、すごくおとなしそうなんだよね。色が白くて髪が長くて。スカートもあんまり短いのは穿かない。そういう子って、わりと痴漢に狙われがちなんだって。だから、すごく暇なときにはいろんな電車に乗って痴漢をあぶり出すの」

「で、警察に引き渡すの？」

「ううん。めんどくさいから、痴漢の手首を脱臼させておしまい。トランジはさっさと電車降りて姿を消す」余計な事件が起こらないうちに、というのは黙っておいた。

「え？」森ちゃんが眉をひそめた。「そういうのは良くないと思う。ちゃんと警察に引き渡したほうがいいよ」

「そうかな」私は少し慌てた。私は、森ちゃんにトランジを好きになってほしいと思っているのだと、はっきり自覚した。「じゃあねえ、えーと。あっ」

私は自信を取り戻し、森ちゃんに笑いかけた。

「トランジは高校生のとき、生まれたばっかりの赤ちゃんの命を助けた」

「ほう」

「ファミレスでね、中学生の女の子がトイレで出産してるって気がついたの。それで、鍵をちょいちょいっと開けて、赤ちゃんをトイレに沈めようとしてる女の子を説得して、無事確保」

「え、それはすごい。いい話じゃない。赤ちゃんはどっち？」

「どっちって？」

「性別。男の子？　女の子？」

「あ、えっとどっちだっけ」

「ちょっとー設定甘いんじゃない？　それくらい決めときなよね」森ちゃんが床に下ろしていた方の脚も椅子に載《の》せ、声をあげて笑った。それから森ちゃんは、「私、産科医になろうと思ってるんだよね」と言った。

「やっぱり子どもを産むってすごく神聖だし、すばらしいことだから。そういう、望まない妊娠をしちゃった中学生の女の子みたいな子も助けたい。どんな事情があったにせよ、子どもを産んだことはまちがってない、あなたは本当に価値のあることを成し遂げたんだよって教えてあげたい。もちろん私も子どもを産むつもり。三人くらい。世の中って怖いことや変なことがいっぱいあるけど、だからといって負けてはいられないじゃない？　世の中を良くするために、それぞれの人が、できることをすべきだと思う。私はたくさんの子どもを送り出して、そうやって貢献したいの」

「そうか」私はやっとのことで言った。森ちゃんが打ち明けてくれたこころざしに見合うだけの返事を返したかった。そこそこ立派で、なんかちょっと深いやつを。でも、口にできたのは「そうなのか。えらい」だけだった。

森ちゃんは、そのときとちがって不安げで、私の横でおとなしくしている。

「ねえピエタ」

「んー？」

「さいきん、沢田（夫）見た？」

「え、どうだっけ。そういや最近、生活用品以外に花束が配達されてきてない？　何度か沢田（妻）が受け取ってハンコ押してんの見たよ。寮のどっかに飾んのかなって思ったけど別に飾られてないよね？」どれも、なかなか見ないくらい大きな花束だった。小柄な沢田（妻）がそれを抱えて歩いていると、顔が花に隠れているというよりはなんだか顔が花の人みたいだった。違和感はとくになかった。むしろもともと頭部が花束の、そういう生き物なんだっていう気すらした。花束は真ん中に大小の花々があしらわれ、周辺では葉っぱがぴんぴんぴょんぴょん飛びでて躍動感があったけど、花はしょせん花だから花なりの心のなさ、心を開いていない感じがあって、たぶんそのところが沢田（妻）によく似合っていたのだと思う。

「それからさ、木村もさいきん見ないんだけど気づいてる？　点呼のときもいない。っていうか、点呼されてなくない？」森ちゃんが豪雨にかき消されそうな小さな声で言う。

「木村ぁ？　ＤＶ彼氏んとこに行ったんじゃないの？　あれはさー、引き離そうとしても無駄だよね。共依存ってやつ？」

「そうなのかな」

森ちゃんはしばらく黙っていたが、こらえきれないようにまたぽつんと言った。

「木村だけじゃないよ。なんかさいきん、この寮、人が少ない」

「少ないのはもともとじゃん？」

「松山さんとか原さんもいない気がするんだけど」

「そうだっけ？」

私のスマートフォンが、ぶぶっと振動した。

「あ、メール」私はつぶやいた。「トランジからだ」

「トランジ？」森ちゃんが聞き返す。

「そう、トランジ」

「え、でもトランジって……」

私はスマートフォンを三角座りしている膝に伏せて置き、顔を上げ、首を横に向けてまっすぐに森ちゃんを見た。森ちゃんのかたちの黒い影を。森ちゃんも私と同じようにこちらを見ているようだった。

「森ちゃん、トランジはいるの。私がつくった架空の人物じゃない。実在する私の友達。それとごめん、小説は書いてない。文章はずっと書いてるし、今も書いてたけど、小説じゃないの。言うなれば……うーん、ノンフィクション？　ルポルタージュ？」

「そうなの？」森ちゃんはつぶやいた。「え、でも……」

「沢田（妻）に聞いてみなよ。沢田（妻）は前にトランジに会ったことがあるよ。会ったっていうか、単に見つかっちゃっただけなんだけど」

「え、なんで」

「たまにだけど、夜中にここに来るんだよね。トランジ。ここ。この、私の部屋に。窓から。そこの窓」

私は机の前の窓を指差した。

巡回中の沢田（妻）に見つかったのは、午前二時ごろだったと思う。いつもなら就寝時には、就寝しなくても、いや就寝しないときこそ必ず鍵をかけるんだけど、その夜はかけていなかったのだった。

沢田（妻）がそっとドアを開けたとき、デスクライトだけ点けた部屋の中で、私とトランジは今の私と森ちゃんみたいに並んでベッドに座り、みかんを食べていた。正確にいうと、みかんを食べていたのは私だけで、トランジが正座した膝の上でせっせとみかんの皮をむき、実を一房ずつはがし、私の口に運んでいた。

沢田（妻）は私たちに懐中電灯を向け、無言で何をしているのかと問うた。トランジは、懐中電灯の向こうの沢田（妻）をよく見ようとして目をしきりに細めていた。

「すみません」私は弱々しく言った。「あの、この子、友達です。トランジっていいます」

「こんばんは」トランジが頭を上げたまま挨拶《あいさつ》した。

「あの、今日、解剖実習があって……。なんか一人でいたくなくて。えっとそれで、手からご遺体のにおいがするから」

「遺体のにおいじゃない。それはホルマリンだよ」

「えっと、そう、ホルマリンのにおいがするから、でも私にとってはこれご遺体のにおいみたいなもので、それで手を口に持ってこれなくて」

まあ嘘ではなかった。沢田（妻）は懐中電灯でトランジを照らし、心ゆくまで彼女の姿を見ているようだった。

「今日はもう遅いから、明日朝いちばんに帰ってもらいなさい」と沢田（妻）は言った。

沢田（妻）が行ってしまって私が鍵をかけると、トランジが「わざと鍵かけてなかっただろ」と低い声を出した。

「ごめーん」私はちょんと跳ねてトランジの隣に戻った。

「ときどき、この部屋に男の子を呼んでるね。今回のは、あの舎監の人に対する牽《けん》制《せい》。今後、もしこの部屋から複数の人の気配がしても、またあのときの女の子の友達が来てるんだろうって思わせるために仕組んだんでしょ。ちょうどいいことに、私、ああいう人が安心するようなタイプの容姿だし？」

「正解」私はあぐらをかき、ぱーのかたちに広げた両手を持て余してお腹のあたりでうろうろさせ、「みかん」と言ってあーんと口を開けた。

カチリと音がした。森ちゃんがさっとドアへ目をやり、私ににじり寄ってぴったりと体をくっつけてきた。ドアと床の隙間に、目につきささるような強い白の光がすっと線をつくった。それは、じわりと広がる光ではなく、相対的にまわりをいっそう濃い暗闇にする光だった。ドアノブのかたちも見えない暗さの中で、二度、三度とドアノブが回される音がした。

case3　女子寮連続殺人事件・後篇

湿気のにおいは人を面倒くさがりにする。私たちが並んで膝を抱えているベッドの掛け布団はなんとなく湿っていて、湿っているのに手触りはぱさぱさで、不潔な感じがしてならない。なのに、私はもうなにもかも明日にして、考えるのも行動するのも全部やめちゃって、森ちゃんを引っ張り込んでぐっすり眠ってしまいたいような気がしていた。

でもだめだ。そんなことしたら、もしかしたら、もう明日は来ないかも。

私は立ち上がった。

「はいはい、はーい」

私は明るく声を張り上げた。森ちゃんが私のTシャツの裾を強く引っ張った。

「待って。開けないで。私、殺される」

「なんで？」

　森ちゃんは答えなかった。腰のあたりにすがっている森ちゃんの小さい頭を、私は真上から見下ろしていた。でも、こちらが開けないでいても、舎監室には全部屋の合鍵がある。あちらがどうしても開けたければ、簡単に開けられてしまうのだ。

「じゃあ、ま、布団でもかぶってて」私は耳打ちし、森ちゃんのスリッパを足で軽くベッドの下に追いやった。

　ドアを顔の幅に開けると、懐中電灯の灯りが私の喉元に浴びせられた。私は愛想笑いをした。懐中電灯を持っているのは沢田（妻）だった。もちろんそうだ。今夜（そう今夜だ、トランジが言ったのだ、たぶん今夜あたりだと。今夜じゃなくても、明日の夜か明後日の夜だと）、ここに来るのが彼女以外の人物だとは想定していなかった。むしろ森ちゃんが今ここにいっしょにいることのほうが、ちょっと意外だった（きっとそれはトランジも）。

　下からぼんやりと照らし出されている沢田（妻）には表情というものがなくて、ホラー映画のしょっぱなに、その顔と佇《たたず》まいで人を怖がらせたと思ったら二番目くらいには惨殺《ざんさつ》されておそろしい死に顔でまた人を怖がらせるタイプの登場人物みたいだったが、下から強烈に照らし出されてにこにこ笑っている私のほうが何倍も不気味だという自負があった。この顔を自撮りしてトランジに送りたい。でも、スマートフォンはベッドに置き去りになっていた。

「どしたんですか、点呼には早くないですか？」

「停電したので見回りに来ました」

「あ、そうか。私は大丈夫です！」

「森さんがいないんですけど、知りませんか？」

「森ちゃん？　さあ」

沢田（妻）は私の顔を見上げたまま、それから左手の懐中電灯を私の首元に向けたまま、いきなり右手の金槌《かなづち》の釘抜きのほうをドアの縁に引っ掛けた。右手に何か持っているのはわかっていたし、私はまったく油断はしていなかった。でものけぞった隙に、ドアは肩幅にまで開けられてしまった。ノブをしっかりと握りなおし、隙間を身体で埋めるように立つ。金槌は、私の頬骨の高さにあった。私は鼻から深々と息を吸い込んで雨と鉄のにおいを嗅《か》いだ。

「誰かいるみたいですけど」沢田（妻）が言った。「森さんじゃないですか？」

「ちがいます、ごめんなさい」私は首をすくめた。「トランジです。ほら、前にも見つかっちゃった子です、また今日も来てて」

沢田（妻）が懐中電灯をずらし、私の肩越しに中を覗き込もうとした。私は首をかしげて懐中電灯の灯りを顔面でまともに受けた。その動作と同時に、ドアの縁に引っかかっている金槌をさりげなく左手で押さえる。

「うっわまぶしい」これで、目をぎゅっとつむってもやや安心だった。金槌は冷たかった。濡れているかどうかはわからなかった。そうやって手で包み込んでみると、思ったよりずっと華奢《きゃしゃ》だった。私は沢田（妻）の背中を撫《な》でるつもりで、そっと親指で撫でた。「顔見ないであげてください、トランジ失恋して泣いてるんです、もうずっとずーっと。この雨と張り合ってんのかってくらい。おかげで今すっごいブス、別人ですよ目が腫《は》れちゃって」

途端に、背後で大きく洟《はな》を啜《すす》る音がした。

「でも森さんみたいですけど」

片目ずつ薄目を開けると、沢田（妻）の顔面が先ほどの懐中電灯の残像で真っ白に抜けて見えたが、すぐに元に戻った。

沢田（妻）は、腕を高く上げて私の頭の上から部屋の中を照らし、爪先立《つまさきだ》っていた。私はちらりとうしろを確認した。森ちゃんは、立てた膝に掛け布団をかぶせ、その上に完全に顔を伏せている。こちらからは布団の小山に黒い毛の塊が載っているようにしか見えない。

「森ちゃん？　ちがいます、トランジです。ほらトランジ、沢田さんに挨拶して」

「……こ、こんばんは……」声は震えていて、いやにか細く高かった。

「髪の長いお友達じゃありませんでした？　ショートカットに見えますけど」沢田（妻）が冷徹に言い放った。

「イメチェンです、だって失恋したしぃ？」

森ちゃんがくぐもった嗚咽《おえつ》を漏らしはじめた。なかなか上手い。本当に泣いているのかもしれない。

なおも覗き込もうとする沢田（妻）をさえぎるために、私は脚はしっかり開いて床に踏ん張りつつ、わざと鳩みたいに首を上下させ、肩は左右に揺らし、上半身だけ小刻みに動いてみた。

「お願いです、追い出さないであげて。トランジすっごく傷ついてるんです、ひどいんですよぉトランジの彼氏三股かけてたんです、トランジ激怒して彼氏の頭蹴っちゃって、もうちょっとで殺すところだったんですよぉ。私が必死で止めたんです、笑える」

言っているうちに本当におかしくなってきた。私は笑いのせいで自然に波打とうとする上体に翻弄されながらも、首と肩をせわしなく動かすことはやめなかった。

とうとう沢田（妻）は眉根を寄せて目を閉じた。金槌が動く気配があって押さえつけていた左手をそっとのけると、沢田（妻）は金槌を握りしめたまま右手の甲を額に当てた。目が回ったらしかった。

沢田（妻）は口を半開きにし、はあっと音を立てて息を吐きはじめた。長く長く息を吐いて、そんなに吐けるものかなと心配になってきたころにやっと吐ききって、最後の息といっしょに沢田（妻）は言った。

「じゃあお友達はだいじょうぶなのね？　女の子はみんな、男に殺されると思ってたのに……だからその前にって思ってたのに……」呼気がのどを引っ掻いただけみたいな、聞き取れたのが奇跡みたいなかすかな、疲れ切った声だった。

「はい？」私はもっとちゃんと聞こうと、顔を傾けた。でももう沢田（妻）はもとのしゃんとした沢田（妻）に戻っていた。

「お友達はいつもどうやってあなたの部屋に入るの？　正面玄関から入ってきていないことはわかっています」

「そこの、机のところの窓からです」私は正直に答えた。

「そう……」沢田（妻）は言った。「あなたも、そこから出入りしたことがあるんでしょう？」

「まあ、ええ、はい」私は言った。「二、三度だけ」

「危ないことを」

「意外と簡単です、まあ今みたいに雨が強ければちょっと危ないですけど」

「そうですか」沢田（妻）は時間をかけて何度もまばたきをした。右手と金槌はだらりと重そうに体に沿って垂れ、左手の懐中電灯がまた私の喉元を照らした。「じゃあ雨がやんだらまたそこから帰ってもらいなさい」

「え、でももう遅いから……」

「そうね、遅いからあなた、送ってあげなさい。そうしなさい」

私と沢田（妻）はしばらく見合っていた。森ちゃんは息を殺している。

「雨は、日が変わるころにはやむそうですよ」

「……ああ、はあ。じゃ、それまでにトランジが泣きやんでたら」

私はうなずいた。思い出したように森ちゃんがうーとうなった。

「泣きやまなくても雨がやんだら送ってあげなさい。必ず送ってあげなさいね」沢田（妻）は目を伏せて、体の向きを変えた。

沢田（妻）が暗い廊下をうなだれて去っていくのを、ドアの隙間を細く細くしながらいつまでも見守った。

「鍵をかけて」森ちゃんが鋭くささやいた。

私は言うとおりにした。

机の前の窓は、停電中のこの室内よりも明るかった。カーテンは開いていて、夜の暗さはわずかにピンクがかったほの明るさで、揺れる枝葉の影を際立たせていた。見慣れた色だった。街灯やなんかのせいであういう色合いになるのだ。そのほの明るさが、室内の天井と壁の上のほうを歪んだ三角形に照らし出し、ガラス窓に叩きつけられて伝い落ちる雨粒の影を、実際より大きく映していた。その三角形から目を落とすと、壁はじょじょに暗く暗くなり、いちばん暗くなっている壁の前に、森ちゃんがさらなる暗さですっくりと頭を上げていた。

「かばってくれてありがとう」

「いいよ」

「信じてくれないかもしれないけど、沢田（妻）は私を殺すために探してるんだと思う」

「信じるよ。だって沢田（妻）、金槌持ってたし」

「うそ、やだ」

森ちゃんがしきりに洟を啜るので、私は手探りで机の上のボックスティッシュを取り、ベッドに滑らせてやった。

「ありがと」森ちゃんはぶーと大きな音を立てて洟をかんだ。やっぱり嘘泣きじゃなくて本気で泣いていたのだ。でも、もう森ちゃんはすっかり落ち着いていた。さっきまで泣いていたとは思えない、きっぱりした声で森ちゃんは言った。

「ピエタ、こっち来て。話があるの」

私は膝でベッドに乗り上げ、スマートフォンを拾い上げた。画面を伏せて置いておいたスマートフォンは、持ち上げると青い光がふわあっと漏れた。私はそれを胸に抱き、森ちゃんの隣に元どおりにすぽんとおさまった。


「ねえピエタ、本当に気がついてないの？」

「んーなにがー？」

「この寮、もう私たちだけしかいない。私たちと、沢田（妻）しか」

「えっそう？」

「そうだよ。停電がこの建物だけだってことは？　気がついてる？」

「そういえばそうかも」私はとぼけた。

左手のてのひらを鼻にくっつけてみる。金槌の硬さと冷たさの感触はまだありありと残っていたが、鉄のにおいのほうは消えつつあった。

「はじめに消えたのは木村」

「ＤＶ彼氏んとこに行ったに一票」

「そう、実はそのつもりだった。木村は。木村、彼氏がいっしょに暮らそうって言ってくれたって、すごくうれしそうに私に言いに来たんだ。もう絶対に殴ったりしない、こんな俺を受け入れてくれるのはお前だけだ愛してるって言われたんだって」

「うえーやべえ、もう殴り殺される未来しか見えない」

「ちょっとピエタ」森ちゃんがたしなめた。「そういうこと言うのはどうかと思う」

「ごめん」ぜんぜんごめんなんて思っていなかったけど、話が進まないので謝っておいた。「で？」

「木村、バツが悪いから誰にも言わないで行こうと思ったけど、私には世話んなったから知らせておきたかったって……」

「へー。森ちゃんってなんか木村の世話してたの？」

「世話ってほどでもないけど、たまに話聞いたりはしてたよ」

うんうん、そうか、とうなずく。森ちゃんはそういう子なのだ。どんなタイプの女の子にでも、フェアに話しかけ、フェアに接する。この女子寮ははじめから人がまばらだったけど、人数が少ないからその分みんな仲良く、なんて促されることはなくて、むしろ何のお膳立てもなかった。寮内の清掃は、個室は各々で、共有部は沢田（妻）がとりおこなっていた。食事は希望者分の朝食と夕食を仕出しの業者が運んできて食堂に置いておくが、食堂で食べないといけないという規則はない。だから私は挨拶くらいしかしたことない子もいたし、誰にも大して興味を持たなかった。同じ医学部生で、トランジほどじゃないけどすごく頭のいい、この森ちゃんだけは別だけど。でも、それだって森ちゃんが、森ちゃんのほうから裏表のない笑顔で私に近づいてきてくれたからだし、私が松山と原にちょっかいをかけられたとき私を心配して様子を見にきてくれたからだった。

たぶん、みんなそうだ。

この寮では、どちらかというとだけど、みんな寮内の人間関係を積極的に深めていこうとはしていなかった。私にはそれで何の問題もなかった。

いや、問題がないどころじゃない。私がこの古くて小うるさい舎監のいる女子寮を出て行かず文句を言いながらも今日まで居続けたのは、結局ここのすかすか具合や消灯時間以外とくにかまわれずにいる生活が案外気に入っていたからだし、それの象徴である沢田（妻）のことも好きだったからだ。

森ちゃんだけが、ちがった。明らかに異質だった。森ちゃんは、みんなと仲良くしようとしていた。そして実際、仲良くしていた。みんなをひとつにするやり方じゃなくて、たった一人で、一人一人と。

悪いことじゃない。それに、森ちゃんみたいにすんなりした体つきの、清潔そうなショートカットの、めちゃくちゃ頭が良くて人当たりが良くてでも押し付けがましくない将来医者確実の子が友達になろうねって態度でやってきたら、まず追い払う子はいない。

私だって、追い払わなかった。さっき、命も救った。

「それでね、じゃあ行くね、今までありがとうねって言うから……それはちょっとちがうんじゃないのって私、言ったの」

「なにが？」

「だから、私以外誰にも言わないで行くってのは、ちょっとちがうんじゃないかって」

「ああ、そう」

「だってそうでしょ、私なんかよりよっぽど沢田（妻）にお世話になってるわけじゃない？　木村だけじゃなくてみんなすごくお世話になってるけど、特に木村はＤＶ彼氏から守ってもらったことあったでしょ？　そこはちゃんと沢田（妻）に挨拶しなきゃ。あのときはありがとうございました、もうだいじょうぶです、彼と幸せになります、とかさ」

「ああ、まあ、うん」ちっともだいじょうぶじゃないと思うけど、私はうなずいた。

「それに、ふつうに退寮手続きとかあるだろうしさ」

「そりゃそうだね」

「うん。木村もさすがに、あ、そうか……って言って、じゃ挨拶してくるって。で、それっきり」

「それっきり引っ越したんじゃなくて？　荷物は？」

「……鍵が開けっ放しになってたからのぞいてみたんだけど、ベッドの上に、『ごめんなさい。荷物は捨てておいてください』って木村の字で書き置きが」

「じゃあ行っちゃったんでしょ」

「ちがう。木村だったら、森ちゃんに言われたとおりちゃんとお礼言ったよってまた私に報告しに来る」

「そう？」

「絶対そう。それにメールの返信もない」

「つまり？」

「沢田（妻）が殺したんだよ」森ちゃんは悲しんでいるようだった。森ちゃんは脚を抱えなおした。まるで脚が木村の死体だって言わんばかりにそっと。森ちゃんは慈しむように膝頭に頬を寄せた。

「なんでなんで？」わくわくして私は質問した。質問するのはとても得意だ。いつもトランジ相手にやっている。

「ピエタさ、沢田（妻）も木村と同じＤＶ被害者だったって気がついてた？　沢田（夫）が沢田（妻）にＤＶをやってたってこと」

「ううん！」私は元気よく答えた。

私は気付いていなかったけど、トランジはたった一度、消灯後の暗闇で沢田（妻）に懐中電灯で照らされながらほんの二、三分見ただけなのに、その可能性があると見抜いていた。

「うっそ、信じらんないんだけど！」そのとき、みかんをむしゃむしゃやりながら私は言った。

「あの人、肩を痛めてるでしょ？」

「わかんなかった」と言って、そのままぱかんと開いたままの口に、トランジが丁寧に筋を取ったみかんを一房入れた。

「あれはけっこう強く打撲してるよ。あんなに注意深く隠してるってことは、自分に怪我《けが》をさせた相手をかばってるから……」トランジの手がまた私の口元に近づいた。トランジの手からはみかんのいいにおいがした。

今は私の手からは死体のにおいじゃなくてほんのかすかな鉄のにおい、それもこの豪雨のもたらす湿気のにおいで掻き消えてしまった。

「だから、沢田（妻）には耐えられなかったんだよ。せっかく助けた木村が、自分からあのDV彼氏んとこに飛び込んで行っちゃうってことが。きっとそうだと思う。だから、沢田（妻）は木村を殺しちゃったんだと思う」

「なるほど」私は感心して何度もうなずいた。「すごいよ森ちゃん、まるでトランジみたい」

「次の日、はじめて花束が届いたの。いつもならなんであれ配達物を受け取るのは沢田（夫）なのに、彼は出てこなかった。その日以来、今日までずっと私は沢田（夫）を見てない。おそらく沢田（妻）は沢田（夫）も殺してる」厳かに森ちゃんが続けた。

「ほんと？」

「うん。その次は上野《うえの》ちゃん」

　上野ちゃんと私は、上野ちゃん、なんて呼ぶような間柄ではなかった。彼女はいつ見てもほとんど化粧をしていなくて、髪の毛が一本一本とても細くて量もそんなにはなくて、そのせいで頭部だけ、もろくてなにかの拍子にくしゃっと壊れてしまいそうな印象の子だった。

「上野ちゃんは朝六時の開錠ぴったりに走りに行く習慣があったんだけどさ、木村が消えた次の日、開錠が沢田（妻）だった、いつも沢田（夫）なのにって言ってたの。おまけに、帰ってきたとき、寮の外壁を使ってストレッチしてたら、変な音を聞いたって。土を掘ってる音。なんだろうと思って寮の外壁と塀のあいだの、だんだん狭くなってくところを、おへそくらいまである雑草を掻き分けながら裏まで回ってみたら、角の向こう側からざっ、ざっ、って音に合わせて、土が飛沫《しぶき》みたいに飛ぶのが見えて、怖くなって戻ってきて、それでさらに次の日になってからどうしても気になるって私に話してくれたの。角を曲がったところって、沢田夫妻が使ってる舎監室の物干しのスペースだよね……って」森ちゃんは小さくため息をついた。「もうそのときには、沢田（夫）の姿が見えないことに私は気がついてて、変だなって思ってた。だから、私、上野ちゃんに話したの。木村のことと、沢田（夫）がDV夫だってことと、沢田（夫）もいないみたいだってこと……」

するど、上野ちゃんは、沢田（妻）がかわいそうだと泣き出したという。

「やさしい子だったもん、上野ちゃん。私もなんだか泣けてきて、二人で、なんで沢田（妻）はこんなことしでかす前に逃げられなかったんだろう、逃げてしまえばよかったのに、でもそんなこと私たちにはわからないんだよね、きっと何度も逃げようとして、でもどうしても逃げられなかったんだよ、それで木村が自分に重なって木村も……って、二人でさんざん泣いて……私、言ったの、沢田（妻）が自首してくればいいのにって。どんなふうに切り出したらいいかわかんないけど、私、近いうちに沢田（妻）に自首するようすすめるつもりだって。それがいいねって、上野ちゃんも泣きながら賛成してくれた。そしたら……」

「そしたら？」

「もう翌日には、上野ちゃんもいなくなってたんだ」

それを森ちゃんが知ったのは、松山と原が「上野ちゃん知らない？　ノート借りる約束してるんだけど」と尋ねてきたからだった。森ちゃんが数人に聞いてまわると、「上野ちゃんなら今朝、舎監室をノックして入ってったの見たよ」という目撃情報が得られた。夕方、また大きな花束を受け取って舎監室に向かっている最中の沢田（妻）を呼び止め、思い切って聞いてみたが、「上野さん？　さあ知りませんね。舎監室に？　いいえ、来ていませんよ」と返されただけだった。

心配になった森ちゃんは、これまでの経緯を松山と原に話した。

でもこの時点では、森ちゃんもさすがに上野ちゃんが殺されているとまでは確信が持てなかった。

「それは深刻だね」

「やばいよ」

松山と原は考え込んだ。それから、「ちょっとうちらが探ってみるから、森ちゃんは動かないで。それと、誰にも言わないで」と二人は言った。

「うちらだって、警察に取り押さえられて手錠かけられる沢田（妻）見たくないしさ」

「それに、上野ちゃんは案外、家族の用事で急に実家に帰んなきゃならなくなったのかも」

「とにかくうちらが調べてみるよ」

「だから、ね、誰にも言わないで」

二人はしつこく念を押し、二日後にはもう姿がなかった。そして花束。今度は配達されてきたのは、二つだった。

「上野ちゃんみたいに自首をすすめて殺されたか、上野ちゃんの仇《かたき》を討とうとして返り討ちにあったんだよ、きっと」

「ちがうね」私はきっぱりと言った。証拠はないけど、自信があった。「あいつら、沢田（妻）を強請《ゆすり》に行ったんだよ。絶対そう。やりそうなことじゃない？　あいつら、すっごく性格悪かったし！」

「死んじゃった友達のことをそんなふうに言うのはよくない」

「いいから、続きは？」

森ちゃんは、松山と原がなにか手がかりを残しているんじゃないかとふたりの部屋にこっそり忍び込むことにした。松山の部屋も原の部屋もほどほどに散らかっていて、今すぐにでも二人が帰ってきそうだった。

「ちょっと待って森ちゃん。鍵は開いてたの？」

「……閉まってた」

「どうやって入ったの」

「ネットで、やり方調べて……」

「ますますすごいじゃん！」私は心の底から森ちゃんを褒めたが、森ちゃんはさして嬉しそうでもなかった。

森ちゃんは松山と原の本棚の本やノートを一ページずつめくったが、とくにめぼしいものは見つからなかった。でも、またしても目撃情報があった。原の部屋を漁っていたとき、空室を一つ挟んで隣室のきっしーに見つかってしまったのだ。

わけを話すと、きっしーは目を輝かせた。

「なにそれサスペンススリラーみたい！」ときっしーは両手を打った。

「そういえば私、昼間に沢田（妻）がこの原さんの部屋から出てくるの見たよ。なにか持ってた……箒《ほうき》とちりとりと……うーんと、えーと……ノートだよ、いや、ノートっていうかメモ帳だ、たぶん」

それは原のものなのかと森ちゃんはきっしーに尋ねた。原がそれを持ち歩いているのを見たことがあるのか、と。もしそうでないなら、単に沢田（妻）の所有物かもしれない。

「えー、どうだろ、わかんない」きっしーはたちまち勢いを失った。「でも、私は原さんのだと思うな。勘だけど。そこに何か沢田（妻）が犯人であることを示す重要な書きこみが……」

「人が死んでるかもしれないんだよ！　そんな、面白がるような態度はだめ」

きっしーはおそらく、森ちゃんの忠告を無視した。

「きっしー、沢田（妻）の周辺を嗅ぎ回ったんだと思う、それで……」

そのようにして、寮生たちは一人、また一人と消えていった。みちかちゃんは沢田（妻）がビニールシートで覆った台車から落とした荷物を台車に戻すのを手伝い、「あれって石灰二十キロの袋だったけど、何に使うのかな？」と漏らしたあと、消えた。早川《はやかわ》さんはきっしーから話を聞いていて、森ちゃんに確認しに来て、「きっしーってどんくさいよね。私だったらうまくやれると思う」とつぶやいたあと、消えた。さく子からは松山にノートを貸しっぱなしで困ってると相談されたので、松山の部屋の鍵を開けてやった。

「私は授業があったから、探すの手伝ってあげられなかったんだけど」

森ちゃんが帰ってきたら、松山の部屋の鍵は閉まっていて、さく子は消えていた。けいちゃんは、寮の敷地内に子猫が迷い込んでる、私は見た、鳴き声も聞いた、必ず保護してやると連日うろうろしていると思ったらいつのまにか消えていて、沢田（妻）が連日高価そうな花束を受け取っていることをしきりに気にして、私も花がほしい、ちょっとわけてもらえないかななどと浮き足立っていた小西《こにし》もやはりいつのまにか消えた……。

この寮にはもう私たちだけしかいないという森ちゃんの意見には、はじめから特に異論はなかった。そんなことじゃないかと思っていたのだ。でも、私たちを包んでいる激しめの雨音は、なんだかちょっと女の子たちのうるさいおしゃべりに似ている。そのせいか、少しもさみしくはなかった。

「実は昨日の朝にはもう私たちふたりだけだった」森ちゃんは話し続けていた。「今朝、また花が届いたんだよ、知ってた？　十一個目。いなくなった寮生のみんな十人プラス沢田（夫）で、ぴったり数が合う。ごめんね、ピエタ。私はピエタにはこんなこと言うつもりなかった。あなたはここんとこ特に寮の誰とも話してなくてなんにも知らないんだから、知らないままにしておいたら沢田（妻）も殺さないでおくだろうし。でも、さっき停電になってぴんときたの。ああ、今、もうすぐ沢田（妻）が私を殺しにくる、きっと安否確認と称して私にドアを開けさせるんだって」

「そうだろうね」私は左手を、金槌を握り込むかたちに丸めてみた。

「舎監室の前を通らなきゃここから出られないでしょ……だから、下には怖くて降りられなくて」

「それでここに来たんだ」

「うん。ねえピエタ」

　森ちゃんが体ごと私に向き直り、私の腕を強く摑んだ。

「私、どうしてここまで通報しなかったと思う？　今だって、ピエタのスマホもあるし私もポケットに自分のを入れて来てるから、いつでも通報できるのにどうしてまだしてないんだと思う？　それはね、私は希望を捨ててないからなの。沢田（妻）はかわいそうな人だよ。私は沢田（妻）に自首してほしい。松山さんと原さんが言ったみたいに、警察に取り押さえられて手錠をかけられる沢田（妻）の姿は見たくないの」

　森ちゃんの丸く小さな肩のなかで筋肉がこわばるのがわかった。よく見えないけど、森ちゃんの両目が爛々《らんらん》と私を見ているのもわかる。

「ねえピエタはどう思う？　ピエタ、沢田（妻）のこと好きでしょう？」

「うん」

「沢田（妻）もピエタのこと、気に入ってるよ。だってさっき、ピエタもろとも襲うことだってできたわけじゃない。でもしなかった」

「ほんとにトランジだって信じてくれたんじゃない？」

「そうかもしれないけど、でも、とにかく沢田（妻）はピエタを殺そうとはしなかったんだよ。ピエタには死んでほしくないんだよ。だから、ピエタの言うことなら聞いてくれるかもしれない。これから」

「えーいやだ」

「まだ言ってない。これから、いっしょに沢田（妻）を説得しに行こう。お願い」

「だから、いやだってば」

そのとき、「ピエタ！」と私の名前を呼ぶ声がした。小さいけど全力の叫びで、二重だった。それは窓の外からと、私の太ももに伏せて置いてあったスマートフォンから聞こえた。スマートフォンを持ち上げると、またふわあっと青い光が漏れた。

「ピエタ！　雨！　とっくにやんでる！　早く！」

「ごめんね森ちゃん、ずっと通話中だったの。トランジも、森ちゃんの話興味あるって言うもんだから」

私はスマートフォンを振ってみせた。

そして、あっけに取られている森ちゃんの目の前で、ベッドの下からぱんぱんに膨らんだリュックとボストンバッグ二つを引きずり出した。

「寮内から人がどんどんいなくなってるのはなんとなくわかってたよ。なんだか変だなあって思ってたんだ。寮生が消えてるのに、沢田（妻）、あまりにもふつうなんだもん。でもさあ、そんな、沢田（妻）がみんなを殺してまわってるなんて、そんなことってあるかなあって、私勉強しすぎで疲れてんのかなって、昼間トランジに相談したんだよね。そしたらトランジ、ここ一ヵ月くらい捜査で遠くに行ってたんだけど、あわてて帰ってきたんだよ」

腕を伸ばして窓を開ける。水がしたたるような重い空気が流れ込んでくる。机の引き出しからスニーカーを出して紐をしっかり結ぶと、私は机の上に立ち、リュックとボストンバッグ二つをぽいぽいと窓の外に投げた。荷物がひさしを滑り、木の枝を何本かへし折りながら地面へ落下する音がした。

「私は行くけど、森ちゃんも行く？」

「沢田（妻）は見捨てるの？　好きだったんじゃないの？」

「沢田（妻）は助けを求めてないよ。女の子が殴られるのが許せなかったのに、女の子を次々殺した自分を許せるわけないでしょ。それより、私が逃げられるように、雨がやむまで待ってくれたんだと思うよ。ほら、なんか焦げ臭くない？」

森ちゃんははっとしてあたりを見回すと、素早く立ち上がり、スリッパを履いてこちらへ来た。私はもう一度引き出しを開けて、ぽつんと残っていた粘着テープを取って森ちゃんに投げた。何も言わなくても森ちゃんはうなずいて、機敏にスリッパを粘着テープで足に固定し、机に飛び乗った。

外に出ると草と葉のにおいが迫ってきて、油臭さと焦げ臭さは気のせいだったのかなという気がした。でも、深く吸い込むと、草と葉の向こうに、たしかにそのにおいはあった。中腰になってひさしを慎重に歩き、太い枝を足がかりに木へ移るあいだ、顔の向きや角度を変えるたびににおいの配分が劇的に変わった。

下では、トランジが顔が花の人になって待っていた。

「え、なにそれ」

「ここに置いてあった。沢田（妻）が置いたんだと思うよ」頭を大きく傾け、トランジが抱えた大きな花束から顔を出した。「あのさ、下に人がいるんだから、適当にぽんぽん荷物投げんなよ。ちゃんと確認しろよ。当たるとこだった」

「はい、これが森ちゃんです」私はボストンバッグをひとつ拾って斜めがけにし、森ちゃんをトランジに差し出すように軽く背中を押した。

「はじめまして。トランジです」トランジが仏頂面をほんのすこしだけやわらげて言った。

「はじめまして」森ちゃんは目を見開いたまま挨拶を返した。

「はいこれ」トランジが花束を差し出す。「森ちゃんのだよ」

「え、なんで……あ、そうか」森ちゃんは口元に手を当てた。「沢田（妻）は沢田

(夫)には花を手向《たむ》けなかったんだ。そうか、私が最後の被害者になるはずで、全部終えたら沢田(妻)も死ぬつもりだったから、今回ばかりは事前に用意してたんだ」

「うん、はい、どうぞ」

トランジが花束を突き出して森ちゃんの胸に押し付ける。

「でもさ、ここに置いてあったってことは、私にくれたのかも」森ちゃんが受け取りかねているので、私は割って入った。「だってそうでしょ、沢田(妻)はここに私とトランジが降りてくるってわかってて置いたんだから」

「でも本来は森ちゃんのだから。いくら殺せなくて不要になったとはいえ」

私は森ちゃんを見た。

「ピエタ、私あんまりほしくないから、よかったらあげる……」

「そう? ありがと」私は地面からリュックを拾って背負い、花束を片手に持って角材みたいに肩に乗せた。トランジがあと一つ地面に転がっていたボストンバッグを拾って「行くよ」と言った。

三人で塀に沿って寮の正面まで小走りで移動する。そのあいだに火は気配を増し、あたりがなんとなくけぶってきた。

私の部屋の窓の下は、寮の建物と外壁のあいだはそれほど広くはないけれど、正面玄関のほうまで行くと、車が三台はゆったり停まれるようにスペースが取ってある。門は施錠されていた。この時間はいつもそうだ。越えるのは慣れてるし簡単だけど、今日は大荷物だし、花束もある。

私たちは三人で協力しあい、互いの体を足がかりにしたり引っ張り上げたりして門にのぼった。

あちら側へ降りる前に、私たちは少しのあいだ、門にまたがって寮を眺めた。

寮は、はっきりと燃えつつあった。私が雑に扱ったせいでちょっと傷んだ花束越しに、正面玄関のガラスや窓ガラスから火が踊っているのが見え、どこかで窓ガラスが割れる音がした。あとで、建物の中から沢田（妻）の遺体が、舎監室の前の庭から埋められた状態で沢田（夫）と寮生十人の遺体が見つかった。寮生たちの遺体には、花束が添えられていた。沢田（夫）にはなかった。

トランジが寮から目を離さず、「女の子だよ」ぽつりと言った。私じゃなくて森ちゃんに言ったのだった。森ちゃんも寮から目を離さず、「えっと……なにが？」と尋ねた。

「高校生のとき、私が助けた赤ちゃん。ファミレスのトイレで生まれた子。性別、知りたがってたんでしょ？」

煙が夜の空気を掻き分けて押し寄せ、火の粉が髪に降りかかるまで、私たちは燃える寮を見ていた。

case4　男子大学生集団変死事件

お昼前に、森ちゃんがフルーツサンドイッチを持って遊びに来た。それからちょうどお昼に、佐藤《さとう》が焼きそばパンを持って遊びに来た。佐藤っていうのは、トランジが犯罪に関わっているんじゃないかって疑ってストーキングしている暇な刑事の名前だ。

寮が焼けてから、私はトランジの部屋に住んでいた。森ちゃんは焼け出された夜に私といっしょにトランジの部屋に転がり込み、二日後に実家に戻り、一週間後には新しいアパートで生活に必要なものをすべて整え、何もなかったような顔をして大学の大教室で頬杖をついていた。

私はそのままトランジの部屋にいた。それについての話し合いは、特になかった。やって来た夜にはすでに1LDKの部屋のLDK部分から、壁をびっしり覆っていた本棚が二つ消え、残してある本棚の一つが空っぽにしてあり、代わりにテントが張ってあった。覗き込むと、布団が敷いてあった。なるほど、と私はうなずいた。こうしたしつらえがなされた理由は明白だ。トランジは、私にもプライバシーが必要だろうと考えたのだ。プライバシーが必要だということは、これまでみたいにちょっと遊びに来ただけ、という名目はもうなくなった、ということだった。トランジを振り返ると、トランジもうなずいた。森ちゃんは冷蔵庫の横で両腕を体の側面にぴったりくっつけ、やけにぴんとして立っていて、まるで棒に擬態してる被捕食動物かなにかみたいだった。彼女がいるあいだは、布団をテントから引っ張り出して、二人で寝た。トランジが私のために用意してくれたテントに二人で潜り込むのは気が引けたから。でもそうすると、布団の半分は食卓の下に食い込むことになって、私たちは食卓の裏側を見ながら眠った。トランジは、いつものように奥の部屋のベッドでお行儀よく頭だけちょこんと枕の上に出して寝ていた。

森ちゃんがフルーツサンドとともにやって来たとき、私は外にいたときの服のままテントの中で眠りこけていて、トランジもやっぱり外にいたときの服のままベッドにもぐりこんでいるはずだった。

インターホンが鳴って、私は無視した。トランジも無視していた。インターホンは、二回鳴った。それきりだと思って、私は安心して枕に顔を擦り付けた。

しかし、ほんの二、三分後に、もう一度インターホンが鳴った。さっきの二回とは、微妙にちがう響きだった。私は薄目を開けた。なにかしなければならないことがあるはずだ。でも、頭がまわりきらないうちに、私のスマートフォンの着信音が鳴り響いた。

「この、ばか」奥から、くぐもったトランジの声がした。「ピエタのばか。森ちゃんだよ。オートロックの暗証番号知ってんのは森ちゃんくらいだし」

と同時に着信音がやみ、玄関ドアがノックされた。私は唸りながら首をもたげた。三度目のインターホンは下のエントランスのものではなくて、オートロックをくぐり、エレベーターに乗ってこの部屋の前まで来て押されたものだった。

「ピエター、いるよね」玄関ドアの向こうから、のんびりした森ちゃんの声が聞こえた。

「いる、います……」唾液《だえき》で粘つく口でつぶやき、テントから這い出す。

ふらつきながら、靴下で玄関のスニーカーを踏み、ドアを開けた。森ちゃんは片手にスマートフォンを持ち、もう片方の腕に紙袋を下げ、「あれ、寝てたの？　なんかごめんね、起こしちゃったみたいで」とちっとも悪いと思っていない顔で微笑んだ。

「トランジは？」

「いるよ、トランジに用なの？」

「もうお昼なのに、トランジも寝てんの？　まあいいや、たまたま近くまで来たから一緒にランチどうかなって思って。フルーツサンド三人分買ってきたよ」森ちゃんがちょっと肘を持ち上げて提《さ》げている紙袋を示した。

「ああそう……」

「お邪魔しまーす」

ぼんやりして目も半開きの私の横をすり抜けて、森ちゃんが上がり込んだ。

「こんにちは、森ちゃん」

トランジが、冷蔵庫にもたれかかって立っていた。声はしゃんとしていて、ジーパンとグレーのパーカーに着替えていて、髪までとかしてあった。私はうなじに手をやって自分の髪に触れた。そのあたりで、垂らしてある私の髪はたわみ、さっきまできつく縛っていたあとがはっきり残っていた。

「ねえ森ちゃん、それって森ちゃんのアパートの近所のお店のサンドイッチだよね」

「うん、そうなの、ごめんね」森ちゃんはあっさり謝って、紙袋をトランジに渡した。「たまたま近くまで来たっていうのはうそ。実はね、今朝の事件が気になっちゃって」

「今朝の事件？」

トランジが食卓に紙袋を置き、森ちゃんと向かい合わせで席に着いた。私はまだ立っていて、玄関から一歩入ったキッチンの真横にいた。位置的に、私がお茶を淹《い》れるべきだった。私はあくびをしながらやかんに水を入れた。

「ピエタは」と森ちゃんが何気ない口調で言った。私は「んー？」と言って森ちゃんを見た。蛇口から落ちる水が、やかんの中の水面を激しく叩いていた。森ちゃんは、私に背を向けて座っていて、私を振り返らず、まっすぐトランジを見ていた。「なんでズボンの裾を靴下の中に入れてるの？」

「さあ知らない」と、トランジは答えた。「ピエタのおしゃれはよくわかんない。前からどうも趣味が悪いなって思ってたんだけど」

「うるさい。これはおしゃれじゃないの。トイレに行ったとき床に裾がつかないようにしてるんだよ」私はやかんを火にかけた。やかんの底が濡れていて、それが火にあぶられて一瞬じゅわっという音がした。

「なーんだ」森ちゃんが振り返った。「それにしても寝心地が悪そうな恰好」

「あー、今、ライフスタイルを見直してるんだよね。この家しょっちゅう宅配の人来るんだ。誰かがアホみたいにネットで本買うから。だからいつでもそれに対応できるように色々工夫を……」と私は言った。私はすっぴんで綿のズボンを穿き、綿のシャツを着ていた。中ではブラジャーのホックが外れてストラップで肩からぶら下がった状態で、シャツの裾の半分はまだベルトをしたズボンの中にきっちり入っていた。

「ピエタってそういう服も着るんだ。なんかイメージちがうー」森ちゃんが興味深そうに私を上から下まで見た。

「ダサいよね」とトランジが相槌を打った。

「ところで、今朝の事件って何？」と私が促した。「森ちゃん、そのことで来たんでしょ。今朝なんかあったの？」

「寝てたんなら知らないよね、すごく怖い事件が起こったんだよ。この近くで」

森ちゃんはスマートフォンをトランジに向けた。私も回り込んでトランジのうしろに立ち、一緒に覗き込んだ。

大学生7人不審死
今日未明、××区の大学生(21)のマンションで、住民の男子大学生とその友人の男性ら6人が倒れているのを遊びに来た別の友人が発見し、119番通報した。大学生ら7人は搬送先の病院で死亡が確認された。毒物などによる中毒死と見られ、事件・

集団自殺の両面で捜査する方針。

「へー」と私は言った。

「ピエタ、やかん」とトランジが言った。

「私、さっきこのあたりを一回りして、現場を見て来たんだけどさ、ほんとにこの近くだよ。ほら、ヘリの音聞こえない？　マスコミも来てる」と森ちゃんが言った。

「それに、SNSでもう情報が回ってるんだけどさ、被害者は全員トランジの大学の学生だよ」

「へー」と私は言った。

「ピエタ！　やかん」とトランジが言った。

キッチンへ戻る途中、ちらっと見ると、私のテントの入り口のファスナーが閉まっていた。

私はガラスポットにティーバッグを入れ、ゆっくりとお湯を注いだ。マグカップを二つと、森ちゃんの分はこれでいいか、とデュラレックスを出す。

「名前も出回ってる……ほら、これ」食卓では、森ちゃんがまたスマートフォンで何かを表示してトランジに差し出していた。「被害者の人たち、知り合い？」

「ううん」とトランジが言った。

「そっかー」森ちゃんは残念そうだった。「もう私、てっきりピエタたちは事件のこと知ってて、何か摑んでるんじゃないかと思って来てみたんだけど。でも、これから真相を探るんでしょ？」

「あっちちちー、はいどうぞ」私は森ちゃんの前に湯気のたつデュラレックスを置いた。キッチンに戻って、トランジと自分の分を持って来て食卓に置き、トランジの横に座って紙袋に手と顔を突っ込む。

「うわー美味しそう、どうしよう、お皿出したほうがいいかな」私はまたばたばたと立ち歩き、フルーツサンドをパックからお皿にきれいに並べた。

ゆっくりと紅茶を飲み下したトランジが、「うーん」と言った。

「この事件はほっとこうかな。今、忙しいし」

「えっ、こんなに大きな事件なのに？」

「うん。友達に頼まれてることがいくつかあってけっこう大学に行ってるんだよね」

「そうなの？　それも事件？」

「事件っていうか……代返とか？」

「代返!?」

「それに、ピエタは勉強についていくのがやっとだし」トランジが私に「ね？」と嫌味ったらしく言った。

「そうなんだよね」私はフルーツサンドに手を伸ばした。白い二枚の食パンを押し広げるように薄い赤のグラデーションでいちごが断面を見せ、そのあいまから食パンとはまったく異質な白さの生クリームがはみ出していた。「どうせ私はトランジや森ちゃんみたいに天才じゃないから」

「でも、気にならない？　現場のマンション、あれ高級マンションだよ。ふつうの大学生が一人暮らしするマンションじゃないよ。実家がお金持ちで将来官僚とか大企業の幹部になるような子が、男同士で集団自殺するわけなくない？　絶対殺人事件だよ」

「わかんないよー、恵まれてる人は恵まれてるなりに他人には思いもつかない苦悩があったのかも……森ちゃん、これ美味しいね！　どこのお店？　今度教えてよ」

そんなことを言っているときに、佐藤が来た。私はインターホンで不機嫌に言い放った。

「えー、なに？　何の用？　今、女子会やってんだけど」

「女子会!?」佐藤が大声を上げるので、インターホン越しの声が割れた。私は顔をしかめた。「いいなー俺も入れてよ、昼ごはん持って来てやったからさ」

「いやだ」

「そんなこと言うなよ。トランジに聞きたいことがあるんだよ、ほら、すぐそこで事件があったの知ってるだろ？　ちょっと変なことが多くてさ。トランジの意見を聞きたくて捜査を抜け出して来たんだよ」

うしろで森ちゃんが「えっ、刑事さん？」と嬉しそうな小声を上げた。

「まあ、入れてあげようよ」トランジが言い、私は舌打ちをした。

佐藤が持ってきた焼きそばパン五個は、食卓の情緒を吹っ飛ばした。

「なにこれ、潰れてるし」

「お前こそその恰好、なんだよ。おじさんみたいじゃないか。いや、おじさんでもズボンの裾は靴下に入れないぞ……鑑識くらいしか。お前、もっとこう、いかにも若い女の子って感じの服装してんじゃんいつも。それとも、最近はそういうのが流行《はや》ってんの？」

「セクハラかよ」

私は佐藤にはお茶を出さなかった。佐藤はレジ袋の中で焼きそばパンを潰したと思われる一リットル入りの水のペットボトルを鷲摑みにし、ぐいぐいと飲んでいた。

佐藤は、森ちゃんの横の椅子を勝手に動かし、長方形の食卓の短辺に陣取った。私と佐藤は角一つをあいだに挟んで隣同士になったが、これは望むところだった。私はわざと食卓に肘をついて体をぐっと佐藤の方へ向け、トランジを背中でかばうような姿勢をとった。

「トランジとピエタの友達？　ああそうか、寮の生き残りの片割れだね」佐藤は焼きそばパンを一つ、「どうぞ」と森ちゃんの前に滑らせた。

「わあ、ありがとうございます」両手をきちんと膝に乗せたまま、森ちゃんは愛想よくお礼を言った。

私はフルーツサンドに手を伸ばした。

「俺もそれ、食べていい？」

「どうぞ」と森ちゃんが言い、「だめ」と私が佐藤を睨んだ。

佐藤はへらへらしていた。ぱんっと音を立てて焼きそばパンのパックを破り、焼きそばの上を覆っていたフィルムを剝《は》がしてそこにくっついてきたソースを舐めた。

「それで、なに？」トランジが私の背後で言った。

「ああそうそう」佐藤は焼きそばパンに嚙《か》みつきながら仰《の》け反《ぞ》ってトランジを見た。

「男子大学生七人変死事件だけどさ、もう知ってるよな」

「さっき森ちゃんから聞いた」トランジが言った。

「佐藤、床にパンのくず落としてる」私はうなった。

「ごめんごめん、それでな、変なんだよ。部屋が妙に片付いててさ。きれいなんだよ。すごく。床に陰毛ひとつ落ちてないし。いくらいまどきの男子大学生がおしゃれで潔癖だって言ったって、ドアノブや建具の指紋まで拭き取ることないよな」

「ふーん、それは変だね」トランジが言った。

「死因はなんなんですか？　毒殺？」森ちゃんが割り込んだ。

「まだ殺人とは決まってないよ。でも毒物による中毒死でまちがいないな。脱法ハーブでラリった状態で、みんなで毒物を仕込んだビールを一気飲みして死んだようだよ」

「脱法ハーブ？　それ、現場にあったの？」

「あったね」

「じゃあ、やっぱラリってみんなで掃除してから集団自殺したんじゃない？」と私は言った。

「でもな、毒物がどうやって混入されたかはわかってない。毒物の入ってた瓶とか包みとか、そういうものは残されてなかったんだ」

「ふーん」

「それに、指紋を拭き取ったとみられる雑巾とかウェットティッシュなんかも見つかってない。しかも、飲んだあとのビールのコップはしっかり洗って洗い物カゴに伏せて置いてあった」

「へー」私は紅茶を飲んだ。紅茶はもう冷め切っていた。

「トランジはどう思う？」佐藤が尋ねた。

「脱法ハーブの入手経路の方で当たったら？　そっち関係でトラブルがあった可能性が高いんじゃない？」

「あの！」森ちゃんが目をまん丸にして、じっと佐藤を見つめた。「亡くなった人たちですけど、全員かどうかはわかんないですけど、悪い噂《うわさ》があるの知ってます？」

「どんな噂？」佐藤が穏やかに森ちゃんを見返した。

「名前がＳＮＳで出回ってるから見ちゃったんですけど、そのうちのいくつかに聞きおぼえがあって……。前に、その人たちと一緒に飲んだ女の子が飲みすぎて、あと変な薬を嗅がされたかもしれなくて、わけがわかんなくなっちゃって、気がついたら、あの……何かされてたらしいっていう噂なんですけど……」

「なるほど。その女の子は、森ちゃんの知り合いかな？」

「わかりません」森ちゃんはきっぱりと言った。「女の子の名前までは出回ってないから。でもそういう被害に遭った子は、一人じゃないっていう噂も聞いてます」

「そう」佐藤は残り少なくなっていた焼きそばパンを唇の動きでたぐるようにして全部口の中に入れた。佐藤の下唇に青のりがいくつもついているのを、三人ともがそれとなく眺めた。焼きそばパンを飲み込んでから、佐藤は言った。「わかった。情報提供ありがとうね。今ここで俺が言ったことは、誰にも言っちゃだめだよ。SNSにも絶対書かないでね」

森ちゃんはうなずいた。

佐藤はまた仰け反ってトランジを見た。

「で、トランジはなんかある?」

「ない」やる気がなさそうにトランジは言った。

「亡くなった子たちのそういう噂、聞いたことないの?」

「ない。私、友達、少ないから……」トランジの声が小さくなった。

「帰れよ」私はすごんだ。「もう用は済んだよね」

「わかったわかった、もう行く」佐藤は中腰になり、「あ、これ食えよな」と私とトランジの前に焼きそばパンを滑らせようとして、肘で私のマグカップを倒した。マグカップはフローリングに落ちて割れた。

「うわ、なにやってんだよ！」

「あーごめんごめん」佐藤がめずらしく慌てた声を出してかがみ込んだ。

「いいから！」私もかがみ込み、佐藤の肩を押した。「いいからもう早く帰ってよ！

これ、お気に入りだったのに……」

「ごめん、片付けてから行くよ」

「いい！　触らないで！」私は泣き声を出した。

「あーあ、それ私がピエタにプレゼントしたやつだったのに……」トランジもしょげかえってつぶやいた。

「帰って」うつむいたまま私は言った。「早く」

「わかった」佐藤は中腰でこちらを向いたまま、玄関まであとずさった。「悪かった。ほんとごめん。ごめんな」

ドアが閉まりきる直前まで、細くなっていく隙間から、「ごめんな。許して。ほんと悪かった」という弱り切った佐藤の声がしていた。

ドアが閉まると、私は顔を上げて、さっさと大きな破片を拾い、佐藤が座っていた椅子の座面にぽいぽいと置いた。それから、細かい破片をつまみ上げ、手のひらに落としていると、森ちゃんがさっと立って洗面所へ行き、すぐに戻ってきて言った。

「ねえ、掃除機は？」

「ん？」

「掃除機。あそこに引っ掛けてたでしょ？　スティック型のやつ」

「掃除機は壊れたから捨てたの」トランジが言った。

「そう、うち、今、掃除機、ないの」私も言った。「早く買わなきゃだねー、トランジ」

「そうだね」

森ちゃんは突っ立ったまま、トランジを見、私を見、入り口のファスナーがしっかり閉まったテントを見た。

私はまたうつむいて、指の腹をフローリングに押し付けて砂みたいになった破片を拾うことに専念した。

「沢田（妻）のことだけど」森ちゃんが押し殺した低い声で言った。「いまさらだけど、私は沢田（妻）を死なせたこと、後悔してる。もっとなんとかできたんじゃないかって、ときどき考えてる。寮生のみんなが死んじゃったことも、とても悲しい。私は沢田（妻）に良心を取り戻してほしかっただけなのに……。もちろん、良心があったから死んでしまったんだって考えることもできると思う。でも、死んでも罪は帳消しにはならないよ……ピエタはどう思う？」

「私？　私は後悔してないよ」うつむいたまま、私はなんでもないように答えた。

「死にたい人は死なせてあげるしかないんじゃない」

「じゃあ、男子学生たちに、その……すごくひどいことをされた女の子がいたとして、その子が加害者たちを殺すことに決めたと知ったら、阻止する？」

「しない」私は顔を上げて正直に答えた。「そんな男は全員死ねばいいと思う」

「私もそんな男は全員死ねばいいと思うよ」と森ちゃんは言った。「でも、私なら阻止する。殺させない」

「じゃあ」とトランジが落ち着き払って言った。「森ちゃんが間に合わなくて、その女の子が男子学生たちを殺しちゃったとしたら、森ちゃんはどうする？」

私は驚いてトランジを見上げた。

「その子に自首するように言う」と、森ちゃんは答えた。

トランジは紅茶を飲み、「そうだよね」とうなずいた。

「まあでも私なら、通報するかな？　うまく説得できる自信ないし。ピエタは？」軽い調子で言い、フルーツサンドに手を伸ばす。

「私も通報かな」と私も言った。

「その女の子にはかわいそうだけど、結局それが正解だよね」

「うん、そうだよね」トランジがうなずいた。「長い目で見たら、本人にとってもその方がいいんだよね。罪を償《つぐな》った方が」

「ほんと？」森ちゃんは冷蔵庫の横に仁王立ちになって、私とトランジを見ていた。前にそこにいたときは棒に擬態していたのに、今は獲物を探している捕食者のようだった。「私、信じていいよね？」

「当たり前でしょ」とトランジが森ちゃんに笑いかけた。

森ちゃんが帰ってから、私とトランジはテントの中身を処分した。私たちが疲れ切って帰ってきて、そこらの床に投げ出しておいたスポーツバッグを、私が森ちゃんを家に入れる寸前にトランジがテントに押し込んでおいたのだった。

スポーツバッグからスティック型掃除機を出して、私は惜しんだ。

「これ、ぜんっぜん壊れてないのに捨てなきゃいけないんだよね、森ちゃんにそう言っちゃったから」

「そうだね」

「うわー、じゃあまじで新しいの買わなきゃいけないじゃん。うわーきっつ、ゴミパックだけ捨てる予定だったのにー。掃除機って、いくらくらいすんの？」

トランジは食卓の上に何枚もの雑巾と二人分のマスク、シャワーキャップ、綿の手袋とその上に嵌《は》めていたビニール手袋、それから私が着ているのとおそろいの綿のシャツとズボンを整然と並べ、手近なものからハサミで丁寧に細切れにしていた。それを、ちょっとずつ灰皿で燃やすのだ。

「さっさとその服脱いでね、それも処分するから」

「はーい。スポーツバッグは？」

「もちろん処分」

私は薄い青緑色のぽってりした古い瓶を照明にかざした。

「あの子、詰めが甘いよねー、よりにもよってこれ忘れて逃げちゃうなんて」

「そんなもんなんじゃない？」

「これきれいだしとっといてもいい？」

「ばーか」

瓶には浮き彫りのような文字でフラトールとあり、中身は昔の強力な殺鼠《さっそ》剤なのに、その字体はカーブが伸びやかでちょっとユーモラスでさえあった。

「よくこんなの見つけたよねー」

「そうだね」

トランジに被害者の男子学生たちの名前と連絡先を調査するよう頼んできたその子は、田舎の親戚の家の、もう長いこと使ってない倉で小さいころその瓶を見たおぼえがあって、家族に見つからないようそっとそれを取りに行ったのだった。その日、その子はトランジのおかげで授業に出席したことになっている。

「でもさあ、寄ってたかってあんなにひどいことした子が、自分からまたしようよって誘ってくるなんて、あいつらおかしいと思わなかったのかな?」

「さあ? 思わなかったんじゃない?」

私はTシャツとショートパンツに着替え、もう一本ハサミを持ってきてトランジの向かいに座った。私たちはしばらく黙ってハサミを使っていた。

「ねえ、心配ないって言ってあげる? その子に」

「言わない」とトランジは言った。「現場には遺留品はなんにもなかったらしいねって言う」

「なるほど」と私はうなずいた。

それから、私たちは喧嘩になった。トランジが、森ちゃんの考えが正しいと言い始めたからだ。そして、自分につきあってこんなこと続けなくても別にいいんだよ、と。

「はぁ？　森ちゃんが正しい？　だから？」私は怒鳴った。「そんなのどうでもいいんだよ、それより何？　あんたにつきあうって。どういうこと？　私があんたのいいなりになってるってこと？」

「そうじゃないけど」トランジはじょり、じょり、と布地に一定のスピードでハサミを入れ続けていた。トランジのつくった布切れの山と私のつくった布切れの山を見比べると、それはずいぶんちがうものになっていた。トランジは計ったように同じ大きさの布片をつくりつづけ、私はてんでばらばら、形すら揃《そろ》っていなかった。あるものは四角であるものは丸く、あるものは四角でも丸でも三角でもなんでもないめちゃくちゃなかたちだった。「でも、計画を立ててどう行動するか決めたのは私だし」

「それはそうだけど、どうしてこういう計画を立てたのかは、そもそもの方針はむしろ私が言い出したんじゃなかった？　あの子の後始末をしてあげようって！　天才なのに忘れたのかよ」

「おぼえてるよ。私が、あの子が皆殺しの準備をしてる、でもうまくいくか心配だって言ったから、ピエタがそう言ったんだってこともおぼえてる」

「なにそれ。私がお前に誘導されたって言いたいの？」

私は腹が立って、ハサミを投げ出してテントをたたんだ。トランジは私を止めず、ハサミの手も止めなかった。

舞《まい》のマンションに押しかけてテントを張り、そこからうつ伏せの上半身を出してゲームをしていると、隣でコントローラーを連打しながら舞が言った。

「それにしても、不思議だよねえ。なんであんたは死なないの？」舞は、トランジの実の姉だ。引きこもりで、だけど公務員らしくて、在宅で仕事をして、豪華なタワーマンションに一人で住んでいる。

私は、コントローラーとテレビ画面から注意をそらして舞の横顔を見上げた。舞はトランジの二倍くらいの体格をしていて、手首は赤ちゃんみたいにむちむちしている。

「あ、こら、ピエタ、ちゃんと手、動かして。殺されるよ？」

私たちは部屋の電気を消して、１００インチのばかでかいテレビの前にいた。舞の頬骨の上にぽってりと乗った肉に、舞に手際よく殺されていくゾンビたちの激しい動きが、ちらちらと明滅していた。私は慌ててテレビを見上げてコントローラーを操作する。

「なに、どういうこと？」

「だってね、トランジのそばにいるとみんな死ぬの。なのに、いちばんいっしょにいるあんたが死なないのはどうしてなの？」

「さあ……」

「手遅れにならないうちに、トランジも引きこもるべきだね。私みたいに」

舞は一人でうなずいた。舞も、トランジと似たような体質で、それでこういう暮らしを選んだと前に聞いたことがあった。

「やめてよ。そんなこと言わないで。ひどいよ舞」私は非難した。舞の選択は否定しない。でも妹にそれを強制するのは間違ってる。もう少しで私の喉笛に嚙み付くところだったゾンビの後頭部を、舞がうしろから撃った。

「これってさ、現実だったら弾が貫通して私にまで当たってない？　結局、私、死んでない？」

舞はため息をついた。

「ピエタ、あんたトランジのそばにずっといるってことが、どういうことかわかってる？」

「わかってるよ」と私はつぶやいた。でも、このときはまだ、あんまりわかっていなかった。

case5　海辺の寒村全滅事件

景色の七割くらいは空で、二割は海で、そのほかのものは残りの一割に満たないくらいだった。

私たちの真上には、ねずみ色をした分厚い雲があった。その巨大な雲はときどき薄くなって強烈な光を放ちながらむくむくと広がっており、薄くなりすぎてちぎれたところからあきらめたような青灰色の空を見せ、また分厚くなって黒々と水平線に覆いかぶさっていた。

そんな、晴れているとは言いがたい天気なのに、視界はとても明るかった。角度によってはまぶしくてまともに見られないくらいだった。

まぶしいのは空だけじゃなかった。海もだ。雲の薄いところを突き破った陽光が、いくつもの放射状の帯となって海をぎらつかせているのだ。海は波打って表面は一瞬ごとにぎらつきのかたちを変え続けていたけど、その輝きはやけに硬質で、静止したガラス板のような印象があった。

水平線の端のほうに、対岸の堤防と小さな灯台が真っ黒な影になって見えていた。あとの大部分の水平線は、金の刺繍糸《ししゅう》でふちをかがったみたいになっていた。その手前と見えない奥に大量の、私には理解できない量の海水が保存されているんだってことを、私はそのときとつぜん理解して、そんな理解になんの意味があるのか理解できないままむやみに感動していた。私が生まれ育った町に海はなかった。大学と職場のある都市には、なくはない。どれかの殺人事件の捜査で行ったことがあったし、突き落とされた証人を救出するために埠頭《ふとう》から飛び込んだこともあってそれはそれで楽しかったけど、海なんて殺人事件抜きにしては別にわざわざ見に出かけるほどのものじゃないと思ってた。でもこの海は悪くないかも。

「ねえねえすごくない？　すごい景色じゃない？」私は十六歳の女子高生並みにはしゃいで叫んだ。

私はもう十六歳じゃなかった。二十六歳だった。医師国家試験をパスして、研修医をやっていた。

十六歳のとき、私は今の自分が人生でいちばんきれいなんだと確信していた。親友と出会って有頂天になっていたからなおさらだ。これが私の人生のいちばんいいときで、これを過ぎたらあとは……どうなるかわかんないけど、とにかくこれよりいい時代は二度とないだろうと思っていた。その一方でもちろん、これからもっといろいろなことができるようになるってことも知っていた。知っていたのに、やっぱり今、ここが頂点だという気持ちは居座りつづけていた。

私は可笑《おか》しかった。幸運なことに、そしておめでたいことに、あのころからずっと、私は揺らぐことなく同じことを思いつづけていたからだ。つまり、ずっと、今、ここが頂点だという気持ちでいたってこと。今、そう、それはこの場合、二十六歳の今を指す。二十六歳の私は、今の自分が人生でいちばんきれいだと確信していて、今が人生でいちばんいいときだと感じていた。

でも、おめでたいばっかりじゃない。この感覚は、さっきも書いたように、諦念《ていねん》とセットだ。

私は、だから、この瞬間もこう思っていた。これを過ぎたらあとは……どうなるかわかんないけど、とにかくこれよりいい時代は二度とないだろう。

これを過ぎたら。

過ぎたら。

十六歳からの十年間、それは杞憂《きゆう》だった。過ぎたりなんかしなかった。

過ぎたりなんかしなかったんだから、と強く強く思いながら、私は不安のあまりわざとはしゃいでみせていた。そうしながらも、傷ついて転落してくる自分自身を受け止め抱きしめるために、私の心がすでに準備をはじめているのがわかった。私にはそんな自分の薄情さが信じられなかった。

私はこのときには、これを過ぎたら、の、これ、が何であるかいやになるくらいよくわかっていた。

トランジは、私の前を歩いていた。

私たちがいるのは、海沿いの地形に合わせて複雑に曲がりくねった車道の、堤防の上だった。歩道らしきものは堤防の間際から手のひらの幅ほどの位置に引かれた白線しか見当たらず、なんとなく車に配慮するという名目で堤防に上がったのだったが、車なんかまったく通らなかったし、まあだいたい予想どおりでもあった。私たちはただ単に、堤防の上を歩きたいから歩いているのだった。

舗装された道路を挟んで堤防と反対側には、ぱさぱさで先の鋭《とが》った雑草があっちこち向いて生えている、麦色の雑木林があるだけだった。辺鄙《へんぴ》な土地だ。ここに比べたら、私の故郷なんか大都会だ。この時点ですでに二時間歩いていたけど、コンビニひとつない。ガソリンスタンドもない。一度、消波ブロックの上に、ひっくりかえったボートが覆いかぶさっているのを見た。その中に死体でも隠れていればよかったんだけど（一応ぴょいぴょいと跳んで行って確認したけどなかった）。もしそうだったら、私たち三人とも、そのことに夢中になれただろうから。

海沿いを歩いているのは、私とトランジ二人だけじゃなかった。

私のうしろに、森ちゃんがいた。

風が強くて体が冷えた。トランジと森ちゃんは進行方向を向いて歩いていたが、私は海を向いて横歩きをしていた。どうして二人は海を見ないんだろう、こんなにすごいのに、と私は思った。どうして二人は足元のすぐ脇に積み重なっている消波ブロックを見ないんだろう。消波ブロックって、どこか正しくない感じがする。製造メーカーが盛大にサイズをまちがえてつくっちゃった不良品で、本来は手のひらサイズだったはずだ、という気がする。あのかたちには、そのサイズがふさわしいような気がする。そんなだったら護岸用には使えないけど、かわいいから文鎮にでもすればいい。私は二人と、そんな話がしたかった。

示し合わせたわけでもないのに、私たちは三人ともベージュのトレンチコートを着ていた。ちがうメーカーのものだからよく見れば細部はちがうけど、トレンチコートなんてだいたいどれも同じだ。トランジとほぼペアルックだった時点で私はちょっと

「うわー」と思っていたけど、森ちゃんがいきなり現れたときにはもう声に出して「うわー」と言ってしまった。

「うわー」私は天を仰いでから笑い出した。「うちらやばくない？　ね、やばくない？」

都会に戻ればこの季節トレンチコートだらけなのは当たり前とはいえ、ここで、こんなど田舎で顔を突き合わせた三人が三人ともトレンチコート、という状況に、なぜだか私は耐えられなかった。状況に似合わず笑いこける私を、トランジも森ちゃんも呆れ果てて見ていた。

海からの風と雑木林からの風で、私たちのトレンチコートのすそがばたばたした。きっちり締めたベルトの垂れた部分もぱたぱたとして、犬の尾っぽみたいだった。

そもそもは、トランジに届いた調査依頼のメールだった。

世帯数五十を切る海辺の村落で、一軒一軒に宛てて脅迫状が届いたという。

「皆殺しにしてやる、だって？　楽しそう！」私はトランジにハイタッチをした。

「いえーい」いまいちやる気のなさそうな様子で私のハイタッチを受けたトランジ

は、「うーんでもこれ、体良《てい》くおびき出されてる気がするな……」とつぶやいた。

「そうなの？」私は自分のスケジュールを確認した。「じゃあさあ、危ないから私もいっしょに行くよ。ちょうどいい具合に休みが取れるし」

「ううむ」トランジはうなった。「そうなんだ、ちょうどいい具合に休みが取れるんだ。なるほど」

「ドラマでよくあるじゃない？　風光明媚《ふうこうめいび》な土地での連続殺人。憧れてたんだよねー。崖の上で犯人に自白させようぜー。あっ観光客向けにキャビンがある」私はスマートフォンでその土地の名前を検索しながら言った。「日本海に臨むキャビンだってさ。って、キャビンAとキャビンBの二棟しかないけど。でも海辺だったら海鮮が期待できるよね」

「ううむ」トランジはまたうなった。「風光明媚っていうよりただの寒村だと思うよ」

トランジは大学卒業後すぐにフリーの私立探偵を名乗り、着々と実績を積んでいる最中だった。大学は、全滅しなかった。トランジがさぼりがちだったからかもしれない。卒業までに学生・教員合わせてせいぜい三百人か四百人くらいが勝手に行方不明になったり殺されたり犯罪を犯したりした程度だ。

私たちは何度か引越しをしながら、あいかわらずいっしょに住んでいた。トランジは目立ちたがらないので派手な広告は打たず、名刺を配りまくることもなく、事務所もとくに構えず、それでも口コミや紹介、ときにはトランジの姉・舞を通しての依頼などで、顧客は絶えなかった。

私は初期研修中でいろいろな科を渡り歩いてへとへとだからあまり手伝えなかったが、トランジの手がけている事件のことはその都度、できるだけトランジと情報を共有するようにしていた。トランジは話したがるし、私もとても聞きたいし、助手をやれる数少ないチャンスを絶対に逃したくなかったから。

トランジは人探しでも失《う》せ物探しでも不倫調査でもなんでも引き受けたが、殺人事件の調査の依頼が来ると、私はうれしくてしかたがなかった。なぜなら、それはすでに起こってしまった殺人で、トランジがかかわったせいで起こった殺人ではないからだ。

「ほらね、トランジがいなくてもこの世界は殺人事件であふれてる」

「なにそれ。慰め？　別に私、慰めなんていらないし」

トランジは強がるけど、実際、彼女はこの事実に大いに慰められていた。

トランジは、仕事がないときはめったに外出しない。日用品の買い物にも行かない。トイレットペーパーや排水口のネットまでインターネットで取り寄せる。それか、私が買って帰る。トランジは何日もお風呂も入らず、パジャマも着替えず、長い髪をぼさぼさにして寝ている。くちびるがばりばりにひび割れ、靴下を片方だけ履いていたりして、ひどい状態だ。自室で寝ていることもあればソファで寝ていることもある。ソファで寝ているときは、私が頭のにおいを嗅ぎ、緊急性を判断してお風呂に追い立てる。言うことを聞かないでいると、フケだらけの頭に粘着クリーナーをコロコロしてやる。トランジは悲鳴をあげ、泣き言を言う。自室に押し入ってコロコロしてやることもある。

それもこれもみんな、自分が事件、それもおもに殺人事件を多発させる体質であることを、トランジがものすごく気にしているせいだ。

同じ体質の舞は、依頼人を紹介しつつもしきりにトランジに、在宅仕事に転職するようすすめる。私は絶対に反対だ。トランジは謎解きが好きだし、その才能もある。探偵は天職だ。おまけに、事件を追っているトランジは毎日お風呂に入るし、状況に応じたファッションを身にまとっていつも最高に決まってるし（ダサい人間を装わなくちゃいけないときはそりゃもう本当にダサくて目も当てられないけど）、生き生きして顔色がよくて、健康そのものだから。

それに、私はトランジのせいで殺人事件が起こっても、ぜんぜん気にしない。

「私は気になんない」心からそう言う。「それより、引きこもって舞みたいに太るほうが気になる」冗談で言っているのではない。健康の範囲内ならかまわないけど、あそこまで太ると寿命が縮む。だいいち家が狭くなっちゃうし。

けれど、トランジに気にするのをやめさせることはできなかった。トランジは、だから、たくさんの人たちと出会い交流するにもかかわらず孤独だった。

あれだけトランジにしつこくつきまとっていた佐藤刑事は、できちゃった結婚するなり逃げるように転勤して行って、それと同時に私たちに何も言わずに連絡先を変えた。死んでもいいって言ってたくせに、死ぬのが怖くなったんだ。それか、佐藤の新しい家族が死ぬのが。私は頭にきたけど、トランジはほっとけって言った。

それなのに、あっちから縁を切るようなことをしたくせに、あいつは電話をかけてくる。三ヵ月に一回くらい、トランジじゃなくて私に、公衆電話や公共の施設の電話やプリペイド式携帯電話など、一回一回ちがう手段で、さらにご丁寧なことに番号非通知で。

内容は、いつも同じだ。トランジの近況を聞いて、ついでに私の近況も聞く。「なんで私にかけてくんの？　トランジに直接聞けば？」と文句を言うと、「いや、いいんだ。ま、よろしく言っといてよ」とうしろめたそうに言う。

「なんなのそれ。あんたトランジの友達でしょ?」

「友達? いや、友達じゃない」佐藤はそう口走ったが、私が怒鳴る前に言い直した。

「いや、そうだ、すまん、友達だ。友達だと思ってる。だから元気にやってるか気にしてるんだ。頼むよピエタ、俺を責めないでくれよ」

トランジは、佐藤の新しくしたスマートフォンの番号なんてとっくに調査済みだ。私も把握している。

「あんたからかけてやりなよ。びっくりするだろうなあ。喜ぶんじゃない?」

「喜ばない。だからかけない」

「なんで? 友達なのに?」

「友達だからだよ」トランジはきわめて事務的に答える。平然としている。ちょっとは悲しそうにしてもかまわないのに。

それで、残ったのは森ちゃんだった。

森ちゃんももちろん医師国家試験を軽々パスして、私と同じく研修中でめちゃくちゃ忙しいのに、うまく暇を見つけては甘いものを手土産に、私たちのマンションに遊びにやってきた。

そのうちに、森ちゃんはもともと痩せていたけどさらにどんどん痩せて、もともと大きかった目がますます大きくなっていった。それに、森ちゃんはおしゃれな子だったのに、前ほど身なりにかまわなくなっていった。たとえば、脇腹のあたりが毛玉だらけになったTシャツを着ていたり、セーターの襟《えり》ぐりからインナーがちょっと見えていたり、いつも自分で軽く磨いてぴかぴかにしていた爪が片手分しか磨かれていなかったり、ヒールの底のゴムが完全に磨《す》り減って靴本体の金属が露出したまま歩いていたりとか。どれも大したことないけど、どれも森ちゃんらしくなかった。

「だいぶ疲れてない?」私が熱いハーブティーを手渡すと、森ちゃんは「えー? ぜんぜんだよう」と血管の浮き上がった目で笑った。私はときどき、ハーブティーに睡眠薬をちょっと混ぜて、森ちゃんをうちのソファで眠らせてやった。


森ちゃんは、私とトランジが村落の入り口に着いて、レンタカーを降りたのを見計らって姿を現した。正確にはトレンチコート姿の森ちゃんと、不機嫌そうな森ちゃんをビニール紐で後ろ手に縛り上げて鉈《なた》を突きつけている中年男とが。

「うわー」私は天を仰いだ。「うちらやばくない? ね、やばくない?」

「やばいって、何がだ」笑っている私に、中年男が怒鳴った。そいつは小汚いトレーナーに、小汚いダウンベストを羽織っていた。

「だ、だって」私はお腹を押さえてやっとのことで答えた。「三人ともトレンチ」

「うるさい」中年男は悲鳴をあげるみたいに叫んだ。「お前ら、車から離れろ」

トランジは無表情で、私は笑いのせいで浮かんだ涙をぬぐいながら、指示に従った。適当なところで立ち止まると、中年男は「もっと離れろ。もっとうしろに下がれ」と三度も繰り返し、なかなか慎重なところを見せた。

中年男は、森ちゃんを引きずってレンタカーの運転席側まで行くと、さっと中を確認した。キーは刺さったままだった。私たちは車をどこに停めたらいいのかわからなくて、とりあえず村の人の姿を探すためにちょっと降りてみたところだったのだ。だから手ぶらで、荷物はまだレンタカーの中だった。

「携帯電話」中年男は私とトランジに要求した。「出せ。一人ずつだ。投げろ。お前から」

中年男は、トランジの方を見て顎をしゃくった。トランジはトレンチのポケットからスマートフォンを出して男の足元に投げた。

「次、お前」

まだぐずぐずと笑っている私に、トランジが冷静に促した。男は森ちゃんをまっすぐに立たせ、その背中にぴったりくっつくように立っていた。その上で赤錆《あかさび》の浮いた鉈を地面と平行にして右手で柄を、左手で刃先を持ち、森ちゃんの首にきつく押し当てていた。私の目を見て、トランジがかすかに首を横に振った。私は中年男の顔面にスマートフォンをぶち当てるのをあきらめ、トランジがやったようにアンダースローで男の足元に着地させた。

中年男は鉈を捨てて森ちゃんの膝の裏を蹴り、スマートフォンを素早く拾い上げると、車に乗り込んで去って行った。全速力で走っても、間に合わない距離なのはわかっていた。私とトランジはうっかり轢《ひ》かれないようにその場にぴったりと直立し、車がめりめりと砂利《じゃり》を踏んで行ってしまうのを待ち、それから森ちゃんに駆け寄って助け起こした。私が鉈で、森ちゃんのビニール紐を切ってあげた。

「で？」とトランジが最小限の言葉で事情を尋ねた。

「全滅」森ちゃんは私ともトランジとも目を合わせず、ぼそっとそれだけを言って老人みたいに細くなった手首をさすった。

「つまり？」私はトランジに尋ねた。

「つまり、依頼人は実質的に森ちゃんだったってこと。森ちゃんがこの村の人みんなに脅迫状を出して、それからここの村に観光に来て、村の人たちと仲良くなって脅迫状の件を聞き出し、私に依頼のメールを送るよう誘導し、私たち二人をここにおびき寄せた」

「なんで？」私は森ちゃんを振り返った。

森ちゃんはすっかりふてくされてしつこく手首をさすっていた。私とトランジは車外に出るのにさっとトレンチに袖を通しただけだったけど、森ちゃんは一番上のボタン以外はきっちりと留めてベルトも締めていた。一番上のボタンは、糸がほつれてぶらんぶらんとぶら下がっていて、いつ失くしてもおかしくなさそうだった。

風の冷たさに、私とトランジももぞもぞとトレンチの前のボタンを留め、ベルトを締めた。その様子を見ながら、森ちゃんが口を開いた。

「トランジって、よく殺人事件に遭遇するよね」

「森ちゃん何言ってんの。トランジは探偵なんだから、当たり前じゃない？」と私が言った。

「とぼけるのはやめて。私、トランジの経歴を調べたの。確認できたかぎりでは、最初の事件は五歳のとき。それからずっと、トランジの周辺では殺人事件が起こり続けてる。小中高と事件に追われるように転校を繰り返したけど、高校二年生を最後にもう転校しなかった。それがピエタと出会った高校だよね。卒業時には、全校生徒はそれまでの半数以下に減少。進学先のT大では、卒業時までに二百九十二名が殺害されるか、殺人などの容疑者となって収監された。行方不明者も六十四名いる。T大だけじゃない。私とピエタの寮の事件や、有名な事件で私が確実だと思うものを挙げると、少なくともカリスマ塾講師連続失踪事件、A市立博物館関係者大量死事件、最近ではK皮膚科医患者殺傷事件、M銀行E支店銀行員による行内惨殺事件にはトランジの影がある。もっと挙げる？」

「森ちゃん、トランジは連続殺人鬼じゃないよ」私は口を挟んだ。

「わかってる。それも調べた。トランジには動機もないし、アリバイもある」森ちゃんはひどいクマのできた目をやっと私に向けた。左まぶたの二重が、三重になってた。「トランジは、信じられないけどそこにいるだけで重大事件を、ほとんどの場合は殺人事件を誘発する体質なんだとしか思えない」

私とトランジは黙っていた。

「今回の事件を仕組んだのは、確証を得たかったから」森ちゃんは続けた。「トランジが村の人に殺人を犯すよう暗示をかけたり何かの仕掛けをしたりしないってことを、ちゃんとこの目で最初から最後までしっかり観察して確認しておきたかった」

森ちゃんは、ため息をついた。

「それなのに、全滅」

「犯人はさっきの男の人？」私は尋ねた。

「何件かはね。全部じゃない。事件自体は一気に起こったんだけど、動機から推測すると何件かごとに分けることができて、それぞれ別の犯人だったと思う。ここの全滅は、共謀しない複数の殺人犯によるもの。あの人も殺人犯だけど、生き残りって言ってもいいかも。他の犯人はみんな殺されたし」

「すごい森ちゃん、トランジみたい」私は本気で褒めた。

「すごい森ちゃん、私の姉みたいだよ」トランジも静かに褒めた。

私はちょっとトランジの顔を見た。トランジは目配せするでもなく、ただ私を見返した。

私は森ちゃんに説明しようとした。

「森ちゃんには言ってなかったと思うけど、トランジにはお姉さんがいるんだ。舞っていうんだけど、舞も天才で……」

「知ってる。それも調べた」森ちゃんが暗い声で言った。「七歳年上のお姉さんだよね。お姉さんもおんなじような体質なのかな。お姉さんの最初の事件は十三歳のとき。でも、十八歳を最後にお姉さんの方は現在まで特に何もない」

「舞は十八で引きこもったから」トランジが小さな声で言った。

「どうしてトランジは引きこもらないの？」森ちゃんがいっそ無邪気ともいえる様子で、本当に不思議そうにそう言った。

「どうして森ちゃんは引きこもらないの？」間髪を容れず私は言った。

しばらく沈黙があった。波の音が聞こえていた。ここからは海は見えないが、波の音はずっと、車を降りた瞬間から聞こえていた。絶えずこれを聞きながら生活するなんて、私にはとても無理だ。それとも慣れるとどうってことないのだろうか。私はこの村の人たちの、もう海の音が聞こえていないたくさんの耳を思い浮かべた。

次に口を開いたとき、森ちゃんの声は弱々しくかすれていた。

「私が？　どうして？　どうして私が引きこもらなくちゃいけないの……？」

「私たちも森ちゃんを調べたんだ」波の音に引きずられないように注意しながら、私は羅列した。「えーと、ここ二年で起こった、H大付属医大脳外科チーム殺害事件。G医科大学第二病棟連続殺人事件。MR婚活詐欺殺人事件」

「それからフルーツサンドで評判だった、Yフルーツパーラーパート主婦連続殺人事件も」トランジが言い添えた。

「はじめは私たちも、森ちゃんが殺してまわってんのかって心配したんだよね」

「でもちがった。森ちゃんにはアリバイがあった。偽装工作のあともない。ねえ森ちゃん。森ちゃんが確証を得たかったのは、私のことだけじゃないよね。ここの人たちが全滅したの、私が来る前だね」

森ちゃんは両手で自分の二の腕を抱き、震え出した。トランジが一歩踏み出して森ちゃんの肩を抱き寄せ、やさしくさすりながら言った。

「森ちゃん森ちゃん、私の体質が感染したね」

その途端、森ちゃんは砂利に膝をついてしまった。トランジもそれに合わせてしゃがみこんだ。森ちゃんをいたわるように背中に手を当てている。私は突っ立ったまま、二人を見下ろしていた。

「前から舞が言ってたんだよね。私はあんたにうつされたんだって。そんなことあるわけないって思うじゃない？　でもそう言ったら、そもそも殺人事件を起こさせる体質ってのがありえないでしょうが、って言い返されてさ」

「あーあ、これである程度天才じゃないと感染しないっていう舞の仮説も当たったのかなー」私は投げやりに叫んだ。「どうせ私はふつうですからー」

森ちゃんが目に涙をいっぱい溜めて私を見上げた。

「ふつうでいいじゃない。なにが不満なんだよ。私はふつうがよかった。ピエタ、私の夢知ってるでしょ。私は産科医になって、たくさんの赤ちゃんをこの世に送り出してあげるのが夢だったんだよ。それから、もちろん結婚して、自分の子どももたくさん産みたかった。最低三人、できれば四人かな。でも、もうできない。わ、私、もう子どもなんて産めないよ、子宮も卵巣も健康そのものなのに。だって産んでもきっとみんな死んじゃう。私の夢だったのに。私の考える幸せっていうのは、そういう幸せだったのに」

それから森ちゃんはトランジのトレンチの襟元に摑みかかって、キスするくらい顔を近くして一気に言った。

「トランジ、トランジも子ども産めないよね。産まないよね。だって死んじゃうもんね。いや、もしかしたらトランジみたいな子が産まれるのかな。ああ、そうなったら大変。だから約束して。産まないって約束して。私から幸せを奪ったんだから、幸せにならないって約束して。それから、ピエタの幸せを邪魔しないで。ピエタはまだ間に合う、天才じゃないからうつらないし、なんでかわかんないけどまだ誰も殺してないんでしょう？　死んでもいないし。ピエタは子どもを産んで、ふつうの幸せを手に入れることができるんだよ。トランジにそれをさまたげる権利なんかない、ね、そうでしょ、そう思うでしょう、トランジ」

「ハァ!?」私は大声を上げた。「待って、ちょっと待って」

でもそうしている間にも、トランジは森ちゃんとしっかり見つめ合って、小さいけれど強い声で「わかった」と言っていた。

「わかったよ、森ちゃん」

「ほんと？　よかった、トランジ、本当にわかってくれたんだね。そうじゃなかったら私、」そこで森ちゃんは言葉を切った。

「わかったよ、森ちゃん」もう一度トランジが言った。

「ちょっと！　ちょっとちょっと」私がうろたえて身をかがめようとすると、入れ替わりにトランジと森ちゃんがすっと立った。

「ところで森ちゃん、電話線は？」

「犯人3が切断」

「Ｗｉ－Ｆｉ」

「それも切断」

「村の人たちの携帯電話」

「駐在所に集めてあった被害者のも他の犯人たちのも全部回収して、さっきの人が海に捨てた」

「車」

「犯人2がタイヤを切り裂《さ》いてまわった」

「そっか」

トランジが私を振り返った。森ちゃんはトレンチの袖で涙をそっと吸い取っていた。

「じゃ、町まで歩くか」

「え？　え？」私はトランジと森ちゃんを交互に見た。

トランジはすれちがいざまに私の肩を軽くぽーんと叩いて先頭に立った。森ちゃんはまるで泣いてなんかいなかったような顔で、平然としていた。

一列に並んで堤防を歩く私たちの真上は真っ黒な雲に覆われているのに、空と海はまぶしくて鈍い金色だった。

トランジと森ちゃんは、町に着いて十分も経たないうちにいなくなってしまった。

さよならも聞いていない。私はうつむいて、何も感じず、何も考えないようにして一人で歩き続けた。トレンチのベルトでも握っていればよかったのだろうか。でも、そんなやり方でトランジを私のそばにとどめたくはなかった。同情でそばにいてもらいたくなんてない。トランジが心から望んで、私から離れられなくてそばにいるのでなければ意味がない。だから私は予感に襲われながら、何も言わず何もしなかった。こんなことが起こるかもしれないと恐れていたのに、こんなことが起こるはずがないと能天気に信じ込んでいる部分もあった。

これを過ぎたらあとは……どうなるかわかんないけど、とにかくこれよりいい時代は二度とないだろう。

なじみのこの呪《のろ》いが、言葉の意味を失って頭の中で波みたいに響いていた。

私は自分でも意識しないうちに交番に入り、何もかもなくしたので電話を貸してくださいと言っていた。その前に、目の前にいる警察官に言うべきことがあったし、電話をかけるとしたら舞にかけるべきだったけど、そのとき思い出せた電話番号はたったひとつだけだった。佐藤が私やトランジにひた隠しにしている新しいスマートフォンの番号。いずれ佐藤に嫌がらせをしてやろうと思って、自分のスマートフォンに登録するだけじゃなくて頭にも入れておいたのだ。

佐藤は、私の声を聞いてうろたえていた。

「え、ピエタ？　なんでこの番号……いや、お前らにはこんなの朝飯前か……」

「佐藤、トランジがいなくなっちゃった」

「え？」

口に出すと、やっとこれは本当かもしれないという気がしてきた。

私はうわあーんと声をあげ、幼児のように大粒の涙を流して泣いた。

case6 無差別大量死夢想事件

女が死んだ男を抱いて座っている。女は目を伏せ、重々しいスカートの下で見えない両脚をしっかりと大きく開き、右の太ももで男の背中を、左の太ももで男の尻の下あたりを受け止めている。また、右腕を男の肩に回し、脇に手を差し入れて彼の体を支えている。彼女にとって、その作業はさほど困難でもないようだ。その証拠に、女の唇は軽く微笑みを浮かべているし、男の膝近くで広げられた左手は遊んでいる。顎をのけぞらせて仰向けに抱かれている男は、腰巻をつけただけの姿で、体つきからして若い成人男性と見られる。しかし、ふたりのバランスがどうも変だ。この男はずいぶん小さい。あるいは、彼を抱く女がよほどの大女なのか。

「それ、ピエタっていうんですよ」

言いながら看護師長が私の隣に並んで、絵を見上げた。

知ってる、と私は思った。

小さな絵だった。死んだ男と、彼をゆうゆうと抱くたくましい女の像が、ただ真っ黒なだけの背景に白く浮かび上がっている。

「ミケランジェロのピエタをね、初代の院長が油絵で模写したんですって。もともと彫刻のものを絵に描くのって、模写って言っていいのかわからないけど。あ、ピエタっていうのはね、慈悲とかいう意味で、十字架に架けられて死んじゃったキリストをね、お母さんのマリアが抱いてる像のこと。いろんな人が描いてきたけど、このミケランジェロのピエタ像がいちばん有名みたい。でも変ですよね、キリストっていくつで死んだんだっけ？　三十代半ばくらいなんじゃなかった？　そのお母さんなんだったら、いくら若年出産だっていっても、五十歳くらいにはなってるはずですよねえ。ほうれい線もないなんて、おかしいわよねえ。それに若年での自然分娩《ぶんべん》を経験したにしてはこの骨盤のじょうぶそうなこと……」

知ってる、とは言わずに、私はただうなずいていた。

師長は私より身長の低い人だった。顎が上がってあのキリストみたいに無防備に首をさらしている。顔の色より一段階か二段階濃い色をした、老人性のイボが散見される首だ。太くがっしりとして好ましいが、ナイフにはかなわない。

ナースステーションに不審な男が入ってくる。男は正面の壁に飾られた絵を見上げている私たちの背中に向かって、足早に歩いてくる。看護師たちはうつむいて書類の整理やパソコンでのカルテ管理をしており、男に気付くのが一瞬遅れる。男にとってはその一瞬でじゅうぶんだ。

私と師長のあいだにサバイバルナイフを持った手がすっと差し込まれ、美しい刃が師長ののどを縦に裂く。師長が胸の前に差し出すようにして持っているクリップボードに血がばたばたと落ちる。血は私の肩を汚し、頬にあたたかな飛沫がかかる。私は目を閉じる。私たちの目の前の壁にも、壁どころかあの天井間際に飾られているピエタの絵にも、天井にさえ、噴き上がった血がぶち当たる音がする。師長が倒れる。のどの傷を手で押さえようとするだろうから、きっと前のめりに倒れるだろう。わかんないけど。私は顔全体に血飛沫を浴びながらも、なんとか薄眼を開けて師長の体を支え、師長の血まみれの手に手を添え、いっしょに傷を押さえようとする。きっと無駄だろう。師長は出血性ショックによりすぐに死亡するだろう。私が判断ミスをして死にゆく師長で手一杯になっているあいだに、不審者は絶句する看護師たちに襲いかかる。

しかし、実際に私と師長のあいだにサバイバルナイフを持った手があらわれたとしたら、みすみす師長ののどを裂かせはしない。私は自分のやるべきことを知っている。サバイバルナイフが師長ののどに届く前に、私はすばやくその手をつかみ、ひねり上げ、犯人の顎に頭突きをかまし、足の甲を思い切り踏みつけ、膝で股間《こかん》をつぶれるほど蹴り上げ、つかんだままの腕をねじって背中にまわし、そいつの膝の裏を蹴って床に倒すはずだ。

「ねえ？　[redacted]先生」私を見上げて、師長がころころと笑っている。

「ほんとうにそうですよ」私はのんびりと答えた。「処女で母親で恋人だなんて、ひとりの女に求めるものが多すぎますよね」

「でも[redacted]先生はこの絵を気に入ってるんでしょう？　よくぼーっとして見てらっしゃるし」

　師長は笑顔だったが、とつぜんその言い方に含みを感じて、私は姿勢を正した。この師長は見た目も態度も一見気のいいおばさんだが、どこの師長もそうであるように、決してただの気のいいおばさんではあり得ないのだ。

「あっすみません」私は早口で言った。「その、ぼーっとしていたわけではないんですが」

　けれど、私はたしかにあの絵を見上げてときどきぼーっとしていた。ぼーっとする暇のない外来病棟とちがって、ここ入院病棟に詰めているときは、ナースステーションにカルテやスケジュール表を参照しに来るついでにほんの少しぼーっとすることくらいできる。

　別にあの絵が気に入っていたわけではない。へたくそだし。

「ほら、呼ばれてますよ」師長がクリップボードに挟まれた紙を、わざと音を立ててめくった。「ほらほら、それがぼーっとしてるっていうの」

「えっ」私は処置室の方を振り返った。研修医が戸口から顔をこちらに出していた。彼女は私と目が合うと、眉根を軽く寄せ、大げさに口を歪《ゆが》めて顔の前で両手を合わせた。

「[redacted]先生、すみません、患者さんいらっしゃってます」

「あ、はい、すみませんすみません」私は小走りで処置室へ向かう。

　内診台に横たわった患者の、支脚器《しきゃくき》に載った両脚が、大きく開いていく。キリストの死体を危なげなく抱いてみせる、マリアの脚みたいに。

　この患者は、五日前に子宮筋腫の手術を終えた。手術のために剃《そ》られた陰毛の上のきわのラインで、私がこのお腹を横に切り開き、複数の筋腫を切除した。

　私は医療用手袋をはめた手でよじれた外陰部の奥の、熱い膣《ちつ》に人差し指と中指をゆっくりと挿入する。もう片方の手指で、患者の下腹を軽く押す。透明テープの下の傷は、いまだに体内と同じくらい熱い。

　私は小声で研修医を招く。研修医がカルテを手に、腰をかがめて近づいてくる。私は腹壁ごしに子宮の形を探り、そこにたしかにもう筋腫が存在しないことを確める。この処置室には窓がない。出入り口は二つ。ナースステーションに直結しているものと、入院患者用の四人部屋が並ぶ廊下に面しているもので、どちらも引き戸だ。締め切った処置室は静かで、私のぶつぶつと確認する低い声のほかは、処置室の外からもとくに何も聞こえてこない。

　ここは産婦人科入院病棟で、産婦のほか婦人科疾患の患者も受け入れている。患者も、医療従事者も、ふにゃふにゃ泣く新生児（そのうちの何割かは、私が取り上げた子だ）も、今この瞬間みんな死んでしまうとしたら、どのように死ぬだろうか。面会時間はもうとっくに過ぎているので、見舞客はいないはずだ。産婦人科入院病棟は、この総合病院の最上階に位置する。たとえば、こんなのはどうかな。突如として示し合わせて新生児たちの顔に濡れたタオルを押し付けたのち、すべての窓を開けて次々と飛び降りていく患者に医療従事者たち。謎の集団自殺。カルト宗教がらみか、薬物か。両方かもしれない。

子どものころ、私はよくこんなふうに全滅を想像した。とりあえずそのとき私が身近に把握できているだけの人々が、次々と死んでしまうようすを。

　小学校中学校と、私のクラスはいったい何度全滅したことだろう。

　授業中、グラウンドを挟んだ向かいのビルから、狙撃手が私たちを狙う。先生がこめかみから淡い血の煙をあげて倒れる。席についたまま固まってしまった児童たちも、前の席から順番に撃たれ、机に突っ伏したり椅子から落ちたりする。私も撃たれる。私は実際に、上半身をぐいんと横倒しにして、窓側じゃないほうのこめかみを机にくっつけて死体になってみる。「ほらそこ、[redacted]さん！　寝ないで」と先生が注意する。私はしぶしぶ体を起こす。でも頭の中では先生は教卓のうしろで倒れたままで、その血はたらたらと教壇から床へ垂れているし、狙撃は続いている。私の隣の男子が撃たれ、私のうしろの級友たちも撃たれていく。

　別の日には、教室のうしろのドアががらっと開いて、金属バットをかまえた男が乱入する。今度はうしろの席から順番に、児童が後頭部を強打されて死ぬ。先生は勇敢にも、教卓を躍り出て男に飛びかかろうとする。でもまあ、男のほうが強い。そうじゃないと、全滅にはならないから。先生はあっさり一撃で死ぬ。私たちは声のかぎり悲鳴を上げる。みんながたがたと席を立ち、前のドアから逃げようとするが、どうしてかわかんないけど前のドアは開かない。またどうしてかわかんないけど、うしろのドアももう開かない。別の教室から駆けつけた先生たちがドアのガラス窓をこぶしで叩いているのが見える。そんななかで、机から机へ飛び移って逃げたり、教室中をちょろちょろ走り回って逃げる級友たちが、ひとりまたひとりと金属バットの餌食《えじき》になっていく。私はといえば、とっくに死んでいる。頭を割られてうつぶせに力なく倒れている私を、ひょいと級友が飛び越える。どんくさい子は、床にこぼれ落ちた私の脳ですべって転ぶ。

そう、あのころ、私は謙虚だった。全滅なのだから、私も必ず死んだ。みんなと同じように。私は、私にとってさえも、ちっとも特別ではなかった。

だから、教室のドアの隙間からドライアイスの煙みたいなわかりやすい毒ガスが注入されることもあったし、学園祭や体育祭で全校生徒をやらなきゃならないときには手っ取り早く隕石《いんせき》が落ちてきたり、仕掛けられた爆発物がどかんどかんと爆発したりした。

でも高校生のある時期から医者になるまで、私はとてもとても忙しくて、こんな想像をする暇もなかったし、自分がこういう想像をする癖があることもすっかり忘れていた。

忘れていたあいだに、私は変わったらしい。

今の私は、とても謙虚とは言えない。私の想像の中で、私はもう死なないから。

「[redacted]先生、[redacted]先生って、えーと、お産？も担当されるんですか？　私みたいな、病気の手術だけじゃなくて？」

　患者が話しかけてくる。話しはじめに何度か咳払いをしたせいでお腹に力が入ったのを、膣内にある私の人差し指と中指が感知する。

「しますよーもちろん」私は軽い調子で答える。私は中絶の処置もやる。

「そっかあ。[redacted]先生って、なんで産婦人科のお医者さんになろうと思ったんですか」

「えー？　うーん」私は苦笑する。「なんでだったかなあ。木下《きのした》さんはなんで？」私は研修医にパスしつつ、患者の膣から指を引き抜く。

「えっ私？　私は、母も産婦人科医だから」研修医はあっさりと答え、経膣エコーのプローブを差し出す。

「あーそうだったね」

「で、[redacted]先生は？」患者はあきらめない。私は返事のかわりにプローブをやさしく挿入する。モニターをじっくり見ているあいだは、さすがに患者も静かにしている。研修医にもモニターを確認させ、プローブを抜き去り、ずらしていたタオルでそっと陰部を覆う。

「はい、終わりましたよ。おつかれさまでした。問題ありません、きれいに取れてますよ。予定どおり明後日、退院できますよ」

医療用手袋を外し、ゴミ箱に捨てる。研修医からカルテを受け取る。カルテの下でぶーんと内診台の稼動音とともに患者の脚が閉じていく。代わりに上半身が持ち上がり、患者の顔が真正面にあらわれる。すっぴんで眉毛が薄く、術後のむくみが顔にも出ている。

「よかったあ、ありがとうございます。で、先生は？」患者は私のすっきりとしたショートカットと、くまなく化粧された顔をほれぼれと観察しながら返事を待っている。この患者は未産婦で、婦人科外来での受診は大学生のとき以来だということだった。外来の初診で私が担当したとき、彼女はあからさまに驚いた顔をしたあと興味深そうに私を眺めはじめた。そういう患者は少なくない。この患者と私は同い年だが、患者というのはたいてい壮年の医者を想定しているみたい。

「私はですね、えーと、世の中を良くするために」私は言った。「世の中って怖いことや変なことがいっぱいあるけど、だからといって負けてはいられないじゃないですか。世の中を良くするために、それぞれの人が、できることをすべきだと思うんですよね。で、私にできるのがこれだと思って……」

「えっ」患者と研修医がほぼ同時に小さく叫んだ。

「なんかすごい、[redacted]先生」

「[redacted]先生、私、ちょっと感動しました」

「そう？」私は小首をかしげた。「なんとなく思いついたから言ってみただけなんだけど」


私はけっこう、いや、すごく体力がある。これは人生において、とても重要なことだ。医者はもともと体力が必要とされる職業だが、医者でなくとも体力の有無は人生の質を左右するだろう。

私は体力があるから、早番の退勤後に(ときどき遅番の退勤後にも)、遅番の出勤前に、休日に、映画を観に行くことができる。美術館に行くことができる。服を買いに行くことができる。美容院に行くことができるし、ネイルサロンに行くことができるし、美容サロンに行くこともできる。

私は以前は髪を長くしていたから、美容院へ行くのは半年に一度でも支障はなかった。でも、ショートカットじゃだめだ。一ヵ月に一度は行かないと、すぐに見苦しくなってしまう。

私は医師だからネイルはしないが、それでもネイルサロンには行く。ファイリングをしてもらい、甘皮処理と角質の除去をしてもらい、爪の表面を磨《みが》いてもらう。私は脇毛と腕の毛と脚の毛をレーザー脱毛した。それまでは、お風呂場でカミソリで適当に剃っていたのだ。半袖を着ない季節には、剃らないこともあった。私は忙しかったのだ。忙しくて忙しくて、医者として働いている今よりもずっと忙しくて、脱毛なんか通う暇がなかったし、カミソリで剃るのすら面倒なくらいだった。

それに、私は化粧するのが好きだったけれども、美容サロンに行こうという気を起こしたこともなかった。私はドラッグストアで買った小さなハサミと毛抜きで好き放題に眉を切ったり抜いたりし、やっぱりドラッグストアで買った眉ペンを使って、なんだかうまくいかない、なんで私の眉毛ってこんな左右不均等なんだよ、とぼやいたりしながら長いこと鏡の前にかがみこんでいた。そんな調子で、私は左右の幅のけっこうちがうアイラインを引き、アイシャドウをつけすぎ、マスカラを重ね付けしてやつぱりつけすぎて磁石にまとわりつく砂鉄みたいにしてしまっていた。そうかと思えば、眉毛が半分ないのもあまり気にせず、すっぴんで外出することもあった。今はちがう。化粧品はデパートで買うか、海外通販で取り寄せる。月に一度、プロに眉毛を整えてもらい、顔の産毛をワックスで脱毛してもらい、まつげに片方五十本ずつ、エクステンションをくっつけてもらう。

私は一人で、そこそこの家賃を払って2LDKのデザイナーズマンションに住んでいる。家具はシンプルモダンなテイストのものを選び、そこに差し色としてモロッコ風のカラフルな小物を置いている。自分一人のための掃除や料理はさして苦にならず、部屋はだいたいいつでも人を招くことができる状態に保つことができていて、事実、恋人がたびたび泊まりにきている。現在の恋人は、私立高校の英語教師だ。結婚するかもしれない。

その上、私には飲んだりお茶したりする女友達が何人もいる。みんな、学会で知り合った同年代の医師たちだ。未婚者と既婚者が入り混じっているが、三十を過ぎて子どもを持っていない者ばかりがなんとなく集まった。恋人の高校教師を私に紹介してくれたのも、この友人たちのうちの一人だった。それぞれ激務だからそうしょっちゅうは会えないが、定期的にお店でワインを飲みながら、病院や男性医師たちの情報を交換している。あの人が好きだとかすてきだとかいう話はいっさい出ない。あの病院の体制が、あの男性医師がどの程度男尊女卑の価値観を持っているか、また別の病院、別の医師は意外とそうでもないとか、そういう話をしている。

「女はね、どうしても出産しようと思ったらさ、キャリアが中断するから」

「育てんのも結局女の方が圧倒的に負担が多いでしょ？　男の医師が子ども熱出したからって早退するの見たことない、私」

「やっぱパートに切り替えるしかないのかな」

「自分の親が近くにいればねえ」

「あーうち無理、親とかかわりたくない」

　私はうんうんとうなずき、みんなといっしょに嘆き、怒りを表明し、どうしたらいいだろうと考え込む。まず、勤務医用の保育園を全病院が備えるべきだ。病院だからもちろん病児を預かることも厭《いと》わない。それから……。

「ねえ、[redacted]、[redacted]ってば」

　隣の子に腕をつかまれて私ははっとする。この子、手が冷たい。発汗している。それに、間接照明のせいであることを差し引いても、すごく顔色が悪い。

「今開けたワイン、苦くない……？」

「え、まだ私飲んでなくて……」

　私の腕をつかんだまま、隣の子の目がゆっくりと白目を剥き、痙攣《けいれん》をはじめる。見ると、その隣の子も、さらに隣の子も、テーブルの向かいの子たちもテーブルに伏せたり椅子の背に仰け反ってもたれたりして痙攣している。どうしよう、まず床に横たえて服をゆるめてやらなくちゃ……。この新しいワインを注文したのは誰だった？　持ってきたのは本当にここのウェイターだった？　みんなは子どもを産むつもりなんだろうか。みんなは、私も子どもを産むかもしれないと思っているのだろうか。

「美味しーい！」歓声が上がる。

「これ、どこのワインだって？」

「ブルガリア」

「あれ、[redacted]、まだ飲んでないの？」

隣の子が頬を赤くしていて、私も彼女と同じくらい頬が赤くなっているのが自分でもわかる。

「美味しいよ、早く飲んでみなよ」

私はひとくち飲む。

「ほんとだ、すごく美味しい」

「でしょう！」

隣の子が微笑む。みんな微笑んでいて、頬骨で盛り上がった皮膚に照明が反射してつやつやしている。

私はこの友人たちに死んでほしいわけじゃない。私はこの友人たちが好きだ。生きて、望みどおりの人生を送ってほしい。私は恋人のことも、恋人なくらいだから、好きだ。恋人の高校が全滅すれば恋人も死ぬだろうし、もし生き残ったとしてもとても悲しむだろうから、平穏無事に日々が過ぎればいいと思う。カフェでお茶しているときには彼のうしろから居眠り運転のトラックが突っ込んでこなければいいと思うし、メールがあれば、朝、私の部屋から出勤する途中で暴漢に襲われたり、昼間、勤務先の高校で残酷な高校生たちになぶり殺されたりしなかったんだなと、さほど心配していなかったもののやっぱりちょっとほっとする。私は同じ映画館に居合せた人たちに、どうなってほしいか考えたこともない。上映中にスマートフォンをチェックしていたり、あろうことか通話をはじめる奴に対しては死ねと思ったりもするけれど、本気でそう思っているわけではない。万が一、罪にならないから殺してもいいよと拳銃を渡されたとしても、殺さない。脅すだけだ。よく服を買いに行くファッションビルや、美容院やネイルサロンや美容サロンが、ある日訪れたら警察の黄色いバリケードテープが張られて立ち入り禁止になってしまっていることを期待してもいない。私はうちの師長がちょっと怖いけどきらってはいないし、心の中で悪態をつくことはあっても死ねばいいと呪ったことはない。うちで預かっている産婦、新生児、患者たち、みんな健康で退院していってほしい。そもそも、小中学校のころだって、私は誰かが死ぬことを心待ちにしたことはなかった。一度もだ。いや、一度か二度か三度くらいはあったかも、いやいやもっとあったかも、でもそれは、誰もが思う程度のことに過ぎない。

私は、特定の人であろうが不特定の人であろうが、心底死ねばいいと、そう願ったりはしていない。

ただ私には、ずっと、どうしてそうならないのかが不思議だった。私にとってはみんな死んでしまうのが自然なのに、どうして私にとってはそれが自然なのかわからないけれど、とにかくそれが自然であるように感じられ、そのほかの感じ方ができないのに、どうして今、たった今、私の目の前でそれが起こらないのかが、どうしてもわからないのだ。

午前の外来診療に詰めていると、診察と診察のわずかな合間に、看護師が「先生ちょっとすみません」と私に声をかけた。

「今、先生に会いたいからって来てらっしゃって」看護師が挙げたのは、私が筋腫を取り除き、私にどうして産科医になりたいと思ったのかを聞いた患者の名前だった。

「彼女、今朝退院したんです」

「ああ、そうでしたよね」

「で、[redacted]先生にどうしてもお礼言いたいからっていらっしゃって。ふつうに、ほかの患者さんたちといっしょに順番待たせてくださいって」

「えー、じゃあいいや、今呼んじゃって」

「はい」

看護師が顔を引っ込め、ほどなくして「失礼します」という声とともに診察室の扉が開いた。

私の患者が、化粧をし、眉を描き、髪をうしろでひとつに結わえ、トートバッグを肩にかけ、小型のキャリーバッグを引いて入って来た。

「退院おめでとうございます。どうぞ座って」

「あっいいんです、すぐ帰りますから、お忙しいところすみません」患者は胸の前で両手のひらを広げて忙しなく振った。

「何かご心配ごとがありましたか？」

「ちがうんです、私、先生にお礼が言いたくて」いいと言ったくせに、患者は私をまっすぐに見つめながら椅子に座った。

「先生、私、子ども産めますよね？」

「産めると思いますよ、子宮もこれで問題ありませんし、卵巣も健康そのものですし」私は保証した。「ただし、前も言ったように、妊娠は半年以上待ってから。それと、一度子宮を切っているので、予定帝王切開になります」

「私、この病院で産みますから」晴れやかに彼女は言った。「私、自分が子どもを産むなんて、ずっと実感がなかったんです。いい年して、恥ずかしいんですけど。でも入院中、生まれたばっかりの小さい赤ちゃんを抱いてるお母さんを何人かちらっと見て、ああ、いいもんだな、きれいだなって思って……。それに、先生が、世の中をよくするために自分ができることをしたいっておっしゃったのが胸にずんと響いて……。なんだか私にも、できる気がしてきて。だから先生、本当にありがとうございます。年齢的にまだ間に合いますよね。間に合ううちに気づかせてくださって感謝してます。妊娠できたときはどうか、またよろしくお願いしますね。私、先生がいいんです」

「さあ、私が担当になるかはそのときになんなきゃわかんないですよ」私は彼女に笑い返した。

私は、少なくともこの患者にとっては、どうやらいい医者らしい。あの言葉は私の言葉じゃないけど。あれは、私の友人だった子が言っていた言葉で、私のこの人生は、その子が望んでいた人生だ、その子からしてみれば完璧には程遠いけど。

私は毎日用心深く膣内に指を進め、経膣プローブを進め、メスを持って病巣を取り去り、必要があれば臓器ごと取り去り、膣から、あるいはお腹を切って新生児を、死んでしまった胎児や望まれなかった胎児を取り出し、世の中をよくすることに貢献している。こんなふうに、面と向かって私の貢献に対する報酬を受け取ることもある。それに、私は自分を大切にする方法も知っている。私はもうそんなにすごく若いというわけじゃないけどまだどちらかといえば若くて、高収入を得られる社会的地位の高い職業に就《つ》いていて、もともとけっこうかわいかった容姿を、さらに小金をかけて磨くことのできる人間だ。私は、ちょっといい美容液を使っているためにしっとりしている自分の肌に満足しているし、長かったときよりなんだか賢そうに見えるような気がするからショートカットが気に入っているし、血や体液でくもった医療用ゴム手袋をはずしたときまるで新品のアクセサリーみたいにぴかぴかの、ピンク色に上気した爪があらわれると元気が湧《わ》いてくるし、比較的左右均等となった眉毛は、眉ペンでいい感じに書き足すのもかんたんだし、だいいちプロがつくってくれたこのカーブは目がちょっと大きく見える。私は世の中の役に立っているだけじゃなくて、自分の人生を楽しむために生きることもできている。そしてこれは、あの私の友人だった子が望んでいようがいまいが、一般的に見て、かなり悪くない人生だ。

それなのに、意味がない、と私は思う。私は、私のやるべきことを果たしていないと。

同時に、私のように能力に恵まれた人間がそんなふうに感じるのは驕《おご》りだということも、私は理解している。

午後、私はまたぼーっとナースステーションの書類棚の前でファイルをめくりながら、首をねじ曲げて初代院長のお粗末なピエタを眺めていたところを師長にどやされた。

「[redacted]先生、[redacted]先生！　もう、[redacted]先生！」

師長の声は低く穏やかなのに明らかに怒声で、私はその声はずっと聞こえていたのだが、私の名前を呼んでいることにはなかなか気づくことができなかった。

「そんなにお気に入りなら、あれ、持って帰りますか。いいんですよ、あんなのなくなったところでかまわないんだから」

看護師たちのくすくす笑いが聞こえる。

「あ、いりません」あわてて私は言う。

看護師たちのくすくす笑いがどっと大きくなった。

「これ!」師長がまた、低く、決してうるさくない声量で怒鳴る。

そして、私に向き直って「ほんとにいらないんですか? まったく。次ぼーっとしてたら持って帰ってもらいますからね」とにらんだ。

それは困る。私の趣味じゃないし、私のシンプルモダンでモロッコスタイルの部屋に合わない。いや、意外と合うかもしれないけれど困る。私はこんな絵、ぜんぜん好きじゃないのだ。だいいち部屋にあったら毎日ぼーっとしちゃって、きっと掃除もできなくなってしまうし、出勤もできなくなるかもしれない。

私をぼーっとさせるのは、言うまでもなく、この絵が喚起するピエタという響きだ。私は、この絵を目にしないかぎりピエタという言葉を思い出すことはない。かつてはピエタは、あまりにも身近な言葉だった。私の名前をちょっともじったらそうなるから、それが私の愛称だったのだ。もう誰も、私をピエタとは呼ばなくなった。私をピエタと呼んでいた人たちは死ぬか、収監されるか、私の前から消えていった。同時に、私はピエタではなくなった。ピエタだった私もまた、私の前から消えていった。

今は私は、あの絵を目にしたときだけ、ピエタという音が、音だけが帰って来るのを感じ、そのことになんの意味もないことを味わう。

意味がない、と私は思う。

初代院長の描いたピエタの絵を見てピエタという音が帰って来てもなんの意味もないのはそれが私の名前じゃないからだし、私はピエタじゃないんなら存在する意味がない人間だ。

case7　夫惨殺未遂事件

死んで仰向けに横たえられているあの全裸の人は、どうも男だったらしい。私の位置から見えるのは体の右側面で、胸部はその上で交差させられた腕に、股間は手前に突き立った柱にさえぎられて確認できない。しかし、肩は丸みを帯びているし、髪は長いし、まっすぐに伸ばした両脚はかかとがぴったりとくっつき、ぴんと天をさす両のつまさきはなんとなく可憐で、遠目で見ててっきり女だと思い込んだ。思い込んだといえば、腕や脚をさかんに這っているによろっとした長いものもそうだ。静脈瘤《りゅう》かなにか、とにかく血管だとばかり思っていた。

その遺体は、石彫だった。石彫の遺体は静かだ。死というものがあのようにあればいいのにと私は思う。おそらくはああいうのが、人類みんなが望む死の姿だろう。あれは完了している。実際の死は、なかなか完了しない。死んだあとの肉体は、放っておけばそのあともにぎやかな変化を次々と繰り出す。そういう意味においては死は生き物だし、別の生の土台でもある。

私はパンフレットに目を落とした。礼拝堂の入り口すぐのところの長机に投げ出してあった、二つ折りの細長いやつだ。長机は薄い灰色に乾ききって、表面には木肌だけではなく砂埃のざらつきがあった。パンフレットは、はじめは、といってもそれがいつなのかよくわからないが、おそらくはじめはきちんと揃えて積まれていたのだろう。けれど、私がその前に立ったときには、ほんの数部がばらばらに散らばっていて、そのどれもが長机と同じようにざらついていた。はじめて見るその机とパンフレットの安っぽい古さが、私にはむしょうにいとおしく、なつかしかった。礼拝堂も古かったが、その古さは格がちがう。なにせ十四世紀の建物だ。スイス、ヴォー州、ラ・サラスの礼拝堂。めずらしいばかりで、なつかしくもなんともない。

パンフレットには、フランス語で書かれたごく簡単な短い解説と、その石彫の遺体の上半身を真上から撮ったモノクロ写真が印刷されていた。胸の上で交差させられた腕の先で、それぞれの手は、どこかあどけない指をきれいに揃えて伸ばしている。長い髪はひたいで真ん中に分けられ、左右に垂らされている。やっぱり女性に見える。しかし、男か女かなんて、どうでもいいことだ。

その人は眉骨が高く、鼻筋が通っていたが、顔はほとんどわからなかった。なぜなら、どういうわけか顔面いっぱいにこぶし大の変な蛙が四匹、ひたいを寄せ合うようにして這いつくばっていたからだ。蛙たちは、目がぎょろっとしていて、むっちりした背と尻をしているくせにいやに背骨が浮き出ている。

このパンフレットはとっくに捨ててしまって、そう、たぶん、このスイス旅行から持って帰ることすらしなかったのだと思う。このときの私は、きっとこんな像のことなんか忘れてしまいたかったのだ。何年も経って、パソコンで調べものをしていてその進捗がはかばかしくないよくある一日のいつかの日に、ふと検索してみて、あのによろっとした長いものが蛇や誇張された蛆虫《うじむし》だと知った。また、柱に隠されて見ることができなかった股間には、顔と同様のむっちりぼってりした蛙が四匹、やはり同じポーズで這いつくばっていたこともわかった。つまり、この石彫の遺体は、あんなに静かな理想の死の姿をしてその実、実際の騒々しい死をかたどっていたというわけだ。

でもこのときはそんなことは知らないから、私は、この人の直接の死因や罹患《りかん》していたと思われる血管の疾患、あるいは死後急速に肉の張りが失われたことによってよけいに血管が浮いて見える可能性のことなんかを、ぼんやりと考えていた。

「えーと、トランシ……いや、ジかな。トランジっていうんだってさ、それ」

言いながら夫が隣に並んで、私の頭ひとつ上でぼうぼう燃える頭を石彫の遺体に向けた。

夫の頭部は、だいたい燃えている。もちろん本当に燃えているわけじゃない。ぜんぜん燃えてなんかいない。近づいても熱くもなんともないし、私はふつうの、当たり前の見方、つまり、夫の頭が燃えていない見方で夫を見ることもできる。でもどちらかといえば、私にとっては燃えているほうが自然だった。だから私は、夫の頭を燃えるままにしている。

そんなことより、ゆらゆらしている炎の向こうから夫の言ったことのほうが問題だし、衝撃的だった。

「え？」私はあわてふためいてパンフレットをひっくり返した。「ちがうよ、この人は、フランソワ・ド・ラ・サラっていう人だよ。一三六三年に死んでる。ほら、ここ」

「いやいやそうじゃなくて、ここ」夫はパンフレットの上に重ねて持ったスマートフォンの画面を、私に示した。私があとになって検索して見つけたのとたぶん同じ英語表記のサイトを、夫は開いていた。

「その人の名前で検索したんだけどさ、そういうのトランジっていうんだってさ」

「腐敗した死骸の像を設置した墓碑だよ」

私は黙った。夫は私にそんなあだ名の親友がいたことを知らない。私は私の親友以外にそう呼べるものがあることを知らなかった。

「そういうのって？」

「十四世紀後期から十六世紀にかけてヨーロッパでいくつもつくられたらしいよ。この人とちがって立ち姿の像もあるみたいだね」夫は親指で画面をスクロールし、肉が剝がれ落ちてからっぽの腹腔を見せつけている立像の画像を見せた。「えーと、腐敗像には罪を告白し、救済を求めるっていう意味があるんだってさ」

ラ・サラスは小さな田舎町だった。私たちはローザンヌからジュネーヴまでレンタカーでレマン湖沿いをドライブし、湖から離れて北へぐるっと回るルートでローザンヌへ戻る途中だった。オープンカーを運転する夫の頭は、風を受けていつもよりよく燃えた。かさつく不吉な黄緑色の畑が延々と続いたあとに、私たちはこの古い礼拝堂を見つけた。礼拝堂は無人だった。滞在時間は、十分ほどだった。

これが、私たちの新婚旅行だった。私は行き帰りの飛行機でも、ローザンヌの街やホテルや石で組まれた古城や青くさざなみのたつレマン湖でも、たくさんの知らない人々、それと私の頭部の燃えている夫が幾度となく血祭りにあげられ、あるいは外傷のないまま倒れ、夫だけじゃなくてほかの人々の頭部も燃え上がり、やがて全身が燃え上がり、悲鳴を上げて逃げまどった末に、もしくは事態が把握できないまま、もしくは眠るように穏やかに死んでいくという、祝祭に似た光景を幾度も夢見たが、新婚旅行のあいだに私が肉体の目で見た死体は、ホテルの部屋の白い窓枠のところにいた小さな甲虫の死骸とあのフランソワ・ド・ラ・サラの石の体だけだった。

結婚式は、その一年ほど前に挙げた。前の晩に、佐藤から電話があった。九年ぶりだった。トランジが消えた日、佐藤は駆けつけてくれて、捜索願いを出すよう舞を説得したけど、捜索願いなんて何の役にも立たないことはわかっていたし、実際捜索願いも佐藤も何の役にも立たなかった。わかっていたくせに激怒した私が、罵詈雑言《ばりぞうごん》とともに追い返して以来だ。

「お前、番号変えただろ」

「変えたし、教えてないんだけど」

「お前らじゃなくても電話番号調べるくらいどうってことないんだよ」得意そうに佐藤が言った。

と思ったら、次の瞬間にはしゃくりあげる音が聞こえた。

「え？　なに？　なんなの？　キモい」

「そう言うなよ、お前よかったな」佐藤は泣いていた。「おめでとう。結婚するんだってな。お前が産婦人科医になったって知ってから、いつかこんな日が来るって信じてたんだ。お前がふつうの、まっとうな人間として幸せをつかむ日が」

私はもうなんで知っているのか理由は聞かなかった。そんなことを知るのは電話番号を調べるのとおんなじくらい、佐藤が言うようにどうってことないし、おおかた舞が教えたんだろう。私は舞ともずっと会っていなかった。舞からも接触はなかった。会わないうちに、舞なんていなかったんじゃないかという気になっていた。だとしたら、トランジだっていない。そうだ、あんなに頭がよくて、面白くて、自分ではなんにもやってないのにまわりで勝手にじゃんじゃん殺人事件が起こっちゃう奇跡みたいな子、いるわけがない。私の人生のいちばんいいとき。人がくるくるとたくさん死んでいって、私はそれ自体が楽しかったわけじゃないけど、楽しくなかったわけでもなかった。でもそれもこれも、みんな私の白昼夢だったのだ。私がしょっちゅう想像している、いや、想像せずにはいられない、目の前の人々が殺戮《さつりく》される白昼夢の、ただのバリエーション。私には親友はいなくて、私に変なあだ名はない。私の人生のいちばんいいときなんてのは、しょせん私のつまらない想像で、結婚しようとしている今こそが……。

「ピエタ、ピエタ、なあ聞いてるか？」

「あーあ、もう台無し」私はわざとらしくため息をついた。

「なにがだよ」佐藤がすすり泣いた。

「なんであんた存在してんの？」

「なんだって？」

「私はピエタじゃありません」

「あ、そうなの？　本名で呼んだほうがいい？　あ、本名ももう旧姓になるのか、お前のご主人の苗字、なんだっけ？」

「ご主人」私はうなった。「ご主人？　なんなの？　私はメイドにでもなるってのかよ」

「俺はな、ずっと心配してたんだよ。人にはいろんな幸せがあるってことはわかってるし、余計なお世話だってこともわかってる。でも俺、自分に子どもができてはじめてわかったんだけど……」

「娘さん元気？」

「俺、子どもが娘だって教えた？」

「聞いてないいし興味ないけど名前も知ってる、あのさあずっと思ってたんだけど娘さんの名前、漢字が変だよ」

「待て、それは聞きたくない。娘は元気だ。あのな、俺、お前のこと娘みたいに、いやちがうな、ぜんぜん娘とはくらべものになんないわ、そうだなあ妹かな、ちょっとだけ妹みたいに心配してたんだ……」

私は、佐藤がもうひとりの佐藤の妹もどきのことを言い出さないうちに、その子の幸せのことを口にしないうちに、急いで通話を切った。

主人。子ども。

私は結婚後は産婦人科医の仕事をパートに切り替え、それもじょじょに少なくしていって一年後にはいったん休止するという計画を立てていた。

「お前ももう三十五歳だけど、一年くらいは時間あるかな？」と夫が私に尋ね、私がうなずいたからだ。医師としては一年後と言わず、すぐに妊娠を試みるようすすめたいところだが、それは黙っておいた。夫が新婚しばらくは二人だけで過ごしたいと考え、そのあとはできるだけ早く子どもがほしいと考えていることを、私は知っていた。つまり、一年後には、私は妊娠を最大の目的として生きることになる。私は現時点では自分の生殖機能にとくに問題がないことと、夫が自分の生殖機能に疑いを持ったことがないことを知っていた。私が知らないのは、私が子どもを望んでいるのかどうかだった。子どもがほしいと思ったおぼえはなかった。でも、子どもを決して産むまいと強く誓ったこともなかった。

私が夫と結婚を決めたのは、この男が私の心のうちを言い当てたからだ。

「[redacted]ってさ、ときどき、人生にはなんの意味もないって顔してるよね？」

「そうかな」と私は答えた。

「まあ実際、人生には意味なんてないのかもしれない」と夫は言った。「みんなそれじゃやってられないから、なにか意味ややるべきことがあると仮定して、それでうまく自分を騙《だま》して生きてるだけなのかも」

「そうかな」

「[redacted]も、自分を騙してみたらどうかな」

「どんなふうに？」

「うーん、ぼくは[redacted]のために生きる。[redacted]はぼくのために生きる」

「ふーん」

そのときはじめて、夫の頭にぼうっと火が点き、みるみるうちに燃え上がってあの継続的な炎となったのだ。

結婚式と披露宴は、たがいに親族と友人・知人・上司をごくわずかだけ呼んで開いたはずだったが、一瞬だけ大人数になった。私立高校の教師である夫が担任しているクラスの子どもたちが、ほぼ全員でやってきたからだ。

彼らが入ってきたのは、私が高砂《たかさご》に座ってにこにこしながら列席者たちが順番に大量吐血をしていくのを眺めているときのことだった。さっきまで涙ぐんでいた私の父と母が口から血を噴水みたいに噴き上げるのを見るのは、さすがに胸が痛んだ。でもきっと両親は幸福にちがいない、彼らに異変がなくて、そのかわりに娘の私が血反吐《ちへど》を吐いて死んでいくのを目の当たりにするよりは……。わかんないけど、たぶん親ってそういうもんなんじゃないの？

この白昼夢は、私のちょうど真正面に位置していた会場のドアが大きく開き、笑顔でわめく子どもたちが入ってきたことで、別のものに変わった。私は、すでに大人とだいたい同じ体格をしたその子どもたちがさっと散り、列席者たちにそれぞれ手際よく飛び掛かり、喉笛を食いちぎるさまをあっけにとられて見ていた。

実際には子どもたちは、さっと散り、列席者たちのテーブルを避けて高砂の前でさっとひとかたまりになり、「せーの、中山《なかやま》先生、ご結婚おめでとうございますー！」

と叫んだ。思えばちょうど彼らの年齢のころ、私の人生ははじまったのだ。もうとっくに終わってしまったけど。

「なんだよお前らー」夫が炎を揺らしてうれしげに立ち上がり、身を乗り出した。子どもたちから差し伸べられた手を片端から握っていく。

「せんせーの奥さん、きれいー」と女の子たちが、私の顔ではなく、私が選んだハイネックのウエディングドレスの、胸元から首にかけての複雑で繊細なレースに向かって口々に、熱心に声を上げた。もっともな反応だ、と私は心の中でうなずいた。私はセンスがいいのだ。私は座ったままでいたが、うしろを向いて背中を見せてやりたかった。第五頸椎《けいつい》から第一腰椎あたりまで、脊椎《せきつい》に沿ってきれいにくるみボタンが並んでいて、それがこのドレスのいちばんのチャームポイントだから。この子たちはきっとそれが見たいだろう。でもそうはせず、私は常識的な態度をとった。

「わあびっくりしちゃった、いつも夫がお世話になってます」と愛想よく言う。すると、「うわ、夫だって！」「夫！　夫！」と女の子たちがはしゃいだ。

そのはしゃいでいる女の子たちの斜め後ろに、私は一人、知った顔を見つけた。つるつるした丸いほっぺたをぺったりした黒い髪の毛で隠そうとして隠しきれていない女の子で、全体を見渡して判断するに、そのほっぺたのせいか背をしゃんとしないで顎をじゃっかん前に突き出して頭部を支える姿勢のせいか、この集団の中ではどちらかといえば幼く見える。その子もはしゃいでいなくはなくて、そして男女を問わずほかの子たちがそうしているように、私を見ているけれどとても上手に私の視線を躱《かわ》していた。私はその子の名前も思い出していた。そういうのは得意なのだ、顔と名前を一度おぼえたら、忘れないでおくことが。私はあのほっぺたと同じできめのこまかい、しかしほんのわずかだけ垢じみた内腿の色も思い出していた。その子は、つい三ヵ月ほど前に、私がヘルプで呼ばれて行った個人医院で中絶手術をした子だった。十二週未満の妊娠初期中絶だったから、手術は日帰りだった。一人で来て、帰りはたぶん姉だと思われる人が迎えに来た。

夫がその子の伸ばした手を取った。夫の手は一度その子の手をぎゅっと握ると、すぐにその隣の手へとひるがえった。子どもたちと握手を交わしていく夫の手の動きは、夫の頭部で燃える炎にそっくりだった。

私はその子の上にじっと視線を止めるようなへまはせず、その子は私ほど記憶力がよくもなかった。私は、ここにいる男の子たちのなかに責任を負うべき子がいるのだろうかと考え、それから子どもたちの足元が崩れ、燃える夫に別れを告げた子から次々と奈落の底へ落ちていく光景が頭のなかをめぐるのに任せた。

全員の手が夫と握手を終えると、子どもたちは「じゃあねー先生またねー」「おめでとうー」「ばいばーい」などと言いながら、またさっと散って列席者たちのテーブルを避け、扉の前でさっとひとかたまりになり、あっというまに帰って行った。

子どもを産んだら、私は子どもに夢中になり、私はこの子どもを産むために生きていたのだ、と感じるようになるのだろうか。

産婦人科医としてかかわってきた産婦たちの多くは、そこまでではないかもしれないが、それに近いような感傷を私に吐露することがあった。新生児を見て泣き出す産婦も少なくなかった。泣いたあと、彼女らは打って変わってそれまでちらりとも見せたことのなかった誇りに満ちた態度で座り、まるでこの世界が滅びかけていて、それを救うことのできるたったひとつの武器を見るような熱っぽいまなざしを新生児に向けたものだった。裏腹に、絶望に顔をそむけ、あるいはそむけなくとも表情をなくしてただぼうぜんと、世界を破壊する武器を見るみたいにして新生児の前に座り続ける産婦もいた。彼女らが今どうしているのかはわからない。世界を救うと信じていたのに破壊兵器だった、という母親がいるかもしれない。逆に、破壊兵器だと思ったのにいまや救われている、という母親もいるかもしれない。

私にはどちらが訪れるのかわからなかった。私の産む子どもは、私を救うのか、それとも私を破壊するのか。そもそも子どもは、べつに母親を救ったり破壊したりするために生まれてくるわけではないのに。

私は自分の母親に聞き取り調査をした。正確には、結婚式の後に感極まって、母親が勝手にしゃべりだしたのだけれど。

「お母さんはとくになにかを成し遂げるわけでもない、そこらへんのただの人だけれどもさ、[redacted]を産んで育てたんだから、もうそれでじゅうぶん」

「こうやって無事に大人になって、立派な職業に就いて、結婚もしてくれるなんて」

「どんなことがあっても、そう、たとえ立派な職業に就いてなくても、結婚できてなくても、[redacted]がお母さんの大事な娘だってことにかわりはないのよ」

「ああでも、無事にお式がすんで本当によかったねえ。あんたが高校生のとき、ほら、ね、あんなひどい事件に巻き込まれたときはもうどうしようかと……。そのあともねえ、ほら、ね、高校でもひどいことがたくさん起こったでしょう。あんたはけろっとしてたけど、お母さんはもう心配で心配で」

最後のを母が口走ったのは夫の前だったので、私はうんざりしてさえぎったが、ちょっと遅かった。あとで二人だけになると、夫が言った。

「さっきお義母《かあ》さんが言ってたのって、なに？　高校生のとき、なにがあったの？」

炎の下で、うっすらと夫が微笑んでいるのがわかった。私がどんな高校生だったとしても自分は受け入れる、気にしないっていうサインだ。

「べつに」私はすげない返事をした。それから、でもこれは好機かもしれないと思い直した。これをうまく利用すれば、私は、私の夫の生徒たちを見たのがきっかけでそれを話題に出したのでは、と夫に疑念を抱かせることなく、情報を引き出すことができるかもしれない。

「べつに、ちょっと私の通ってた高校が荒れてただけ。万引きとか、喧嘩とか、援助交際とか。そうそう、先生どうしの不倫もあったし、妊娠しちゃった同級生もいたよ」

「へえ」夫はにやついた。「[redacted]はどんな高校生だったの？　やんちゃしてた？」

「たいしたことないよ。そうだなあ、私がやったのは……授業サボって友達とうろうろしてたとか、あとは、うーん、ちょっと喧嘩したくらい？　でも今思えば、」と私は軌道修正をはかった。「高校時代の経験で私は産婦人科医になったのかも。さっき言った同級生、結局なんにもできないままお腹が目立ちはじめて、それで妊娠がバレて退学になったんだ。その後、産んだって噂を聞いたけど、本当のところはわかんない。あの子、どうしてるのかなあ」

私はふと思いついたように夫を見上げた。

「ねえ、でもなんで妊娠したら退学なんだろう、おかしいよね？　私の高校はど田舎だったけど、あんなど田舎じゃなくてもそういう対応を取る高校ってわりとあるよね？　亮介《りょうすけ》んとこの学校ではどうなの？」

「さあ、そういえば生徒が妊娠したっていう事例は聞いたことないなあ」夫は首をかしげた。「うちは私立だからなあ。それに、エスカレーターで大学もついてるだろ？将来のちゃんと見えてる子たちは、そういうことしないもんだよ」

「ふーん」私は炎を透かしてじっと夫を観察した。夫が本当になにも知らないのか、それともひそかに中絶という手段をとった子がいるのを知っていて、その子のために学校の名前のために知らないふりをしているのか、私には見極められなかった。でも、私はもう別のことに気を取られていた。私は私の夫に、そんな物言いはしてほしくなかった。将来のちゃんと見えてる子たち。私は胸の内で反復した。私は夫が軽々しくそんな言葉を選んだことに、嫌悪とおそれを感じた。清潔なのか不潔なのかよくわからない、生温《なまぬる》い水を飲んだような気分だった。それじゃあこの人も、さぞかし将来がちゃんと見えてる大人なんだろう。私には見えていないそこに、この人は自信満々で私を連れて行ってくれるつもりなのだろう。

新婚旅行が式より一年もあとになったのは、夫の仕事の都合で、まとまった休みがなかなか取れなかったからだ。

私はもはやフルタイムでは働いていなかった。スイスから帰ってきて、シフトはますます減っていく予定だった。私は家事はとくに苦ではない。料理も、掃除も、洗濯もきらいじゃない。私は器用だし、要領がいい。夫は満足しているようだった。

「[redacted]って意外と家庭的なんだよな」と彼は言う。

そうじゃない。私は意外と優秀でなんでもできる、それだけなのだ。

夫の頭は、スイスから帰ってますますよく燃えるようだった。私は食卓の真向かいで私のつくったそこそこ凝った料理が炎に投げ込まれていくのを見ながら食事をし、暗いままぶすぶすと燃える夫の頭と枕を並べて眠り、それからときどきセックスをした。燃える頭を抱きしめてキスをするのは、ちょっと面白かった。抱きしめると、夫の頭部は人間の頭部が当たり前に持つ熱さでしかなく、ごわごわした弾力のある髪の毛、べたつくひたい、なめらかなまぶた、ざらつくほおやあごを、私は関心と感嘆をもって撫でまわした。夫は夫で、そうしたがる私を面白がって、やりたいようにさせてくれた。

まあでも結局、私たちはうまくいかなかった。

遅かれ早かれそうなったとは思うけれど、きっかけは夫が避妊をやめようと提案したことだった。夫にしてみれば当然の提案だ。私が仕事を減らしていたのは、子どもを産む準備をはじめるためだったのだから。あの夫には本当に悪いことをしちゃったな、と思う。

でも寝室で、私が夫の太股に乗り上がってお気に入りの燃える頭を思うさまもてあそんでいるときに、いつもよりちょっと低い声でそうささやかれ、そのとたんに腕のなかの炎がぼわっと二倍くらいに勢いよく燃え上がったら、びっくりしてその頭を思いっ切りねじって枕に押し付けてしまってもしかたないよね。私は、火を消してやるつもりだった。それで、夫の頸椎を膝で押さえ付け、夫の枕に押し付けたその後頭部を自分の枕でさらに押さえようとしたとき、いや、もうすでにけっこう力を込めて押さえちゃってたかもしれないけど、そのとき、私の腕を夫のじゃない、私と同じくらいのサイズの手が、強く握った。

「だめ」トランジが言った。「死んじゃうよ、その人」

私は力をゆるめた。夫が私の膝の下から転がり出て、私と、ベッドの脇に立って私たちを見下ろしているトランジのあいだで激しく咳き込んだ。私は夫の下敷きになりかかっていたリモコンをすばやく救出し、薄暗くしていた室内の照明を一番明るい設定にした。平べったい、情感のこもらない光が私たち三人を照らし出した。

「あー」と私は全裸でトランジに言った。「不法侵入じゃない？」

それからやっぱり全裸の夫に、「あー」と話しかけた。「ごめんごめん、だいじょうぶだった？」

顔を真っ赤にして喘鳴《ぜんめい》を響かせ涙を流している夫の頭部はもう燃えていなくて、私はこの人ってこんな顔してたんだっけ、けっこうタイプかも、などと思っていた。私は夫の肩口まで布団をかけ、やさしくなだめながら体を包んであげた。

「死のうかとも思ったんだけど、できなかった」この平静な、ただの報告がどちらの口から出たのかはおぼえていない。

「それで、覚悟は決まったの？」私とトランジのどちらかが、どちらかに向かって言った。

そしてどちらかが、「うん」と答えた。

case8　死を呼ぶババア探偵事件

まるで自分を見ているようだった。依頼人の八坂麻里奈《やさかまりな》はトランジの淹れた紅茶に手をつけず、ソファに座ってこちらを睨みつけていた。私にそっくりなのは、顔そのものじゃない。顔は正直似ていない。その不遜《ふそん》な態度だ。はじめからこの子はそうだった。こうやってすべてが終わっても、まだ私たちに気を許さない。

「終わってない。私は、終わってない」八坂麻里奈が吐き捨てるように言った。

「あ、聞こえてた？」私はにこにこしてデパートの地下で買ってきたクッキーを北欧ブランドのお皿に並べて出してやった。「終わってんのはあんたたちでしょ？　おばさん」

私はちょっと振り返ってトランジを見た。私は八坂麻里奈の向かいのソファに座っていた。トランジは私のうしろに置いてある机に着いていて、デスクトップパソコンの向こうから体を斜めにしてこちらを覗き、頬杖をついている。無表情だったが、トランジはとくべつ表情をつくる必要があるとき以外はだいたい無表情だ。無表情のなかにも緊張やうしろめたさや喜びをはらんだいくつものバリエーションがあって、それを見分けられるのはたぶん私とトランジの姉の舞くらいだけど、今の無表情は私が見慣れているいつもの無表情だった。つまり、トランジはリラックスしていて、八坂麻里奈にすっかり気を許している。彼女がはじめにやってきたときには人当たりのいい、常識的な微笑みを浮かべて自分が無害な人間であるとアピールしていたのだから、えらい進歩だ。私が八坂麻里奈を気に入っているように、トランジも八坂麻里奈を気に入っているのだ。八坂麻里奈はこのことを誇っていい。

「私たちおばさんだって」うれしくなって私は言った。

「まあそうだよね。四十四歳だし」トランジはうなずいた。「でも更年期障害はまだだよ、二人とも」

「幸いなことにね。でもトランジ、もうちょっとふだんから表情筋動かした方がいいんじゃない？　アンチエイジングのトレーニングにさ。ほうれい線目立ってきちゃうよ」

トランジは自分の容姿にさしたる興味がないので、とくべつ化粧をする必要があるとき以外はほとんどしていない。そのせいか肌は四十代にしては悪くないし、むしろ少女のように見えることもある。相変わらず長くしている黒髪はちょっとだけコシがなくなってきて、白髪もだいぶ混じり始めているけれど、こちらはきちんと染めていた。四十代で髪を長くしていてまったく白髪を染めないでいると、逆にちょっと目立つことがあるからだ。探偵は目立たない容姿のほうが便利。それがトランジの見解だ。

その点、私はちがう。私は髪を茶色に染めてふわふわのパーマをかけたり巻いてみたりうしろを刈り上げてみたり、やりたいことは片端から試しているし、化粧品が大好きだからアイラインもアイシャドウも口紅もハイライトやコンシーラーも新作が出たら勇んで買いに行き、高い美容液を片端から試して肌の張りや潤いを楽しんでいる。四十代の私はぜんぜん悪くない。むしろ、三十代の終わりからまぶたがたるんで、奥二重だったのがはっきりとした二重になってちょっとラッキーだ。それに、若いころ大きらいで心底呪っていた頰のむにゅっとした丸みが加齢とともに削げ落ちて、頰骨が荒涼とした崖のようにあらわになってきたところも好みに合っている。セルフイメージと自身の姿が近づいてきた気がする。

八坂麻里奈が鼻で笑った。彼女はまだ高校生で、まさにあのむにゅっとした頰の丸みを持っている。きっと八坂麻里奈も自分のあの頰がきらいだろう。でも、こうして見ていると、あの頰だってぜんぜん悪くなかったんだ、と思う。悪くないどころかむしろすごくいい。ああやって態度悪く鼻で笑っていても、野暮ったくてはつらつとしていて憎めない。

「ずっと聞きたかったんだけどさ、おばさんたち、二人で住んでるんでしょ？　なんなの？　レズなの？」

「さあどう思う？」しなをつくって、私が気に入った男相手に言うみたいに言うのと同時に、「麻里奈さん、もしあなたが性的な関係を持っているかどうかを聞いてるなら、それは私たちの間にはない」とトランジが正確な答えを返す。

「ちょっとー、せっかくからかってやろうと思ったのになんで言っちゃうんだよ」

「彼女はまだ十七歳でしょ。大人が子どもに対して性にかかわることをからかいのネタにするなんて最悪。麻里奈さんごめんね。私たちはセックスをしたことがないけれど、だからといってレズビアンないしはバイセクシャルでないと断言することはできない。また一般にはパートナーとは性愛によって結び付くものと思われがちだけれど、それは決してたった一つの正解というわけではないの、そもそも……」

「わけわかんない、なに言っちゃってんの？」八坂麻里奈が挑戦的に言った。「あんたたち、そんな自分たちが正しいみたいな顔してられる立場なのかよ」

「うーん、でもねえ」と私はいい具合にとがった顎に指をあてた。私は手をきれいにしておくのも好きだから、爪は今日は紺色に輝いている。顔に塗り込んだあと指に残った高級美容液は、手の甲にしっかりと擦り込むようにしている。お気に入りのハンドクリームはオーガニックの天然油脂と植物油でできていて、ハーブのいいにおいがするけれど、仕事によってはトランジに手を洗ってにおいを完全に落とすよう命じられることもある。たとえば、ちょっと人の家や事務所に忍び込んで物を拝借したりするときなんかにはね。

「私たちは頼まれた仕事をこなしただけで、誰も殺してないよ。わかってるでしょう？　それに結局は麻里奈さん、あなたの望み通りになったんじゃない？　最初から、私たちに依頼すると人が死ぬって知っててここに来たんだよね？」

「なんなの。ババアのくせに」言葉づらに似合わず、勢いがなかった。

「年齢を罵倒に利用してはいけないよ。ちなみに身体的な特徴を罵倒に利用するのもいけない。知ってると思うけど」私はいたわりを込めて言った。

八坂麻里奈がうっすらと涙の浮かぶ目で、私を通り越してトランジを見た。

「でも、ほんとうに死ぬとは思わなかったの」小さな声で、八坂麻里奈が訴えた。

「後悔してる？」相変わらずの無表情で、トランジが尋ねた。

八坂麻里奈はじっとクッキーを見つめた。まるく明るい頬を、じりじりと涙が一粒下って行く。

「してない」聞き取れないほどの小さな声で、八坂麻里奈は言った。

八坂麻里奈は、一週間前、その母親である八坂葉月《はづき》といっしょに依頼にやってきた。八坂葉月は私とちょうど同い年で、身なりには気を遣っているけれどこざっぱりしたシンプルな服装の人だった。化粧は眉とアイシャドウと口紅。口紅は少し顔色に合っていない。アクセサリーは結婚指輪のみ。八坂麻里奈はそのうしろで、いかにも興味なさそうな顔をして突っ立っていた。彼女は私服だったが、紺色の膝上丈のスカートに白いシャツ、黄色味の強い白のだぼっとしたセーターを重ね、襟元には紺色のリボンタイをぶらさげていて、まるで制服を着ているみたいだった。

「この子が」と八坂葉月が娘を私たちのほうへ押し出した。「あなたたちが評判だと言いますものですから」

「本当？　ありがとう」私は八坂麻里奈の目を捉えようとしながら言った。

「どうも」八坂麻里奈は私と目を合わせずに口の中でつぶやいた。

私たちは、地方都市に移り住んで、こぢんまりした古い雑居ビルの四階の一室を事務所にしていた。大家さんが好きにリフォームしていいと言ってくれたので、ビルの陰気な灰色の外壁、コンクリートが剝き出しの内壁、うぐいす色と白の小さなタイルが貼られてて昔はかわいかったかもしれないけど今はところどころ欠けてしまっている階段、すり減った木のてすりといった共用部分とは打って変わって、私たちは事務所の内装を白くて味気ないほど現代的なしつらえにした。

「あら、いいじゃない」大家さんはこのあたりの土地持ちの小柄な老女で、フルリフォームした私たちの事務所を見にきて子どもみたいに歓声をあげた。いい人だ。「私ねえ、古いものは好きじゃないのよね。やっぱり最先端のものがいちばん!」弾む声でうちのタンクレスのトイレを試してから出て行った。

当初は住居は別で、私たちは別のマンションに住んでこの事務所に通っていたが、その後、隣室とさらにその隣室も空いて四階に私たち以外誰もいなくなったので、思い切って全部借りてフルリフォームして中をぶち抜き、フローリングを敷き、システムキッチンやシステムバスを入れて住居に変え、ここに越して来た。大家さんはまた見物にやってきて、いちいち歓声を上げながら部屋中を見回ったあと、満足して帰って行った。

トランジの方針で、やっぱり派手な広告は打っていないし、看板も出していない。メールアドレスと電話番号と住所を載せただけのシンプルなホームページがひとつあるだけだ。それでも、依頼は途切れることはなかった。

　もうどちらかというと夕方だというのに寝起きのトランジが、髪の毛をさっとシニヨンにしてまだ洗ってすらいないすっぴん顔をごまかすためにメガネをかけ、服装だけは白いシャツに黒いズボンとそれなりにして奥から出て来た。

「こんにちは」トランジは礼儀正しく微笑み、軽く会釈をした。それからちょっと体を傾けると、麻里奈に向かってもう一度「こんにちは」と親戚の子どもに言うみたいにやさしく挨拶をした。ふたりをソファに座らせ、私はティーバッグで淹れた紅茶をローテーブルに置いた。このときも八坂麻里奈は手をつけなかった。

「こちらは、この子が同級生のお友達から聞いて参りまして……」

「M女子学院高等学校の早見菜々子《はやみななこ》さんですね」トランジが言った。

「あら！」八坂葉月の顔が戸惑いつつも輝いた。「そうです。そうよね、麻里奈ちゃん」

「早見菜々子さんもお嬢さんと同じような私服を着てらっしゃったので」

「こういうのが流行ってるのよね、麻里奈ちゃん」

八坂麻里奈がこくりとうなずいた。

「でも早見さんのところはお気の毒でした」八坂葉月は紅茶を一口飲み、飲み口にわずかに付着した口紅を親指でそっと拭き取った。その親指がさらに、膝に置かれたハンカチでそっとぬぐわれる。

「菜々子ちゃんのお兄さんが亡くなられたんですよね」

「そうです」

「犯人は婚約者ですって？」

「すみません、あまり他の依頼者様のことはお話しできないんです」トランジが困ったように微笑んで、やわらかく言った。

八坂葉月の依頼は、失せ物の調査だった。

「紫水晶のブローチです」と八坂葉月は言った。

「写真はありますか？」

「それが、ないんです。なにしろ古いもので。私の母親から譲られたものなんですが、あまり身につけることもなくて、この子に言われてようやくないのに気がついたくらいなんですよ。この子、小さいときはよく私の宝飾品のケースを眺めて遊んでいて」そこから八坂葉月は、トランジを見たままでかたわらの八坂麻里奈の肩を抱き寄せた。「お母さん知らなかったけど、今もときどきこっそり開けて眺めてたのよね？　そう言ってくれたよね、ゆうべ」

「盗まれたとお考えですか？」

「わかりません。単に私がなくしてしまったのかも。それで警察に言うのはためらってしまって……」

八坂麻里奈ははじめの「どうも」以外、一言も口を利かなかった。

「ちょっと麻里奈、ご挨拶くらいしなさい。ほんとに、もう」帰り際にそう言われてやっと、ちょっと頭を下げながらまた「どうも」とつぶやいた。

翌日から、さっそく八坂家を訪問して調査を開始することになった。私たちはこういう華のない事件も受ける。二人を帰した数分後、八坂葉月だけが戻って来た。

「さきほどは娘が失礼しました」八坂葉月は愛おしげに言った。「あの子、塾に行きました。あの、これ、娘には内緒にしてくださいね」

「はい」トランジは感じよく応じた。

「紫水晶のブローチをなくしたのは娘だと思っています」

「そうですか」

もちろんそんなことは、私たちにだってわかっていた。母親が承知しているであろうこともわかっていた。八坂葉月のにこやかさ、余裕、ブローチに対する関心のなさと、それとは裏腹にかたくなに私たちと目を合わせようとしないで耳をそばだてている八坂麻里奈の緊張した様子。

「大して価値のあるものでもないし、あんなブローチ別にどうでもいいんです。娘がほしいのならあげます。どちらにしろ、いずれは娘のものです。ほかの、もうちょっとちゃんとした宝飾品も全部。でも、あくまであの子は盗まれたんじゃないかって言い張るんです。いいって言ってるのに、どうしても調べてもらわなきゃだめだって。それも、友達から評判を聞いたから絶対にこちらで調べてもらいたいって。親馬鹿だと思われるかもしれませんが、あの子はとてもいい子でやさしくて、家では私に口答えひとつしないんです。嘘もつかないし、私たち本当に仲が良くて、毎日たくさんおしゃべりしてるんですよ。だから困ってしまって。これが反抗期なのかと悩んだんですけど」

「ええ、わかります。思春期のお子さんはなにかと難しいですものね」トランジがいたわる。私はトランジをほれぼれと眺める。ほんと、こうして演技しているとまったくふつうの人みたいに見える。

「でも、はっと思いついたんです。あの子、ブローチを不注意でなくしてしまって、それが言えないだけなんだって」

「なるほど、やさしいお嬢さんですね」

「ああ、やっぱりこちらは女性だけで開業されてますから、こういうこともわかってもらえますよね」

「はい、それはもう」トランジは私には絶対に見せない、最大限に穏やかな微笑みを浮かべていた。

「お二人がどこから紫水晶のブローチを見つけたとしても、いえ、見つからなくても、あの子を問い詰めないでやってくださいね。さりげなく気持ちを聞いてやってほしいんです。それで、本当のことがわかったら、私にこっそり教えてもらえますか？　私このことであの子を叱るなんてことしませんから」

今度こそ八坂葉月を帰してしまってから、私は言った。

「口答えしないって？　嘘もつかないって？　毎日たくさんおしゃべりするって？　あの麻里奈って子のおしゃべりしてる内容って、たぶん半分くらい嘘だよ。だいたい、親にしゃべれるような話ってそんなになくない？」

「あの子はピエタほど親に言えないことはしてないんじゃないかなあ」

うひひ、と私は笑った。「私あの頃、トランジに勉強教えてもらってるって嘘ついて殺人事件追っかけてたもんね。楽しかったなあ！」

「それだけじゃないでしょ。私との捜査すっぽかして男の子と遊んでたこともあった」

「ああそうだった。楽しかったなあ！」

「ピエタは変わんないよね。今も男の人とっかえひっかえだし」

「まあね。トランジも、でも変わんないよ。あっ嘘、変わった。ふつうの人のふりがすごくうまくなった。ときどき、依頼人が帰ってもふつうの人のままだったらどうしようって怖くなるくらい」

「そんなわけないだろ」

私と話しながら高速でパソコンに何かを打ち込んでいたトランジが指を止め、その無表情を私に向けた。

「ピエタは、今も楽しいんでしょう？」

「そうだよ。今も楽しいよ。最高」

私は心を込めてそう言った。

私たちは予定通り翌日八坂家に調査に訪れた。ブローチは見つからなかった。八坂葉月はその二日後に死んだ。頭部挫傷《ざしょう》による即死。夫・八坂篤志《あつし》の不倫相手であった南知子《みなみともこ》に百貨店のエスカレーターから突き落とされたのだ。白昼の出来事だったが、事件当日のその時間、あたりに客がほとんどいなかったため目撃者はなし。南知子は逃走。動機は、家に探偵が来たことで自分の不倫の調査ではないかという疑惑を抱いた八坂篤志が、知子に別れ話を切り出したため。篤志は防犯カメラの映像を見てすぐに犯人が知子であるとわかったが、なぜかそのことを警察には言わず、その日の深夜過ぎ、一人娘である八坂麻里奈がようやく落ち着いて眠ったのを確認したのち、留守宅を実兄・八坂克彦《かつひこ》に任せてタクシーで南知子宅を訪問。所持品のなかに包丁とカッターナイフがあったことから、復讐のために訪れたとの見方が濃厚だが、返り討ちにあった。知子に傘で側頭部を突き刺され死亡。明け方、知子は自首した。昼過ぎ、八坂葉月の実妹・松井桃子《まついももこ》が東京から駆けつける。その三日後の朝、八坂克彦が死亡。死因はアルコールの過剰摂取。母の死以来泊まり込んでいた八坂克彦が出勤時間になっても起きてこないのを不審に思った八坂麻里奈が発見した。麻里奈、同じく泊まり込んでいた桃子も聴取を受けるが二人ともその晩はそれぞれよく眠っており、克彦が急性アルコール中毒を起こして昏倒していたことには気がつかなかったと証言。警察は事件性はないと判断、両者を保護責任者遺棄致死罪に問わないと結論づけた。依頼されていないので、私たちはこの件については調査しない。

寝不足と涙で目を腫らした八坂麻里奈に、私はティッシュの箱を渡した。

「お父さんはお母さんが機嫌がよかったらなんでもいいっていうだけの人だと思ってた。不倫してたなんて知らなかった。お母さんは知ってたのかな？」八坂麻里奈はぐずぐずと鼻を拭いた。

「知らなかったよ」とトランジは言った。「お母さんはお父さんを疑ってもいなかったと思う。おうちにうかがったとき、世間話の中でお父さんについて聞いたときのお母さんの受け答え、表情、呼吸数、あと、全部の部屋をくまなく見せてもらったから それはわかる」

「なんでわかんの？」

「なんでって、トランジは天才だからだよ。ついでにトランジは、お父さんが不倫してるってこともわかったよね？」私は得意になって言った。私は別にトランジからそのことを聞いていたわけじゃないけど。

「うん」トランジは短く答えた。

「私はわかんなかった」麻里奈は洟をすすった。「お母さん、知らないで死んでよかったのかな？　知ってから死んだ方がよかった？」

「それはひとそれぞれじゃない？」私は八坂麻里奈の冷めきった紅茶を下げ、ついでにちょっと聞いてみた。「伯父さんまで死んじゃって気の毒だったね」トランジは調査しないと決めたし、わからないままでいいこともあるってわかってるけど。

「伯父さんはいいの」

「伯父さんはいいよね」

妙にきっぱりと言い放った麻里奈の声と、トランジの声が重なった。

「ふーん、なんで？」

「ピエタ」トランジのちょっと怒った声が飛んできた。

「私、あの人きらいだった」と麻里奈が言った。

私たちは葉月が死んだという知らせを受けて混乱した麻里奈から電話で呼び出されしばらくそばについていたが、克彦が到着するなり引き上げたから、彼とは挨拶くらいしかしていない。ちなみに、叔母の松井桃子にも挨拶だけした。彼女はここに麻里奈を預けに来て、いったん八坂家に戻った。克彦の吐瀉《としゃ》物を片付け、麻里奈の荷物をまとめてもうすぐ迎えにくる。聴取のあと、麻里奈がもうあの家には帰りたくないとパニックを起こしたからだ。

「いっしょに暮らすなら断然叔母さんだよね」トランジがスマートフォンを見ながら言った。「伯父さんのSNSによると彼は独身、麻里奈さんを引き取るつもりみたいだったけど、あなたを一人の人間というよりは女の子としてしか見ていなかった」

「そう。家事がどのくらいできるのか、料理のレパートリーは何かってしつこく聞いてくるから、お酌《しゃく》は得意だよってごまかしてたら……」

「倒れちゃった？」私はにっこりした。

「ピエタのことは無視していいよ」トランジは私の方を見もせずに手だけでしっしっとやった。「叔母さんなら対等に助け合って生きていける。これでいいんだよ麻里奈さん。それに、東京の大学を受験したかったんだよね」

八坂麻里奈が顔を上げた。

「ごめんね。ブローチを探すのに、麻里奈さんの部屋も入らせてもらったから知ってる」私は湯気のたつ新しい紅茶を八坂麻里奈の前に置いた。

「東京の大学の資料、いくつかあったから。いくら整理整頓されてない汚い本棚でも、背表紙を向こうにして押し込んだ本はやっぱり目立つよ。隠しておきたいなら、別のやり方をしたほうがいい」トランジがアドバイスする。

八坂麻里奈がとつぜん慌てふためいて立ち上がった。「やばい。桃ちゃん、あんたたちに会わせちゃった。桃ちゃんも死んじゃう？」

「それはわかんないよね？」私はソファには座らず、ほとんど立ってるような姿勢でトランジの机に腰掛けて紅茶を啜り、湯気をじっくりほうれい線のあたりにあてていた。

「わからない」トランジは同意した。「そもそも、こんなにすぐに三人も死ぬのがどちらかというと珍しい。もっと時間をかければ別だけど。ブローチの調査は一日で終わった。こんな短期間だと誰も死なないこともあるよ。あのブローチ、もう何年も前に麻里奈さんが持ち出してなくしたんでしょう」

「やっぱり噂は本当だったんだ、菜々子が言ったの、菜々子のお父さんが女の探偵を雇った途端、お兄ちゃんが死んだって。あれって多分、死を呼ぶババア探偵だって。実在するんだって」

「あれ？　おかしいな……」私はちょっとうろたえた。「こっちで調べがついてる名称は、『死を呼ぶ女探偵』だけど？」

「ごめんピエタ、なんとなく言えなかったけど高校生のあいだでは『ババア探偵』のほうが流布《るふ》してる」私のお尻とデスクトップパソコンの隙間から、トランジがさえぎった。「でも麻里奈さん、早見大輔《だいすけ》の死はタイミング的にも必然というか、まあ致し方ないところがあるんだよ」

早見大輔はとある女性にストーカー行為を繰り返して警察に注意を受けていた。しかし、当人はストーカー行為を否認。私たちは、それを信じた早見大輔の父親に雇われた。相手の女性が早見大輔を誘惑している証拠を摑んでくるのが仕事だった。でもむしろ早見大輔の不利になる証拠ならどっさり摑めたから、私たちはそれを相手の女性に無記名で郵送した。なぜかそんなことは予想すらできなかったらしい早見大輔が調子に乗ってストーカー行為を継続、スクーターをとろとろ運転して女性のあとをつけていたところ、気付いた女性が防犯ブザーを作動させ、それに動転して方向転換しようとして転倒、運悪く縁石に頭をぶつけて死亡した。

「明らかに自損事故でした。きっと私たちが関わらなくてもいつかはああなっていたと思う」

「そうそう、あれは私たちのせいじゃないの」私はうなずいて組んでいた脚を組み替えた。「どれだって私たちのせいじゃないけど」

八坂麻里奈は小さく右を向いたり左を向いたりしていたが、脚は動かなかった。結局、逃げ出さずに元どおりソファにおさまった。

「でも、でも……えっと、でも、やっぱりあんたたちが『死を呼ぶババア探偵』なんだよね？」

「その都市伝説のモデルになった可能性はある」トランジがあっさり言った。

「えーその名前やだー」私はあおむいて天井を見た。

都市伝説「死を呼ぶババア探偵」あるいは「死を呼ぶ女探偵」は、このころ若年層のあいだで東京を中心に地方にまで広がりつつあったものだ。有能な女探偵とその助手がいて、彼女らに依頼するとどんな難事件でも解決しないものはない。ただし、それと引き換えに、彼女らは呪いを振りまき、依頼人の大切な人々の命を奪う。結局依頼人はすべてをなくすか、自身の命まで失ってしまう。

「風評被害もいいとこだよね」

「でも、そういうこともなかったわけじゃないよ」

「別に呪ってないでしょ。なんで死んじゃうのかわかんないだけでしょ。あと、死んじゃうだけじゃなくて殺す方になる人もいるよね。それになにより、むしろ危険が予測できるときにはばんばん命を助けてんじゃん！」

「お母さんを助けられなくてごめんね」トランジが言った。

八坂麻里奈は答えなかった。私は机を下りて、手がつけられていないクッキーをばりばりと食べた。しばらく八坂麻里奈が黙り込んだままだったので、私はクッキーの粉のついた手をティッシュでぬぐい、書類棚から別の事件の資料を出して彼女の向かいの席のソファで読み始めた。うしろから、トランジがタイピングする軽快な音が聞こえてきた。

それからまたしばらくして、八坂麻里奈が「私」とうつむいたまま言った。彼女はもう泣いていなかった。私は顔を上げ、タイピングの音はぴたりと止んだ。

「私、後悔してないんだけど、いつか後悔するよね？　後悔しないなんておかしいよね？　お母さんが死ねばいいと思ったのは本当で、本当に死んじゃうなんて思わなかったけど、お母さんが死ねばいいと思ったのは本当」

ちょっとの間があって、八坂麻里奈はもう一度「でも本当に死んじゃうなんて思わなかった」と言った。

「なんで死ねばいいと思ったの？」

「だってお母さんにとって、私がすべてだったから」八坂麻里奈の声は震えていなかった。「お母さん、私が大好きだった。私もお母さんが大好きだった。でも私はいつかお母さんから離れていくって思ってたけど、お母さんはそう思ってなくて、私が東京の大学になんか行ったらさみしくて死んじゃうって……。お母さんは私に甘くてなんでも許してくれたけど、離れるのだけは許してくれないんだってわかった。お母さんはなぜかすっかり忘れちゃってるみたいだけど、紫水晶のブローチは壊れたの。私が壊したの。小学生のとき。つけて外に出て、腹這いで滑り台滑ったら表面がざらざらの傷だらけになっちゃって。だから捨てた。お母さんはしばらくしたら気がついて、ない、ないって泣いて探してたから、私、言ったの。お母さん、ブローチさんのかわりに麻里奈がずっといっしょにいるから泣かないでって。そしたらお母さんすごく喜んで。麻里奈ちゃんずっといっしょだねって」

「それだけじゃないよね」トランジが口を挟んだ。「宝石箱の中は隙間だらけで、指輪が二つにイヤリングが三つ、ネックレスが一つしか入ってなかった。お母さんは結婚指輪しか身につけていなくて、内張りには指輪やブローチやイヤリングのあとがいくつもついているのに、現物は見当たらない。ほかのものも、麻里奈さんが持ち出して捨てたのかな？　それともお母さん？」

「わかんない……」八坂麻里奈がぼんやりと言った。「いくつかは麻里奈が捨てたよ、だって捨てて、お母さんがないないって探して、お母さん指輪さんのかわりに麻里奈がずっといっしょだよって抱きついたらすごく喜ぶから……。今思い出したけど、そういう遊びをしてたの、お母さんと……そのうち、麻里奈が捨てるのいやだって言っても、ときどきお母さんのアクセサリーがなくなって、お母さんがないないって探すから、麻里奈、お母さんを抱きしめて、ずっといっしょだよって……」

八坂麻里奈は紅茶のカップの持ち手を指でつーと押した。受け皿の上で、カップがきぃきぃ嫌な音を立てて一回転した。

「あ、あ、それ一応、けっこう高いやつでなにより私が気に入ってるからそういうことしないで」私は中腰になった。

「私もずっとお母さんといっしょにいたかったよ、でも私、もうすぐ女子高生じゃなくなっちゃう。女子高生じゃなくなって、子どもでもなくなっちゃう。そしたら私、遠いところに行っちゃいたかったんだ。お母さんのこと大好きなのに。ていうか、お母さんのこと置いて、遠いところへ行っちゃえないくらい大好きだったの。だからお母さんを連れてここへ来たの。なんでもいいから口実つくって、どうしてもここへ連れて来たかったの。死ぬのはお母さんじゃなくてもよかった。私でもよかったの」

そのとき階段を上がってくる音がして、ドアが開けられようとした。でも、ドアは開かなくて、息切れとともに「すみません、長くかかっちゃって……えっ麻里奈ちゃんなにやってんの!?」という松井桃子の悲鳴だけが入ってきた。八坂麻里奈が土足のままソファの座面を踏み、背もたれを踏み、床に降り立って事務所のドアに体ごとぶつかり、ドアが開くのを阻止したのだった。

「でも本当にお母さんが死んじゃうって知ってたら、こうしてた！」八坂麻里奈が悲鳴のような声を絞り出した。

「そうだね、麻里奈さんは絶対そうしてたと思う。だいじょうぶ、わかってるよ」トランジが言った。

私はトランジを振り返った。

トランジは悲しそうな、でもすごくやさしい微笑みでそれを言っていた。

case9　擬似家族強盗殺人事件

たくさんの人たちが私たちを訪ねてきた。それと同じくらいたくさんの人たちが私たちを呼び寄せた。

数年のあいだ、私たちは誰でも受け入れたし、頼まれればどこへでも行った。楽しかった。トランジの頭は冴えわたっていて、彼女が本気で知ろうとして知ることができないことなどなにひとつなかった（どうして彼女のまわりで事件が多発するのかということ以外は）。私たちは失せ物を見つけ、いなくなったペットを見つけ、遺体を見つけ、今にも遺体になりそうになっている生きた人を見つけ、豪邸に設《しつら》えられたきり忘れ去られた秘密の隠し戸を見つけ、秘密の通路を見つけ、秘密の性的関係を暴き、秘密の血縁関係を暴き、遺産をめぐる争いをなだめ、企業の不正を告発し、文書の改竄《かいざん》を発見し、隠蔽《いんぺい》された悲しい過去を掘り起こして、必要な場合にはそれらを明るみに出し、私たちのほうで勝手に不必要と判断した場合にはそっとしておいた。

そうすると、ときには私たちがいるあいだに、そうでなければ去った直後かずいぶん時間が経ったあとに、訪ねてきた人たちも呼び寄せた人たちも、そのだいたいがいなくなった。死ぬか、刑務所に入るか、行方不明になるかして。

　そのうちのいくらかの人々は、半ばそうなるだろうと自分自身でわかっていた。「死を呼ぶババア探偵」の都市伝説と、それが私たちだということを知った上で近づいてきたのだ。その人々は、ほんとうにそんな都市伝説を信じているわけではなかった。その話が話題にのぼると、彼らは半笑いになった。まるでそんなくだらない与太《よた》話を知っていることそのものを恥じているみたいだった。しかしいずれにせよ、その人々は合法的に消したい人がいるか、自分ごと消えてなくなりたいかどちらかの、抑えがたくそれでいて認めがたい欲望に突き動かされた人々だった。

　それから、好奇心に突き動かされた人々もやってきた。正義感に突き動かされた人々もいたかもしれない。彼らがやってきたのは、トランジのトリックを見破るためだった。トランジが偶然をよそおって引き起こす、かくも多くの殺人事件や失踪事件の真相を解き明かし、トランジを罪に問うために。

　彼らの中には、トランジは実際には手を下していないのではないかという仮説を立てる人々もいた。その場合、実行犯はつまり私だ。あるいは、もっと大胆な仮説もあった。トランジの信奉者であり忠実な助手だというのは見せかけで、実は私こそがトランジを操る黒幕であり巨悪だというのだ。無理もない。私たちはいつもいっしょにいて、もうこのころにはどっちが人々に影響を与えているのかわかったものではなかったからだ。

私は騒がしく冷えた血のにおいのする一日の終わりに、ベッドでそういうことを夢想することもあった。人々に死をもたらす運命に生まれついたのは、トランジではなくこの私なのだと。悪くなかった。それが私の望みだったのかもしれない。自分を騙してそう信じ込むことだってできそうだった。

でもだんだん、またもとのように私とトランジの違いが明らかになっていった。トランジが、事務所から頑として出なくなったのだ。トランジのありもしない犯罪を暴きに来た人々のなかに、頭のいい人たちがたくさんいたのが大きかったのだと思う。私レベルの頭のよさじゃない、トランジほどじゃないにしてもものすごく頭のいい人々。彼らはたちまちトランジの事件誘発体質に感染し、それぞれの場所へ戻って行ったかと思うとトランジに負けず劣らずの災禍《さいか》を撒《ま》き散《ち》らしはじめた。そればかりか、彼らはトランジと接したことのないさらに別の頭のいい人々を感染させていった。私たちは報道でそれを知った。事件が、あちらこちらで急激に増えつつあった。

ニュースやネットにあがってくる無数の事件の記事を読むたびに、トランジにはそれがどの頭のいい人の影響下で起こったものか推し量ることができた。大きく報道されるほどの悲劇が起こらない日はなくなり、複数の悲劇が複雑にからみあってふくれあがるように次の悲劇へとつながっていった。やりかたは、さまざまだった。手作業で地道に一人一人を殺す者もあれば、毒物や爆発物で大勢を一気に片付ける者もあった。殺人者たちは衝動的で、組織立つことはなかった。組織を瓦解《がかい》させるのが殺人者たちだった。まるでばたばたと慌ただしくこの星を辞して別の星へと大移動していくみたいに、人がいなくなっていった。殺人が広がるとともに、孤独が広がった。殺人によって殺人者は孤立し、被害者との関係を断ち切られた遺族や関係者たちもまた孤立し、生き残ったものが寄り添い合おうとすればまたその集団が、内部にとつぜん立ち現れる殺人者によってばらばらになっていった。

ある日、トランジは自室のベッドから顔も出さずに、「ちょっと疲れた」と私に言ってよこした。私は事務所を臨時休業にした。

でもそのままパジャマもパンツも穿き替えず（なにしろトランジがトイレとつまみ食い以外部屋から出てこないので、洗濯は私がやるしかないし、そうするとそんなことくらいはすぐにわかるのだ）、風呂にも入らないし当然顔も洗っていない日が四日ほど続くと、私はあきれかえって舞に電話せざるをえなかった。

「いずれこういうことになるって、とっくに覚悟ができてるもんだと思ってたのに」

私は愚痴を言った。「ちなみに私は覚悟できてるよ」

「そりゃあんたはね」舞はなんだか滑舌がよくなかった。「トランジのやつ、私からの電話には出ないしメールも返さないんだよ」

「ちょっと舞」私はとがめた。「あんたまた太ったでしょ。私がプレゼントしたサイクリングマシーン使ってる？　前より言葉が聞き取りにくいんだけど」

「悪いけど」舞が咳払いし、唾を飲み込む音が聞こえた。「いつものように処分しました。使わないし」

「えーっまた？」

「ピエタも懲《こ》りないよね。私は運動きらいなの。どうやったって、私はああいうのを漕ぐことはないの」

「人がせっかく心配してやってんのに」

「余計なお世話。それに声がガラガラなのは、声を出すのが久しぶりだから。だって誰とも話さないしね。連絡は基本的にメールかチャットだし、買い物はぜーんぶ配達、荷物は宅配ボックスに入れてもらうから配達員にも会わない」

「そういうのよくないよ」

「だって私はどうしたって覚悟ができないんだもん」

私は黙った。舞もとうに感染済みで、だからこそ引きこもって生きることを選んだのだ。私は照明を落とした真っ暗な舞の部屋と、そのなかで世界そのものとして光り輝くほとんど壁みたいなテレビのことを思った。舞のテレビは買い替えるたびに巨大化して、たしか今では140インチだ。もう次は無理、これ以上のテレビはこのマンションの部屋には入んない、と舞が嘆いていたのを思い出した。

「それにしても、どうしてあんたは死なないのかなあ、ピエタ」電話を切るとき、舞はいつもこう言う。挨拶みたいなものだ。「あ、わかってると思うけど、死ねばいいのにっていう意味じゃないからね。不思議なだけ」

「舞にわかんないものが私にわかるわけないでしょ」

「それもそっか。まあ、トランジがその気になったらいつでも連絡するように言っといて。こういうライフスタイルもいいもんだよ。じゃね」

私はそうしてほしくなかったし、トランジがそれを望んでいないこともわかっていた。でもトランジには叩き殺しても叩き殺してもしぶとくよみがえってくる良心みたいなものがあって、それが彼女をときどきこんなふうに疲れさせ、怯《おび》えさせてしまうのだった。粘り強い交渉と多少の実力行使によって部屋から引きずり出すことには成功したが、トランジはもう当分は依頼人には会わないし事件現場にも行かないと言い張った。

「ピエタが会って、話聞いてよ。私は別室でモニターで見てるから。調査にも、ピエタが一人で行って。私はここで待機してるから。で、電話かメールで情報をこっちによこして」

「往生際が悪い」私はどうすればトランジを意のままに操れるか考えを巡らせながら言った。

「私の健康面について心配してるならだいじょうぶ」トランジがぐうっと伸びをした。「このビルの中を毎日上り下りしてじゅうぶんな散歩をするし、屋上で太陽も浴びるから」

そのころには、私たちが住居兼事務所として借りているのは雑居ビルの四階だけではなくて、七階建ての雑居ビルそのものになっていた。ここ数年のあいだに、わずかな入居者もテナントもすべて撤退《てったい》してしまっていた。一階のコーヒー屋や花屋や雑貨屋、二階の会計士事務所や箱貸しギャラリーや足つぼマッサージ店、三階の美容室に変な目玉ばっかりつくっていた造形作家のアトリエに新婚夫婦、四階のほんの少しの間だけ私たちの隣人だったレコード屋と古着屋、五階のウェブデザイン会社とどこかの幽霊会社のための電話受付をするだけの事務所、六階の一室にどうしてあんなたくさん住めるのかわからなかった子だくさんの九人家族、ロシアの輸入雑貨屋、七階の古本屋と二階のギャラリーがやっていたイベントスペース、そういったみんながいろいろなかたちで、というのは、事件を起こしたり被害者になったり、あるいは単に気味悪がったりして去っていくと、もう子どもの死体くらいしか上げ下ろしできない小さな荷物搬入出用のエレベーターしかない、建築基準法にどこかしらちょっと触れてるような古いビルには、部屋を借りようという人は訪れなくなったのだ。

大家さんは、私たちの母親くらいの年齢の一人暮らしの婦人だった。困り果てた彼女がここを売ると言ったので、トランジと私はビルを丸ごと借りて、私たちの使っている四階以外は完全に遊ばせておくことにした。

「あなたたちなら、そう言ってくれるって思った」そのことを告げると大家さんは、嘘泣きのために顔を覆っていた手を取り除けて、はればれとした笑顔を見せた。

いずれにせよ、トランジがそうと決めたのなら彼女の気がすむまでそうするしかなかった。

トランジは、私との約束を守り、毎日風呂に入った。毎日着替え、ビルを一階から七階まで三往復し、日のあるうちに屋上で体操をしたり、パラソルとテーブルセットを設置して読書をしたりした。私はそんなことをしろなんて一言も言わなかったのに、掃除まではじめた。借り上げたものの放置しっぱなしだった部屋をひとつひとつ訪ね、埃を払い、床を洗い、窓を拭き、タイルを磨き、目地の黒ずみを漂白した。

「掃除のおばさんじゃん」ブランドもののスーツをさっそうと着こなした私が、這いつくばって内廊下の石の巾木《はばき》を拭きあげているトランジを見下ろした。トランジはジャージ姿だった。もうあまり髪を染めなくなっていて、うしろで引っくくっておだんごにしても白髪だらけなのがわかった。

「そういう言い方は職業差別だよね」こちらを見上げもせずに、窓のくすんだ古いガラスから入ってくる白く清らかな光の下で、トランジは言った。「ほら早く行かないと、依頼人との約束時間に遅れるんじゃない？」

私は調査のために私たちのビルを出て、シャッターと錆の目立つほとんど無人の商店街を力強く歩き抜け、依頼人の姿や事件現場、周辺の様子などを細かくスマートフォンで写真に撮ってトランジに送った。見ないでも、私からのメールを受信したトランジが、タイル貼りの廊下や階段に直接腰を下ろし、老眼鏡をかけ、スマートフォンに表示させた写真のあちこちを指で拡大し、私には決してわかりようのない発見を重ねていくさまがありありと目に浮かんだ。

私たちの依頼人の問題は、静かに解決されていった。トランジがいないと、事件は群れからぽつんと一匹取り残され、弱った獣の子みたいなものだった。もともと死んでいた人以外誰も死ななかったし、もともと失踪していた人は、トランジが居場所を告げて私が確認しにいった。ときどきは、トランジの指示にしたがって私が失踪人の失踪を完璧なものにグレードアップさせることもあった。そういうときには、依頼人に、まるで私たちが役立たずであるかのような嘘をつかねばならなかった。でもそういうケースを除いて依頼人はだいたい満足した。事件は事件を呼ばず、血のにおいはさらなる血を求めずに洗い清められて消えていった。報道される殺人や失踪事件が加速度的に増していくのと対照的に、私たちの退屈な街とその周辺は眠ったみたいに平穏だった。私たちの古ぼけたビルは、外壁のみすぼらしさはそのままで、内部だけが灯りがともるように清潔になっていった。そういう日々が、五十一歳まで続いた。

その年のお正月の朝、いやもうカーテンから染み出してくる光がお昼の質感になってきているくらいの時間に、私はベッドに潜り込んだまま実家に電話をかけた。父親は七十八歳で、母親は七十七歳になっていた。私はもう長いこと実家に帰っていなかった。仕送りはしていたが、様子伺いの電話をするたびに母は必要ないと言った。私のために貯金しておくと。でもどうしてもだめなときは貸してね、と。どうしてもだめじゃなくても使ってよ、と私は言った。必要ないと母は繰り返した。電話はだいたい、年に三度することになっていた。五月に母の日の贈り物のお礼の電話が母から、六月に父の日の贈り物のお礼の電話が父から、私から電話をするのはお正月だけだった。

いつもの年より、コール音が長く続いた。ほとんどまだ眠りの続きにいて、頬に覆いかぶさる掛け布団のざらついた感触をむさぼりながら、私は待った。まぶたが自然と閉じて一瞬眠ってしまったらしかった。

「はい」朗らかな母の声で、はっと目を覚ました。こんな快活な声を出す人だったっけ？　スマートフォンが耳からずり落ちてしまっていた。私はスマートフォンをしっかり耳に当て直した。

「あ、お母さん？　私」

「あら、はいはい、[redacted]」久しぶりの本名だった。

「あけましておめでとうございます」

「はい、あけましておめでとうございます」弾んだ声の向こうで、誰かが笑う声がした。複数の男女だ。まだ若い。父の声が混じっている。テレビじゃない。テレビの音もしているが、両親以外の人がそこにいるのがわかった。

「今年もよろしくお願いします……って、あれ、お客さん来てるの？　めずらしいね」言ってから、そんなことがめずらしいかどうかもよく知らないことに気がついた。

「え？」夢見るように母がつぶやいた。

「お客さんが来てるの？」

「お客さん？　ああお客さんね、そうね」

また笑い声が上がった。それから赤ん坊が泣き始め、大人たちの笑い声がなだめるような、困ったような雰囲気のものに変わった。

「えっ、赤ちゃん？　赤ちゃんまでいるの？」

「そうよう、まだ六ヵ月なんだって。お母さん、赤ちゃん見るの久しぶりだわあ」母はうきうきしていた。それだけではなく、そわそわしていた。

「どこの赤ちゃん？　お客さんたちって誰なの、お母さん」

「えっ？」

「お客さんたちはどういう人たちなの?」

「どういうって、ああそうそう、[redacted]には言ってなかったっけ? タケダシオリちゃん。あんたの高校の同級生の」

「タケダシオリ? そんな子いたっけ」

「あんたはもう! なに言ってんの……あ、でもそうそう、旧姓はタケダじゃないんだった、えっとなんだったたっけ……」

「えーそれじゃわかんないよ」

「ああそうそうシオカワさんよ! シオカワシオリさん! 思い出した? シオリちゃんはねえ、あんたのことよくおぼえてて、助けてもらったことずっと感謝してるなんて言ってくれてて」

「あー」と私は言った。「シオシオだ」何十年も口にしていないあだ名がするっと出た。シオシオ。いた、そういう子、たしかに。クラスはいっしょになったことはない。でもたぶん一度、チア部で趣味は料理なシオシオのもう一つの趣味がアクション映画鑑賞で、それを彼氏の影響だと勘違いしていもしなかった彼氏が誰かを探りまくってた別のクラスの男子が、思い余ってシオシオに直接尋問するのになぜかカッターナイフを片手に持ってたところを私がジャン=クロード・ヴァン・ダムばりの華麗な足さばきでキックして助けたんだった。そのあと、シオシオは誰も殺さず誰にも殺されず、ふつうに高校を卒業したんだっけ？

「で？　なんでシオシオがうちにいるの？」

「シオリちゃんはねえ、だんなさんを亡くされてねえ、こっちに帰ってきたのよ。でももうご両親はお亡くなりになってててご実家も処分されてててねえ、うちの隣にマンションあるでしょう、あら知らない？　あらあんた隣の松林《まつばやし》さんが家と土地売ってご夫婦で東京の息子さん夫婦のところに引っ越していったの知らないの？　その跡地に立派なマンションが建ったのよ、もう五年になるかな。そこにねえ、もう半年かそこら前にシオリちゃんが一人で越してきて、偶然うちが隣だっていうんでわざわざいい海苔《のり》持ってご挨拶にまで来てくれてねえ、それ以来なつかしいなつかしいって、うちの買い物手伝ってくれたり薬局のねえ、新しくなったポイントカードの登録をスマートフォンにやってくれたり、お茶に誘ってくれたりするようになったの」

「へえーあーそうなの」私はぼんやり浮かんでいるシオシオの顔に、皺《しわ》やたるみを足して今の、五十一歳の顔にしようとしていた。うまくいかなかった。シオシオは皺がないせいでパーツがいくつか足りないみたいなつるんとしてとりとめのない顔の、後頭部の高い位置で長い髪をポニーテールにした高校生の女の子でしかなかった。

「で？　お父さんとしゃべってる若い人たちと赤ちゃんは誰なの」

「誰ってあんた、あの人たちはね、シオリちゃんの娘さんご夫婦と初孫の赤ちゃんじゃないの」さも当たり前のことを言うように、なかば憤然として母が言った。

「あー」私は返事にならない返事をした。

「娘さんご夫婦はねえ、まだ二十歳そこそこですごくお若いのにきちんとした人たちなのよ。いつも母がお世話になってます、うちがいるおかげで母が一人暮らしでもさみしくない、生活に張りが出たって喜んでますって言って、お年始の挨拶に来てくれてるんだよ」

「あー、なるほど」私はうなった。「なるほどなるほど」

「あんたもおばあちゃんになるような年齢なのねえ」母の口調にはたっぷりの感慨と、かすかな侮蔑《ぶべつ》の香りがあった。「最近は年とってから子ども産む人も多いじゃない？　でももう、いくらなんでも、あんたにできるとしたら子どもじゃないのよね。孫なのよ」

私にはよくよくわかっていた。両親が求めていたのは、そういうことなんだってことを。きっと両親は確信していたにちがいない、一人娘が医者になって堅い職業の男と結婚したあたりまでは。子を産む前に離婚したあたりでも、まだ諦めていなかったかもしれない。子が連なっていく未来を。少なくとも、それを信じられるような展開を。でも私はそのあと医者も辞めて、だからといって実家にも帰らず、女友達と組んで探偵事務所を開いて都心を転々としたかと思ったら故郷とはぜんぜん別の地方都市に腰を落ち着けるっていう、両親からしたら想像もつかないような、両親にとってはぜんぜんふつうじゃない生き方をして五十歳を超えて年老いた親を放置して平気でいるなんていうようなのは、期待はずれどころの騒ぎではないのだ。

「じゃあね、そういうことだからね、そろそろ切るわね」

「待って待って！　お母さん待って！」私は少し慌てた。「シオシオにかわって。私もお父さんとお母さんがお世話になってるお礼を言わなきゃ」

「シオリちゃんは今いないのよ」母が急《せ》いた様子で言った。「でももうすぐ帰ってくるんだけどね、これから私たちみんなで初詣に行ってデパートの初売りに行って、カラオケも行くのよ。それで、全員が乗れてチャイルドシートもつけられるワンボックスカーをね、借りに行ってくれてるのよ。で、ほら、うちの前って車を長いこと停めておけるスペースないじゃない？　シオリちゃんが帰って来たら、すぐにもう乗らなきゃならないけど、まだお母さん、ちょっとね、お化粧をね、もうちょっと粉を押さえて口紅を塗り直したいの、わかるでしょう？　だからね、はい、今年もよろしくね、体を大事にね、変な事件に巻き込まれないようにね、ほら最近とくにおかしいでしょう？　世の中が。怖い時代になっちゃったものよねえ、はいじゃあね、電話ありがと」赤ちゃんに呼びかけているらしい父の楽しそうな笑い声を背後に響かせたまま、母は一方的に電話を切った。

「なるほど……なるほどねぇ……」私はぐったり疲れてまた目を閉じ、うつらうつらし、昼過ぎになって日課のビルの掃除をすませて掃除用のジャージから別の小綺麗なジャージに着替えてエプロンをしたトランジに揺り起こされた。

「あけましておめでとう」トランジはほっそりしたほの白い顔で私を見下ろしていた。「今年もよろしく。お雑煮つくったんだけど食べる？」

「食べる」私はコットンだからとてもそうは見えないんだけどアメリカのオンラインショップからとり寄せた上下で四万円くらいする高級パジャマ姿でずるずると身を起こした。スマートフォンがシーツの上にごろんと落ちた。

「ご両親に電話した？」トランジが尋ねた。

「した、した」

トランジには両親はいない。もちろん最初はいたけれど、トランジが十一歳で舞が十八歳のとき、お金を置いて外国へ行ってしまったそうだ。送金と娘たちを気遣う連絡があったのはトランジが成人するまでで、そのあとは生きているのか死んでいるのかもわからない。ほんのちょっと調査すればすぐにわかることだけれど、トランジは敢えて知らないままで通している。舞が知っているかどうかも知りたくないらしい。

「かわりなかった？」

「なかった」

トランジはちらっと私を見てぜんぜん信じてない顔でうんうんと頷き、布団を軽くたたみ、私の手を摑んで立ち上がるのを助けてくれた。

もしこのとき、トランジにシオシオの話をしていたら、両親はああいう死に方をせずにすんだだろうか？　あるいは、別にトランジの手を借りないでも、私が面倒がらずにシオシオの身上調査をしていればよかったのだろうか？　シオシオは、たしかにちがう土地で結婚してタケダ姓になり、一女をもうけ、のちに夫に先立たれた。シオシオの両親もすでに亡く、実家が処分されたのも本当だ。でもシオシオは一人で故郷に帰ってなどいなかった。結婚したのはシオシオのまだ若い娘じゃなくて、シオシオ本人だ。はじめの結婚で移り住んだ地で今も暮らし、そこで同年代の男性と再婚している。

両親の死の知らせを受けたのは、五月のはじめだった。母の日のある月だから、私はもうネットで軽量かつ両手の空くブランド物のショルダーバッグを注文してその日ぴったりに実家に届くよう手配を済ませていた。でも母は、それを受け取る前に死んだ。父もだ。

「もうおひとかた、身元不明の五十代くらいの女性がいっしょに亡くなっています」

連絡してきた地元の警察が言った。

トランジは三年近くビルから出ていなかったけど、あっというまに清潔感のある最低限の化粧をし、髪を夜会巻きにし、すっきりした黒いパンツとジャケットに着替え、必要なものを入れた小ぶりのリュックを背負い、私に同行してくれた。

私たちは、大学進学のためにそろって出て行って以来、はじめてふたりで私の故郷に戻った。私たちが高校生だったころからなんにもないところだったけど、数十年経っても依然としてなんにもないままだった。駅の設備のいくらかが新調され、閑散としてひと気のない大型スーパーが建ち、コンビニの種類と位置が多少変わった程度だ。

警察署できれいに血のぬぐわれた両親の遺体確認をした。二人とも、私の両親から皮を剥がして腕の悪い職人がまたその皮を張り直した粗悪品のように見えたが、確かにそれが私の、まぎれもない実の両親なのだった。そのあとで、身元不明の女性の遺体も見た。

「知らない人です」と私は言った。

「本当に？　ご両親の家の合鍵を渡されていたみたいですが。このご遺体の方のズボンのポケットから見つかりました。この方の所持品の中に身分証がなかったので身元確認に時間がかかっておりますが、これほどご両親が親しくされていた方を、本当にご存じない？」

私は首を横に振った。

「お友達の方は？　いかがですか？　お心当たりありませんか？」刑事は、私の三歩うしろで静かに控えめに立っているトランジにも尋ねた。

「いえ、私もわかりません」とトランジが答えた。

私たちは、母のスマートフォンに保存されていた写真も見せられた。若い男女と赤ん坊の写真だ。これにも私たちは、知らないと答えた。

警察署から実家へ向かう途中、まだ午後のさいごの明るさの残る住宅街の道で、見渡すかぎり誰もいなかったけれど私はトランジだけに聞こえる小さな声で言った。

「森ちゃんだったね」

「ピエタ、ごめん」トランジは立ち止まった。振り返った私の目をとらえ、視線をそらさずにトランジは言った。「私のせいだ。私が森ちゃんを放っておいたから」

「ばかじゃないの」私はさえぎった。「そんなことより、森ちゃんには本当に娘がいて孫までいたのかな」

「さあ、それはわからない。ただあの写真の中の女性は、森ちゃんの血のつながった子どもである可能性は低い。遺伝しやすい顔の部位や骨格に森ちゃんとの類似点が認められない……認められなさすぎる」

「わお。写真、一瞬しか見なかったのにさすが」私はトランジの肩を軽く小突いた。トランジはまた歩き出した。

「もちろん血がつながっていないからといってあの女性が森ちゃんの娘ではないとは言えない。でも、私はあの女性は雇われただけの人だと思う。あとの二人も」その理由は私にもわかった。

「森ちゃんなら大切な人を自分のそばに置いて危険に晒すことはしないだろうから。でしょ？」

「そう。それが私へのメッセージなんだろうね」トランジの襟足でごくささやかな遅れ毛が数本、光を透かしながら頼りなげに揺れていた。

「ばかじゃないの」私は大股でトランジの横に並んだ。「ほんとに、天才どもときたら」

　実家の前には、警官が一人、心もとなさそうに立っていた。

「事件現場である一階のご両親の寝室とキッチンには立ち入らないでくださいね」

「一階？」私は聞き返した。両親の寝室は、二階だったはずだ。だが、一階なのだった。その警官は、私たちを見張るでもなくそのまま向こうを向いて貧相な石の門のあたりに立ち続けていたので、当然私たちは現場に立ち入った。

　一階の、かつてはちょっとした応接間だった部屋が、両親の寝室になっていた。いつ二階じゃなくなったのか、私はちっとも知らなかった。部屋は、母親の嫁入り道具の簞笥《たんす》と鏡台、父親の服の詰まったプラスチック製のチェスト、それから二人のベッドでいっぱいいっぱいになっていた。カーテンがきっちりと閉まりきらず、夕方の強い光が合わせ目から押し入って来て、ゆっくりと巡回する空気中の埃をごうごうと照らし出していた。ベッドは、血でずくずくになっていた。壁や簞笥や天井にも、血しぶきが飛んでいた。私はこういう現場を、すでに何度も何度も見たことがあった。キッチンも血だらけだった。シンク脇に置かれたまだ新しそうな食器乾燥機の透明なプラスチックの扉に、血の手形がついてずるりと下へ続いていた。森ちゃんが刺されてここに手をついて、でもまだ何度も刺されて、流し台の下で身を丸めて失血死したのだとわかった。こんなふうな現場も、私は何度だって見たことがあった。両親と森ちゃんはゆうべ、最近ここら一帯を荒らし回っていた強盗に襲われたのだった。森ちゃんはうちのお皿をぜんぶきれいに洗って食器乾燥機に入れた直後に刺され、両親は眠っているさなかに刺された。犯人はもう捕まって勾留《こうりゅう》されていたから、私たちの仕事は少なかった。

私はシンプルなジョーゼットのワンピースから用意して来た個性のない綿パンとシャツに着替え、帽子をかぶり、スニーカーを履き、一人で裏からこっそり家を出て、塀を乗り越えて隣のマンションに侵入した。といっても、うちの表でぼんやり立っている警官の目に触れないためにそうしただけで、事件の知らせを受けてすぐにトランジがこのマンションの管理会社のパソコンをハッキングして手に入れた番号をビニール手袋をはめた手で打ち込み、ごくまっとうにエントランスのオートロックのドアを開けて入ったのだ。私はここの住人であるかのように落ち着き払ってエレベーターに乗り、あらかじめ調べておいた竹田志織名義で借りられている部屋へ、あらかじめ用意して持って来た鍵を使って堂々と入った。私は靴にビニールカバーをかぶせ、頭にシャワーキャップをかぶって、狭い１ＤＫの部屋へ上がり込んだ。

森ちゃんが暮らしていた部屋は、すっきりと片付いていた。あまりにも片付きすぎていた。明らかに森ちゃんは、私が見つけやすいように、私の目を混乱させるバグをあらかじめ取り去ってくれていたのだった。私はものの十分で、ごく小さな食卓の、ＰＶＣ化粧板の天板の裏に、マスキングテープで貼られた手紙を発見した。封筒にはなつかしい森ちゃんの字で「ピエタへ」と書かれていた。私はちょっと笑った。天才じゃない私にはわかりやすいように文字でメッセージを残してくれている。私はそれを大切にポケットにしまって、来た道をたどって隣の実家に戻った。トランジはもう一階は見てしまって、二階の私の部屋だった部屋にいた。そこも、もう一部屋の両親の寝室だった部屋も、物置と化していて、生活スペースではなくなっていた。もとのワンピースに着替え、身なりを整えて出て行くとき、トランジがにやりとして言った。

「そろそろ、弱々しく泣いてみたほうがいいんじゃない？」

私は一報を受けてから泣いていなかったし、泣きたいような気分でもなかった。でも、トランジの言うとおりだった。両親の陰惨《いんさん》な死のショックから少し醒《さ》め、涙が浮かんでもいい頃合いだった。私はすぐに涙を流し、鼻水をかんで、まぶたをわざと強めにハンカチでこすった。そうして、トランジに肩を抱かれ支えられながら実家を出た。

ビジネスホテルのある繁華街まで、電車に乗って出て行かねばならなかった。駅のホームにあったはずの売店はなくなって、自動販売機があるだけだった。誰もいなかった。私たちは並んでベンチに座った。ベンチは私たちが高校生のときのままではなくて、新しくなってつるんとしていて、そこに新しい引っかき傷がいくつもついていた。私は森ちゃんからの封筒を取り出した。中身は、二つ折りのクリスマスカードだった。紺色のツリーのシルエットに金の箔《はく》押しで丸いオーナメントがいくつもぶらさがっている、シックなデザインのやつだ。トランジがこっちに頭をかたむけてきて、いっしょに文面を目でたどった。

「子どもを産まなかったね。産婦人科医になったのに、それも辞めてしまったね。すべての責任から軽々と逃げおおせて、無数の人々を見殺しにしているっていうこと、ちゃんとわかってる？　ご両親が死ねば、罪悪感と後悔であなたを止めることができるかな。この耳であなたの答えを聞ければいいんだけど。さよなら」

トランジは、私の前から消えていた十年間のことを詳しく話してくれたことはない。わかっているのは、舞みたいに引きこもっていたということ、それを森ちゃんが監視していたこと、森ちゃんから逃げて、見つかって、を何度か繰り返したこと、そのうち森ちゃんが追いかけて来なくなったので様子を見に行ったら、森ちゃんは女子修道院が運営する乳児院で働いてたってこと。森ちゃん、トランジが姿を見せると「近寄るな」って言ったらしい。「シスターたちが全員死んでも赤ちゃんは一人も死なせない」って。「だからもう放っておいて」って。だからトランジは放っておいた。

森ちゃんは、シスターたちが全滅するほど長くはそこにはいなかった。乳児院でのごくありふれた死亡事故の小さな小さな記事が地方紙に載った直後に、姿を消した。トランジは少しあとでそれを知ったが、もう森ちゃんを探さなかった。そのくらいだ。

電車はまだ来そうになかった。風が吹いて、指先が冷たくなった。カードが飛んで行ってしまわないようにきちんと封筒に戻し、しわにならないように慎重にバッグに差し込んだ。暗くなりつつあった。私は悲しくなかった。少しは悲しかったけれど、苦しまなかったみたいだし、私が与えてあげられなかった幸せのさなかに死んだのだから、これはこれで悪くないんじゃないかなんてことを思っていた。胸を痛めない私は、おかしいのだろうか？　でもおかしかったとしても、それがなんだというのだろう？それより、トランジがもう引きこもるのをやめたのが私にははっきりとわかって、むしろそれが嬉しくてならなかった。私はもうこれで、何も失うものはないのだ。私が親をこういうかたちで亡くしてもトランジを恨んだり忌避したりせず、いつもと変わらない態度でいるということが、トランジの心から怯えを取り去ったのだとわかった。

そういういろいろなことを言うかわりに、私は、「アイス食べたい」とトランジに言ってみた。

「あとでね」とトランジが言った。

case10　傘寿記念殺人事件

「あーあ、アイス、アイス、アイスが食べたい」首にかけたタオルで顔の汗をとんとんと、皮膚をこすらないようにやさしく拭き取りながら、私は身をかがめて小型の冷蔵庫を覗いた。日課のスクワット百回が終わったところだった。年をとってもウエストのくびれは維持したいから、腰をひねるストレッチもみっちりやった。

「毎日それ言ってるよね、あきらめて買ってくれば？」ソファからトランジが言ってよこした。だらしなく寝そべって、お腹に読みかけの古いペーパーバックを置き、顔の真上に持ってきたスマートフォンを操作している。徹夜したらしかった。照明は点けていなかった。大きなガラス窓の前に積み上げたテーブルや椅子やテレビやラジカセや用途のわかんない壺や日に焼けた電化製品の箱の隙間から、朝の光が何筋にも分かれて入ってきていた。薄暗い室内で、私の顔は冷蔵庫の黄味がかった灯りに、トランジの顔はスマートフォンの青みがかった灯りにぽっと浮かびあがっていた。

「あきらめきれないの……」私はカットして冷やしておいたきゅうりをぼりぼり噛み、炭酸水の蓋をしゅっと開けた。「だって……」

「だってもうここらのスーパーではアイスは一ガロンのものしか売ってないもんね、ピエタは一ガロン買うのはいやなんだよね、だって一ガロンも同じ味のアイス食べるのなんてごめんだし、そもそも食べきるのにかなり時間かかるし、アイスをすくったあとの穴のふちのあたりがちょっとだけとろんと溶けて、それがまた冷えて固まったのがあんまり好きじゃないし、長いこと冷やされたアイスの冷凍焼けしたみたいな味も悲しい気持ちになるんだもんね」トランジが私の言葉をさえぎって一気に言った。

そのあいだ、こちらを見もしなかった。

「そうだよ、そのとおり」私は恨みがましく彼女を眺めた。

「このとおり、私はもうそのことについてはとてもよく知ってるから、明日からは言わないでくれる？」

「言うよ。毎日言う」

トランジは急に指の動きを速くしたかと思ったら、スマートフォンを床に投げ出した。「あー腕がだるい」ソファのまわりだけリノリウムの上にラグを敷いてるから、スマートフォンが壊れる心配は、そんなにはなかった。でも大事にすべきだった。小分けのアイス同様、いずれそういうものも買えなくなるだろうから。

「解決？」私は尋ねた。

「解決」トランジが老眼鏡も床に投げ出した。

「おめでと」私には、トランジの手掛けている膨大な事件の、どれがたった今解決したのか皆目わからなかった。「じゃちょっと、行ってくるね」

私はカウンターにタオルを置いた。このとき私たちは、常連客たちがよりにもよって同じ日に自分以外の常連客を殺すことに決め、まるで示し合わせたみたいに凶器を隠して来店し、結果全員が犠牲になったことで地元ではちょっとした話題になったカフェに勝手に住み着いていた。二階はワンルームの住居仕様でちょうどよかったし、幽霊が出るなんていう、今更それがどうかしたのかっていう噂が立ってあまり誰も近づかなくなっていたのもちょうどよかった。私たちがやってきたとき、一階は黒ずんだ血の染みだらけだった。でも、ふたりで苦労して、肉眼レベルではなにも問題はないくらいにまでは拭き上げた。

「デート？」トランジが目頭を押さえながら尋ねた。

「べつに」特に話していないのにばれてるのがうれしくて、私はにやにやした。「日課のランニングに行くだけ」

「でもデートでしょ」

「さあ」

「トーマスと仲良くアイスクリーム一ガロン食べれば？」

「ガロンはやめて。日本サイズがいいの。このくらいの」私は両手をそっと包み込むようなかたちにして、なつかしい91㎖入りくらいのカップを再現した。

「いいかげんアメリカを受け入れなよね」

「お前が言うかよ」私はあきれて、わざとらしくトランジをじろじろと見た。トランジは、わざわざ日本から持ってきた愛用のダサい上下揃いのジャージを着ていた。紺色で、体の側面に白のラインが二本入っているやつだ。トランジの痩せた体にはちょっと大きくて、袖はつねにまくっていたし、パンツはだぼついていた。それが彼女の部屋着で、外出するときはやっぱり日本から持ってきた黒のスラックスと白いシャツとグレーのカーディガンに着替えて、黒の革靴を履くのだった。

　それにひきかえ、私はこれ以上ないくらいにぴったりした黒のスパッツ、下半身にはそれだけを穿いていた。ランニングシューズにTシャツやパーカー、小さなウエストポーチ、スポーツサングラス、キャップ。これは、ランニングに行くときだけじゃなかった。それ以外の外出も、だいたいこんな感じだった。気分によってスパッツはゆったりしたヨガパンツに変わることもあるし、荷物によっては革のトートバッグを提げたりもするけれど。

こういうアスレジャーな恰好が、この町では浮かないのだった。私たちは、アメリカの中西部のとても小さな町にいた。六十四歳で、その夏の終わり、私は恋をしていた。


その町にたどりつくまでに、私たちはいろいろなところを旅してまわった。あちこちの都会と田舎を通り過ぎた。私たちがそうやって日本を出る前から、すでに世界中で殺人がインフルエンザみたいに蔓延《まんえん》していた。ひどいことがそこらじゅうで起こっていた。でも、私にはそれがごく自然のなりゆきのように思われた。だってそれまでも殺人なんてちっともめずらしいことじゃなかったし、戦争は長い雨のように止まず、ひどいことはずっと起こり続けていたからだ。それを、たまたま雨がふと途切れたように感じたり、雨宿りの軒先にありつけていた人たちも、個人として引き受けることになったのだ。

雨といえば、人が死ぬほどの雨はいつからか降らなくなっていた。ひどい台風や地震、自然発火による森林火災も絶えた。気候変動の脅威は忘れ去られ、人々はただ互いが原因で死んでいくようになった。

トランジが発生源だったかもしれないけど、もはや突き止めるのは不可能なくらい、たくさんの人々が個々に殺し合っていた。おそらくは、トランジを起源とする事件誘発体質の人々が誘発する以上に。殺人が多発して司法や警察があまり機能しなくなった環境では、殺人への心理的なハードルが下がってしまうのも無理はない。

それでも何かを解決したかったり真相を知りたかったりする人々はあとを絶たず、私たちの探偵事務所は多忙をきわめていた。私たちに悲しみはなかった。私たちにそれを感じる資格はなかったし、私たちもそれを必要としなかった。苦しみや悲しみのただ中にあり、それに身をよじらせている人々を前にして、私は淡々と、無責任に、こう思った。ああ気の毒に、でもだいじょうぶ、もうすぐだよ。もうすぐ楽になるから。私たちは悲しみから拒絶され、ただ複雑にからみあったものごとを解きほぐしたり、目に見えていることから目に見えている以上のことを引きずり出したりする快楽に使役されていた。私はこれに満足していた。が、いっぽうで、私もトランジも刻々と老化しており、ふとした折にまざまざとそれに気づくと、そのことをとても理不尽に思った。私とトランジはどういうわけかこの殺人禍で命を奪われないかもしれないが、私の体もトランジの体もある程度のところで確実に滅びるのだ。なにごとも永遠には続かない。だいじょうぶ、もうすぐだよ、という言葉は、私こそがかけられねばならないのだろう。それも、最大限の批難を込めて。

そんな日々のさなかに、事務所の大家さんが訪ねてきた。

「あれ？　もしかして久しぶりじゃないですか？」私はちょっと驚いて叫んだ。彼女の姿を見るまで、このところ彼女が顔を出さないことに気がついていなかったのだ。

「四十六日ぶりですね」トランジが丁寧に挨拶をして、ソファをすすめた。

「ちょっとね、旅行に行ってたのよね」大家さんはふだんは鎖骨《さこつ》の上のくぼみのえぐれたのを見せつけるような、襟ぐりのひろいTシャツにカーディガンを羽織っていることが多かったが、この日はトランジみたいにしゃんとした白いシャツを着ていた。

「それ、すてきですね」私は褒めた。

「あら、そう？　ありがとう」大家さんはうれしそうだった。「それでね、今日はね、あなたたちに謝らなくっちゃいけなくて」そう言いながらも、彼女はちっともすまなそうではなかった。堂々としていた。私が出したバームクーヘンをつまみ、インスタントコーヒーはおかわりまでした。

「あのねえ、私ねえ、昔、一度だけ結婚してたことがあったのよね。その夫をねえ、実はね、その、ね、殺してきたの」そう言ったときだけ、大家さんは少し恥ずかしそうだった。

「元夫はねえ、G市で家業を継いでいてねえ、商家なんだけれども。私は親戚の知り合いの人の紹介でそこへ嫁いで、ずいぶんいっしょうけんめい、商売の手伝いも家事のほうもがんばったのよ。まだ子どもみたいに若かったのにねえ。元夫のことはまだよくわからなかったけど、縁があっていっしょになったんだから、できるかぎりのことをしようって張り切ってたのよね。そうしたらさ、夫がとつぜん、離婚したいって言い出したのよ。もうびっくりしちゃって。だって私、そのとき妊娠してたの。まだ初期だったけど。でね、どうして離婚なんて言い出したかっていうとねえ、お前は失敗とかしなくて可愛げがない、お前といると気が休まらないって、こうよ。あんなにいっしょうけんめいがんばって、妊娠もして、私すごい、私ががんばってるからこんなに順調な人生なんだって思い込んでたのに、それをひっくり返されちゃったわけ。それどころか、お前みたいなのは女らしくない、お前みたいな女は男に好かれないなんてことまで言われて」

「えーひどい」私は心から憤慨して言った。

「ひどい？　そうよねえ、ひどいわよねえ」大家さんはバームクーヘンを頬張り、じを言っても当時は、誰も私にそうは言ってくれなかったのよねえ。ショックで流産して離婚して実家に戻されて、誰も彼も私をそっとしておくしかないって思ったんでしょうねえ。でも放っておいてもらえたのって一年くらいよ。そのあとは兄も両親も、早くまた嫁に行けっていろんな話を持ってきたわよ。でももうそんな気になれなかった。男の人に好かれるにはどうしたらいいのかわからなくなっちゃってたし、なんだか面倒になっちゃって。おかしいのよ、まだあんなに、あのころでもまだ子どもみたいに若かったのに、お前も年増だからって言われて、ああそうかあなんて自分でも思ってた。で、兄が亡くなって、両親も亡くなって、私がこのあたりの土地を相続して一人で生きてきて、はっと気がついたら本当に年増どころかね、八十歳の誕生日だったの。傘寿よ、傘寿。もうすっかり、どこからどう見てもおばあちゃんになっちゃってて、今更恋とかでもないし子どもも産めなかった、人生損したな、あいつのせいだなって、ふと思ったのよ。別に私だって、なにもかもあの人のせいだなんて思ってませんよ。自分が臆病《おくびょう》だったたってこと、ちゃんとわかってます。でもねえ、こんなご時世でしょう？　なにもかもあの人のせいじゃなくても、私がこうなった責任の一端は確実にあの人にあるんだし、この際だから私も殺しちゃおうかしらって。八十歳の記念に」

「恋に今更もなにもないですよ」力を込めて私は言った。

「あらそう？　そうかしらね？」

「殺害方法は？　毒殺？　それとも一酸化炭素中毒？」トランジが身を乗り出した。

「まあさすがね！　デパ地下でお惣菜を買ってねえ、手作りに見えるようにお弁当箱に詰めて、睡眠薬を仕込んだの。それを持ってレンタカーに乗って会いに行ったらねえ、なんだかあの人、感激しちゃって。再婚した奥さんに先立たれて、商売のほうも代替わりしてよっぽど暇だったのかしら。ずっと独身で俺のこと想ってたのか、ですって」身を折って笑い出した大家さんのために、私はコーヒーのお湯を沸かしに立った。トランジは笑いの発作がやむのを待ちきれずに言った。

「で、助手席に乗せてひと気のないあたりまでドライブしたんですね」

「そうよ、で、眠ったのをみはからって、ミニ七輪使ってね、練炭に火をつけて置いてきちゃった。ちゃんとドアの隙間をガムテープで目張りしたりしたのよ。すぐに現場を離れたけど、死んだのは確実。だって私、お葬式も出てきたし」

大家さんは私を見もせずに当然のようにコーヒーのおかわりを受け取り、うっとりと湯気を見つめた。

「年のわりにはがんばったわよねえ、私。こういうところが可愛げがないのかしら？

そうそれでね、あなたたちに謝らなくちゃっていうのは、もうこの物件を管理できなくなっちゃうからなのよ。おおかたは処分して、犯罪被害者の会に寄付するように弁護士に言ってあるの。あのね、私、明日には自首するのよ」

「あっそうなんですね」なんと言ったらいいのかわからないときに使っている相槌を、私は打った。

「お葬式のあと、近所の温泉旅館でゆっくりしてたのに、警察ったらぜんぜん来ないのよ。一応自殺っぽくしてきたけど、レンタカーと指紋からすぐに足がつくと思ったのにねえ。こっちで待ち構えてるのかしらとも考えたんだけども、どうもそんなこともないみたいだし」

「警察は手一杯です。有名人やスポーツ選手や政治家が加害者か被害者にならないかぎり、もうまともな捜査は期待できないですよ」トランジが淡々と答えた。

「隠居した老人が殺されても、もう事件にならないのねえ」大家さんは嘆かわしげに首を振った。

「うちにご依頼いただければちゃんと調査した上で、犯人を警察に引き渡しますよ」

私は愛想よく言った。

「でもね」大家さんは私の話を聞いていなかった。彼女は姿勢を正して誇らしげに言った。「私はね、そういうのはだめだと思うんですよ。私はね、こんなご時世でもね、人を殺したからにはきちんと償わなければいけないと思うの。それで自首することに決めたの」

　私たちは大家さんが彼女の決めたとおりに自首し、そのあとも彼女の事件があとまわしになりがちなのを弁護士や検察をせっついて裁判を進め、ようやく懲役《ちょうえき》刑を勝ち取ったのを見守ってから日本を出た。拘置所内も収容人数超過で混乱をきわめているようだったが、判決が出る少し前には大家さんは混乱したなりに築かれている所内の社会にも慣れ、来るべき刑務所生活に必要なコネクションも確保した。その上、同年代の同性の恋人までできた。一足先に判決の出た彼女を追って、大家さんは私たちのつきあいのなかで一番の笑顔を見せながら収容されていった。

　日本を出ることにしたのは、なにより世界中でトランジがいようがいまいがひどいことになっていたのが大きいし、直接のきっかけは、このようにして住むところをなくしたからだ。私は舞も誘った。

「世界が終わるところをいっしょに見に行かない？」

　電話の向こうで、舞は眠たげに怒った。

「あのねえあんたねえ、そんなのはねえ、引きこもってたってじゅうぶん見られます。ここだって世界なんだからね」

舞はこのまま引きこもって死ぬ予定だからと断ったが、私たちが発《た》つことには反対しなかった。

「気をつけてね」と舞は言った。「あっこれ、ただの挨拶で、言葉どおりの意味じゃないから。むしろ気をつけるのは、あんたたちが通りかかった地域の人たちだから」

それでも発つ直前に、舞は「すごく薄くてアウターにひびかない」って評判の防弾チョッキを海外から取り寄せ、私たちに送ってくれた。私は感謝してそれをトランクに詰めたけど、結局使っていない。それはたしかにすごく薄くて段ボールの板くらいしかないけど、「アウターにひびかない」っていうのはやっぱり限界があって、着用しているのは丸わかりだし、なにより胴が異様に四角く見えるから。


そういうわけで、私はスポーツブラの上にポリエステル素材のTシャツを一枚着ただけで、外に出た。早朝で、秋の気配のする夏の朝だった。店舗は通りにぴったりと面して並んでいるけれども、住宅街では通りに面しているのは前庭の芝生だ。それらはどこも伸び放題で、ときどきそのあいだからリスが顔を出してちょろちょろと素早く飛び出していった。私はもう若くないから、ランニングといっても競歩より少し速いくらいのスピードを保つようにしていた。肉体のなかで血と酸素が運ばれ、筋肉が適切に伸縮しているのが感じられた。のどに流れ込んだ空気が肺と心臓に灯《あか》りをともし、頬や目元のたるんだ薄い皮膚が肉体の上下の振動にかすかに震えた。うしろから、私より速いテンポで足音がやってくるのが聞こえていた。

「おはよう、トーマス」

「おはよう、ピエタ」

トーマスは、この町のほぼ唯一機能しているといえるホテルの受付のアルバイトだった。夏のはじめ、この町へ来た当初は私たちはそこに泊まったが、そのときすでに経営者はいなくなっていて、夏休み中アルバイトをしていたトーマスがそのまま惰性《だせい》でアルバイトを続けていた。トーマスは白人で、白すぎていっそ青ざめて見える白い顔に、真っ黒な似合わない髭を生やしていた。十九歳で、別の州の大学に籍があるが、夏休みが終わっても戻る気になれないようだった。日がな一日受付にぼんやり座り、めずらしく客が来ると適当な鍵を渡し、シーツやタオル類の保管場所は客に明け渡し、あとはなにを尋ねられても「あーバイトなのでよくわかんないです」と答えるのが彼の仕事だった。バイト代は、金庫やレジから自分でまかなっていた。それもほどなくして尽きたが、トーマスには実家があるので、さほど困っているようでもなかった。

「新しいお客さん、来た？」

「うーん、来ないね」トーマスは、ペースを落として私の横に並んだ。

私は顔をしかめた。「トーマス、また裸じゃん」

トーマスは、受付をしているときはハーフパンツにTシャツを着ているが、ランニングをするときにはTシャツを脱ぎ去るのが常だった。少し衰えてきた日差しの中でも、彼の上半身の肌は焼けて真っ赤になっている。

「ピエタっていつもそれ言うよね」

「あんたが脱ぎ続けるかぎりね」

「でも俺ってちょっといい体じゃない？」

「どんな体でも私は自分が見たいときにしか見たくないの」

「きみんとこの天才探偵は元気？　あいかわらずダサいジャージ着てる？」

「うん」

「ねえ、カフェに幽霊出た？」

「出ないよ」

「おっかしいなあ、死んだ常連客たちがまだ自分たちが死んだことに気がつかずに銃をぶっ放し合ってるって話だけど」

「こっちの幽霊は派手だねえ」

「今、ニュースに出てる大統領や大臣はみんな影武者で、本物は家族と友人を連れてとっくに核シェルターに隠れて楽しくやってるって噂、本当だと思う？」

「さあ」

「でも核シェルターん中でも殺人事件が頻発して、規模の大きな核シェルターはどこも全滅したって噂もあるけど、本当だと思う？」

「さあ」

町は静かで、住人たちはみるみる減り、残った住人たちも不要の外出はしないのが当たり前となっていた。早朝はとくに人通りがなくて、ランニングをしようという者などごくわずかだった。私が生まれた地方都市や、トランジと探偵事務所を開いていた地方都市と同じく、眠りがいつのまにか死へとずれ込んでいくようにして滅んでいくみたいだった。血の惨劇は、あったとしても、もう終わったのだ。あとは死のスピードが生殖をみるみる引き離していくのを待てばいい……でも、それは印象に過ぎず、真実ではなかった。血の惨劇は、ここでも、どこでも終わってなどいなかった。

だからトランジはネットを介してたくさんの事件の相談を引き受けているし、ここらでも先々週にはまだ幼い少女がお泊まり会でショットガンを使い、友達全員を惨殺した。少女とシングルマザーのその母親は、私たちがこっそり手を貸して逃がさなければ、被害者たちの家族によって八つ裂きにされるところだった。放心状態の少女を担ぎ上げた母親が着の身着のままで助けを求めてうちに逃げ込んできたので、放り出すわけにはいかなかったのだ。その子どもは殺した子たちにいじめられていたっていう証拠もあったし。二、三日前には、トーマスのホテルで客の転落事故に見せかけた殺人事件があった。これは単なる勘違いだった。加害者は、被害者に財布を盗《と》られたと思い込んでいたけれど、実は財布は共用の廊下に落ちていたのを別の客が拾って受付のトーマスに預けていたのだった。トランジがあっというまに客の中から犯人を探し当てると、トーマスは気まずそうにその犯人に財布を返し、言った。

「悪いけど、出て行ってくれるかな？　警察、呼んでもなかなか来ないしさ」

あの犯人はうちの大家さんみたいに自首したりはしないだろう。あのときは、町のみんなが、まだこんなに残っていたのかというくらいぞろぞろと家から出てきて、よろめきながら歩く犯人を遠巻きにしながらじわじわと追い詰め、町から出ていくのを見届けたのだ。

ぴったり歩調を合わせた私とトーマスのうしろから、さっきのトーマスよりは遅いけれど私たちよりは速い足音がやってくるのが聞こえた。

「あー、きみのトーマスが来たね。じゃあね、ピエタ」

トーマスは私を肘で小突《こづ》くと、なかばうんざりした顔でみるみるスピードを上げ、走り去って行った。さっきまでトーマスのいた位置に、私のトーマスがおさまった。

「ハイ、トーマス」

「ハイ、ピエタ」

トーマスは私のスピードに合わせて並ぶと、肩を抱きしめてキスをしてきた。私は落ちそうになるキャップを手で押さえ、サングラスを外した。彼はさっきのトーマスのホテルの客の一人で、私たちがホテルを出たすぐあとにやってきたノルウェー人だ。私より少しだけ若いが、若すぎるということはない。受付のトーマスはひょろっとしているけれど、私のトーマスははるかに大きくてややお腹が出ている。風除けや日よけにもなるし、Tシャツも着ていて、おまけにTシャツの中にはあの「すごく薄くてアウターにひびかない」防弾チョッキを着けている。やっぱり四角い。彼は、私が受付のトーマスとランニングしているのを見かけて、「なんて美しい女性だろう」と感銘を受け、この早朝のランニングをはじめたのだということだった。彼は一日目に、真っ赤になって震えながらやっとのことでそれを告白し、一週間後には私は彼の好意を受け入れていた。トーマスは薄くなりつつあるアッシュグレーの髪をいかにも清潔そうに短く切り、あごひげもきちんと剃っていた。眉毛だけは色素が妙に薄くて光の下ではほとんど見えなかった。額の横皺には縦の皺も三、四本食い込んでいた。目はグレーがかったブルーで、笑うと顎骨のかたちがぎくりとするくらいあらわになった。胸や尻には、ポロックの絵みたいに髪の毛と同じ色の体毛が生えていた。彼は無口で、私がおもにべらべらとしゃべっては笑った。彼は、きみは夏の強烈な夕日のようだと私を褒めた。

「ルームメイト、またゆうべ徹夜してさ」私はささやいた。「きっと夕方まで熟睡すると思う、だから今日はこれからあなたの部屋でゆっくりできるけど」

「そうか」トーマスが声を曇らせた。私は彼を見上げた。「ピエタ、ぼくは決めた、実は今日は、いや今日こそは、きみに謝らなくちゃいけないんだ」

「なに？」

トーマスと私はさらにスピードを落としてランニングからウォーキングに切り替えた。

「あそこで話をしよう」トーマスは住宅街のはずれにある森を示した。「あそこが、ぼくたちのロマンティックな場所だから」

森といってても、ちゃんと道がつくってあって、ちょっとしたハイキングコースになっている。中央にはぽっかりと草地が開けていて、道の左右はなだらかな緑の斜面になっていた。それまでの数週間、私たちは誰もいないその草地で、道から斜面に降りて草の上に腰を下ろし、ロマンティックなことをしたり言ったりしたものだった。私がうっかり草で切った指先をトーマスが舐めたりだとか、そういうことを。

私には、トーマスの緊張した態度で、彼との関係が終わりなんだということがわかっていた。たった五分前までは、考えもしないことだった。そりゃいつかは終わるだろうけれど、この日終わるとは知らなかった。こういうことには慣れていたが、それでも堪《こた》える。私はトーマスを置いて足早に斜面を下り、いつも座っているあたりより数歩先の、座るにはやや草が深すぎるところまで行って急にすとんと座った。草の先がスパッツをちくちくと刺した。私のお尻でつぶれた草の、青いにおいがした。

でも意外なことに、私の推理は外れたのだ。トーマスは私の横に腰を下ろした。私がつぶしたのより多くの草がつぶされたはずだが、トーマスの体の湿った毛布を太陽に当てたみたいなにおいが、草のにおいを一瞬、蹴散らした。

「ピエタ、きみと暮らしたい。もしきみが望むのなら、法的に結婚したい」彼は指先の丸い大きな手で私の手をとった。

「え、そうなの?」私は拍子抜けして言った。

「心からそう願っているんだ。でもまず、これから言うことをどうかさいごまで黙って聞いてほしい。ぼくはきみを騙していた」彼は意を決して目を閉じ、深呼吸をしていた。私は、トランジがただの天才探偵じゃないってことを言ってないのは、騙したことになるだろうかと考えていた。なるんだろうな。けれど、まさか彼と結婚するなんて思いもしなかった。

「この町へは、旅行中に殺人に巻き込まれるのをおそれて大都会から逃れてきただけだとぼくは言ったね、きみたちと同様に」

私はうなずいた。私とトランジについては、嘘というほどでもなかった。あまり都会で事件続きだとトランジが精根尽きてしまうから、なるべく人の少ない田舎町を選んで移動するようにしていたのだった。

「でもぼくは」彼は腹でも刺されたように顔を歪めた。「ぼくは、きみを目指してやってきたんだ。きみを探していた。きみと、ルームメイトのトランジを」

「へえ、そうなの……」私はぼんやりと言った。彼から見えない側で草を地面に押しつけている手を、さりげなく腰のあたりにやった。

「きみたちのことをずっと調査していた。ぼくは社会学者だ。三十年以上前のことになるが、日本人の女性がぼくの大学に現れて、疫学者の友人に迫ったんだ。この前依頼した血液の検査はちゃんとやってくれたのかって」

森ちゃんだ。トランジは森ちゃんに血を取られたなんていう話、私にしたことがなかった。日が少し高くなってきていた。私はキャップをかぶりなおしてうつむいた。

「友人は相手にしなかったが、彼女、なかなか上手なノルウェー語を話していたし、話を聞いてみたんだ。それで、トランジのことを知った。彼女は、今、日本を覆いつつある殺人事件の増加はトランジのせいだと言った。そのうち世界中がそうなると。荒唐無稽《こうとうむけい》な話だよ。彼女はほかの大学にも血液を送ったと言った。たいていは返事がなくて、返事があったとしてもすべて異常なしだったそうだ。だから、ぼくも彼女を追い払った。でも彼女はあきらめなかった。十年ほど前まで、定期的に、ぼくのところにきみたちの情報が送られてきた」

私はじっと耳をすまして返事をしなかった。風の音や、草を踏む音がしないのを聞いていた。

「それで、今になってぼくはやっと、ほんの少し彼女を信じてもいいかもしれないって思ったんだ。ただし彼女はまちがっている。調べるべきなのはトランジじゃない。

きみだよ」

トーマスは私の両の二の腕を情熱的に、でもやさしく握った。

「きみは二十代半ばから三十代半ばまでの約十年を別にして、十代のころからずっとトランジのそばにいる。それなのにまだ殺害されていないし、それに人も殺していないんじゃないか？」

私はうなずいた。「あなたはどうなの？」

「ぼくは」トーマスはぎゅっと目を閉じた。「ぼくはある。襲われたんだ……正当防衛だった。でもきみはない。そうだね？」

私はまたうなずいた。

「きみはこんなにも彼女の近くにいながら、まったく彼女の影響を受けていない。ぼくはきみをぼくの国に連れて帰って、しかるべき研究所に送り届けたい。もしかしたらだけど、きみの血液からなにかしら、血清のようなものができあがるかもしれない。そうでなくとも、なにか今の状況を打開するヒントが得られるかもしれない。ぼくはそう思ってきみを探し、きみに近づいた。でも、きみのことを本当に好きになったんだ」

「トランジはどうなるの？」私はキャップのつばの下からトーマスの目を見た。

「トランジにもいっしょに来てもらわなくちゃいけない……それにもきみの協力が必要だ」

「隔離するの？」

「そうなるだろう。気の毒だが」

私はまた目を落とした。若いときよりも薄く伸びてやわらかく光沢を放つようになった手の甲の皮膚を、青く静脈が猛々しく盛り上げていた。

「あなたは私を研究所に連れて行くと言うけど、なにかあてはあるの？　この話は、もうある程度、通してあるの？」私はゆっくりと尋ねた。

「いや、話だけでは相手にされないよ。荒唐無稽すぎるからね。なにはともあれきみとトランジを連れて行かなければ。約束する、きっと無駄足にはさせない。今の世界の状況を鑑みれば、もう誰もきみの存在を無視できないはずだ」

「じゃあ誰にも話してないんだ」

「いや、話はした、少しだけ」トーマスは苦しそうだった。

「でも相手にされなかった？」

「そうだ」トーマスは私を抱きしめた。目の前が真っ暗になった。トーマスの胸は硬かった。防弾チョッキのせいだ。「ピエタ、黙っていて本当にすまなかった、でも想像してみて。もとのとおりの、人々がこれほどまでに殺しあうことのない世界で、ぼくと家族になって生きていくことを。きっとそれはすばらしいだろう？　きみとぼくに残された時間はそんなには多くないかもしれない。それでも、世界が息を吹き返すかもしれないという予感と期待の中で死んでいきたいと思わないか？　いいかい、もしかしたらきみだけが、世界にそれをもたらすことができるかもしれないんだ。きみは自分の価値を理解していない。きみには果たすべき役割がある。ぼくはきみに、ぼくの愛する女性に、罪を償うチャンスを与えたい」

「ありがとう、トーマス」私は左腕で彼を抱きしめ返した。風の音にまぎれて、トーマスのうしろから草を踏む軽い足音が聞こえていた。あの足音がここにたどりつくまでにやらなくては。

「ピエタ、待って、だめ！」トランジの悲鳴が聞こえた。

はっとトーマスが私の肩口に覆いかぶせていた頭を上げ、トランジの方へと身体を向けて立ち上がろうと片膝をついた。

「これで私には価値がなくなるね」

私の言葉に、トーマスが振り返った。私は抱きしめられたせいで斜めにずれていたキャップを振り払って落とした。狙いが定めにくくなると思ったから。そのわずかなあいだに、自分に言い聞かせた。だいじょうぶ、私の腕はじょうぶだ、じゅうぶん衝撃に耐えられる。それから、両目をよく開け、左手をしっかりと添えて、護身用にウエストポーチに入れていた小型拳銃で、きれいに彼の眉間を撃ち抜いた。たしかに、人を殺したのはそれがはじめてだった。

case11　高齢者間痴情のもつれ殺人事件

結局、私の血は何の役にも立たないことがはっきりした。十年近くに及ぶ幾たびもの血液検査、細胞検査、遺伝子検査、あれらはすべて無駄だったのだ。トランジの血からもなにひとつめぼしいものは検出されなかった。私もトランジも、まったくそこらの、ただの、ふつうの、健康な老人なのだ。どうせそんなことだろうと思ってた。

「だってさ、何度も言ったけど、私もトランジも健康診断のための血液検査なら何度かしてるし、献血したこともあるし、一度なんか目の前で依頼人の関係者が事故を起こして、輸血に協力したこともあったんだからね」

その依頼人の関係者である男は、そのときは死ななかったけれど、だいぶあとになって別の事件の被害者となった。つまりごく当たり前の人生だ、今の世の中では。私の血がその男に良かれ悪しかれ、何らかの影響を与えたとは考えにくい。

彼は依頼人の会社の後輩で、たいして年も違わないのにどういうわけか依頼人に母親のような接し方をするよう強要し、敢然《かんぜん》と拒否した依頼人に対し次第に暴力的な態度をとるようになったことから依頼人が危機感を募らせ、私たちのところにやってきた。彼が私たちの目の前で起こした事故というのは、目撃者がいるにもかかわらず依頼人を車で轢き殺そうとした件だ。私が依頼人をかばって一緒に避《よ》けたら、その男は勝手にブロック塀に突っ込んで、シートベルトをしていなかったものだからフロントガラスを内側から割って飛び出して、自分で築いたブロック塀の瓦礫《がれき》の上まで吹っ飛んだ。あまりのことに笑い出した私を、トランジが静かに制して救急車を呼んだ。病院に着いて、輸血用血液が足りないということになって、はいはーいと協力を申し出ているときも、私はまだときどきこみ上げる笑いに苦しんでいた。

そうやって助けた男は、助けたときは若くてまつ毛の長いなかなかかわいらしい見た目で、事務所のテレビで再会したときはもう髪の毛もだいぶ白髪になってえらのあたりの皮膚がたるんだ写真だったけれど、まあそれはおたがいさまだし、なにしろかわいいまつ毛が健在だったのですぐにわかった。

「あー私の血が無駄にー」私は立ったままカップラーメンをすすった。

「もうとっくにあんたの血じゃないでしょ、なに言ってんだよ元医者のくせに。あれからこの人の体ん中で何回新陳代謝が起こったと思ってんの」とトランジも私のうしろから顔を覗かせてテレビを見た。

　報道によると、男は、そのころ世間を騒がせた無差別絞殺魔の手にかかって死んだということだった。その無差別絞殺魔は二人組の少女で、長い幅広のリボンを持ってうしろから忍びより、さっと標的の首にリボンをかけると、首のうしろでリボンが交差するようにぱたぱたと駆けて場所を交換し、ぎゅうぎゅうと引っ張る。標的が息絶えたら、そのリボンをそのまま犠牲者の首に、誰かへのプレゼントみたいに丁寧に華やかに結んで立ち去る。男は私の血で怪我から快復し、殺人未遂で刑務所に入って、出て、まじめに工場に勤めていて、狙われたのはその帰りの暗い夜道だった。たった二人とはいえ、チームを組んで殺人をおこなう殺人者はこのご時世、とてもめずらしい。あとでわかったけど、その二人組は双子だった。それで世間も私たちもなんとなく納得した。

「で、どう？　失望した？」私はつかのま心をとらえた思い出から脱し、七十三歳の薄く、皺のさざなみだったまぶたをしっかりと開いて光のほうを向いた。色の薄い光。広葉樹の枝葉、野花のささやかな揺れ。小さな森の真ん中にぽっかりと開けた草地。私はそこに建つささやかな木造の家の、テラスに設えられた二人用のテーブルでお茶を飲んでいる最中だった。

「まさか」トーマスの、金色の輝く毛で覆われた太い腕が伸びてきて、カップに添えた私の手を取った。彼はもう片方の手で封の切られた封筒をテーブルに置いた。それが、私の血がついに何の役にも立たなかった、と書かれた報告書なのだった。

「まさか、ピエタ」トーマスは立っていて、首のくびれからあふれだした光が顔を覆っている。「それどころか、ぼくはうれしいんだ。きみにできることははじめからなにもなかった。きみは義務を果たさずにいたんじゃないということが証明された。それどころか殺人を犯したことのないきみは、罪人だらけのこの世の中で数少ない、イノセントな存在なんだ」

「どうして泣いてるの」私は尋ねた。トーマスの顔はほとんど私の真上にあって、私は眉間に彼のあたたかい涙を一滴受けた。左の頬骨にも、小鼻にも。

「すまない、ピエタ」トーマスは嗚咽した。「きみにこのことを……なんて報告したらいいのか」

そのトーマスの言い方で、私はなにが起こったのかを悟った。私にとっていちばんよくないことだ。

「言って」私はうながした。

「トランジが、亡くなっていたそうだ」トーマスが苦しげに言った。「隔離保護施設の彼女の部屋で。死因は急性心不全らしい」

私はふと、アメリカの中西部の町で彼と出会ってまもないころ、彼がこんなふうなものの言い方をしたのを思い出した。そのとき彼は、私に一目惚《ひとめぼ》れをしたんじゃなくて、いや、想定外に一目惚れはしたんだけれども、そもそもはトランジがこの世界をめちゃくちゃにしている要因なんじゃないかと疑い、それを調べるために私に近づいたのだと告白したのだった。

私の心はきわめて穏やかだった。知らせを聞く前と同じく光が薄いレモン色に澄んでいるのが見えていたし、葉擦れのやさしい音も聞こえていた。彼と彼の申し出を受け入れたあのとき、いずれこうなるだろうことまで私はすでに受け入れていたから。そして私の心が静かなのは、ほとんど死んでいるからだった。それでもなお悲しみが、心を食いちぎろうと荒れ狂っていた。私の心は抵抗せず、息の根が止まるのを待っていた。体をめぐる血が、深海の水に入れ替わっていくのがわかった。

「トランジは、殺されたんでしょう」私は言った。「もう私の体もトランジの体も、調べ尽くしたから。生かしておいてもとくになんの役にも立たないってわかったから。私は役にも立たないかわりに害もないけど、トランジはそうじゃないから。トランジと関わった人は、人殺しをしたり殺されたりする確率が高くなるから。それとも、もしかして私も？　私も殺される？」

「そんな、ピエタ」光の中で、トーマスが声を振り絞った。「ピエタ、本当にすまない。こんなことになるなんて……ぼくにはなんの権限もないんだ……でもこれだけははっきりしている、きみの命は保障されている、きみはこれまでどおりこの島でぼくと暮らすんだ」

私とトーマスはノルウェー政府の保護下にある小島で、基本的には二人きりで暮らしている。なぜなら、私の存在は公表されておらず半ば都市伝説化しているとはいえ、この長い長い厄災に一役買っているとして誹謗中傷だけでなく殺害予告までが日常的に発信されているからだ。

「そうさ、きみとぼくはこれまでどおりだ。トランジのことでぼくを恨むかい？　ぼくの娘夫婦や息子夫婦は、彼らの母親が死んでしまって以来疎遠になっていたが、ぼくがなんのために旅に出たか今では彼らも理解してくれて、家族の愛情が戻った。よく知ってるだろう、彼らはみんなきみのことが大好きだよ。孫たちもよくなついてる。これからも、彼らは休暇のたびにここへ遊びに来るだろう。きみはチャーミングだから、物資の配達人や船着場を守っている兵士たちともいつもすぐに打ち解けるね。なかには任を解かれたあとも、煩雑な手続きを要するにもかかわらず友人として遊びに来てくれる人たちだっているくらいだ。この楽しく平和な時間は終わらないよ、ピエタ。なあに、世界はこのまま滅びるかもしれない。でも、ぼくらが年をとって死ぬまで待てないってことはないだろう。残りわずかな未来を、このままともに過ごそう。ぼくは少し年下だから、きみよりも長生きするかもしれない。きみはぼくの家族とぼくに看取《みと》られて、惜しまれて死ぬことができるだろう。だからどうか、どうかトランジのことは許してほしい。これからの日々も、これまでの日々と同じくぼくからの贈り物だ。受け取ってくれるね、ピエタ」

彼の新しい涙をまぶたに受けるのを予感して、私はそっと目を閉じた。そのとおり、あたたかな一滴がぱたりと当たって、私の細かく複雑な皺の筋にすっと浸みた。

私はそっと唇を開いた。そして言った。

「ばーか。そんな未来がほしかったら最初から……」

私はまぶたを乱暴にぬぐって目を開けた。七十三歳ではなくて、六十四歳だった。ここはノルウェーじゃなくてアメリカの中西部の田舎町。そこの郊外の、森の真ん中に開けた草地。自分の顔を汚しているのはトーマスの涙ではなく、血だとわかっていた。私の右手にはまだ拳銃があって、新生児のようにあたたかだった。トーマスはすでに、うしろに倒れて絶命していた。その向こうに、トランジがいた。

トランジは日本から持って来たダサくてだらしないジャージ姿でも、ここらではどちらかというとやや目立つ白シャツに黒スラックスに革靴姿でもなかった。誰でも着ているような薄手のグレーのパーカーに黒のスパッツを合わせ、足にはスニーカーを履いていた。つまり、色や細かな形状がちがうだけで、私とほぼ同じ恰好だった。おまけに、かぶったフードから肩に少量こぼれている髪の毛は私のわざと褪せた栗色に染めた髪と同じ色で、ミラーレンズのサングラスをかけていた。

「誰？　ていうか、そんなの持ってた？」

「持ってた、ピエタには見せてなかっただけ」

「どこかで見たことのあるアジア人のおばさんだなあ」

「それって、鏡のなかで見たことのあるアジア人のおばさんなんじゃない？」

「まあそうだけど」

トランジは、トーマスの遺体を迂回して尻餅をついている私のそばまでやってくると、「顔、拭きな」と除菌ティッシュを投げてよこした。

「だめって叫んだの、聞こえてたでしょ。殺さなくてよかったのに。なんで殺したの」トランジがそのままぐるりとトーマスのまわりを歩き回りながら言った。

「べつにトランジのためじゃないし」私は除菌ティッシュで顔を拭くのは本当はいやだった。肌によくない。日焼け止めが剝げるのはかまわなかった。ひととおり拭くと、トランジが私の顔を確認してうなずいたのを見てから、ウエストポーチから日焼け止めのチューブを出した。日焼け止めは小まめな塗り直しが基本だから、持ち歩いてる。

「私のためでしょ。この人、私が目的でここに来たんでしょ」

「そのこと調べるために、その格好なの？」

「これ、トーマスのホテルの部屋にあった」トランジが、封筒を投げてよこした。封はされていなかった。中身はハンカチだった。たたまれたグレーのハンカチ。見てすぐにわかった。よくよく端っこを見ると、ごくごく少量の、乾ききった血の染みがついている。私の血だ。トーマスとデートしていて、草で指を切ったときの。トーマスはこのハンカチでそっと私の指をつつんでやさしく握りしめてから、ハンカチを解いてなかの指にくちづけたのだ。

「でもべつにトランジのためじゃない」私はもう一度言った。

「好きだったんじゃないの」

「そりゃそうだけど」私は首をかしげた。「でもトランジのためだし」

「ほら私のためなんじゃん！」

「悪い？」

「悪いに決まってんだろ、だいたい私のためなんだったら尚更まだ殺すなって」

「まだ？」

「そう！　まだ！　あんたや私について、実際どのくらいのことまで調べてるのか、メモはあるのか、メールですでにどこかに送ってるのか、取り合ってくれなくてもそれを受信して保存している人がいるのか、そういうことを誘導して徹底的に吐かせて、処分の方法まで目処《めど》がついてからでしょ？」

「あ、それはごめん」

「で、大丈夫なの？」

「なにが」

「ピエタ、あんたは大丈夫なの？　社会正義のためとかそういうのじゃなくて、あんたはたった今、私利私欲のために人を殺したけど、気分や体調は大丈夫なのかって聞いてんの」

「べつに」

「私は、ピエタがトーマスといっしょにいることを選んでも、怒らなかった」

「へえ？　じゃあ私に騙されたふりして、実験動物になりにおとなしくついてくるの？」

「わかんない。逃げるかも」

「そうだよ。逃げろよな」

「黙って」

「なんで？」

「いいから」

「だから、なんで？」私はわざと怒鳴った。

トランジはほんの数秒固まって、ふっと息を吐いて言った。

「いいよ、もういい、もう遅い」

「なんだよ」でも私にも、トランジの耳が捉えた物音が聞こえていた。小枝が折れるかすかな音。風に吹かれた枝が落ちる音じゃない。もっと小さく、それでいてたしかな意思のリズムがある音。近くに誰かいる。

「でも、ピエタがトーマスと本当に幸せになるんなら、それはそれでよかったんだよ、私は」

「そういうのムカつくんだけど」私は叫んだ。それから英語で叫んだ。「ああもう、あんたにもムカつく、出て来なトーマス！」

空は高く、もう朝ではなくて、ミルクを混ぜたみたいな穏やかな青をしていて、見上げるとうっすらとした白い雲がストールをくしゃくしゃっと置いたような形状に重なり合って広がっていた。私が座っているあたりでは、草は三角座りをした私の膝の高さでやわらかにしなり、それより先ではさらに深くなった草の間から小さな花をつけた硬そうな茎がいくつも飛び出して森へと続いていた。私は立ち上がった。トランジも突っ立ったままだった。立ち上がると、草をぺしゃんこにして仰向けで静かにしているトーマスの遺体の全貌が見えた。トーマスは目を閉じかけて死んでいた。額の真ん中に私がつくった赤黒い銃創は、もう彼の顔になじんでいた。目とか鼻とか口とか、もともと顔に誰もが備えている器官みたいに。

「トーマス！」私は森の方へ拳銃を向けた。

朝に見たとおりの、上半身裸にハーフパンツを穿いたホテルの受付のトーマスが、決まり悪そうに出て来た。

「ああやっぱり人間も動物だね、服着てないと自然によく紛《まぎ》れる、おかげで気がつくのが遅れちゃった」トランジが感心して言った。

「えっトランジ？」トーマスがびっくりして叫んだ。

「ハイ、トーマス」トランジがフードを取り、サングラスを取り、カツラを外して手を振った。

硬そうな茎を手でよけ、小さな花々を揺らしながらとぼとぼとトーマスがこっちにやってくる。

「うわ、うわ、トーマス」ホテルの受付のトーマスは眉間に皺を寄せて天を仰いだ。

「銃声、聞こえちゃった？」私が尋ねた。

「そりゃね」トーマスが半ば目をつむり、両手をうつろに上げ、天を仰いだまま小刻みにうなずいた。「あのね、俺、二人の話聞いてないよ。いや、聞いてたけどほら、俺、日本語わかんないから。え、でも、だめ？　死体、見ちゃったから？　俺も殺す？」

「うん、それがいいかも」私は拳銃を構え直した。

「え、まじで？　ていうか、なんで？　さっきまですっごく仲よさそうにしてたのに、なんでいきなり殺してんの？　女って怖え」トーマスは細く目を開いてちらちらと私と遺体のトーマスをせわしなく見比べた。

「あっちょっと、今のは聞き捨てならない、女って怖え？　なんでそう一般化しちゃうわけ？　女が怖いんじゃないの、私が怖いの、私という個人が怖いんだよ、ほら言い直せ」

「やめなってピエタ」トランジが割って入った。「ごめんねトーマス、ピエタは冗談を言ってるんだよ。あなたのことは殺さない、安心して」

「あ、そうなんだ」私は銃を下げた。

「そのかわり」トランジがまた遺体のトーマスを迂回してずんずん歩き、受付のトーマスの肩を叩いた。「遺体の処理、手伝ってくれるよね、トーマス。どうしたらいいか、知ってるんじゃない？」

トーマスは、ちゃんといい場所を知っていた。

「掘って埋めるのはたぶん無理だよ、ここらへんは草の根っこがよく張ってるから」

道具が必要だというトーマスを、私たちは一人でホテルへ行かせた。他の人にこのことを知らせるかもうここには戻ってこないんじゃないかと心配したけど、トランジが「だいじょうぶ」と声を出さずに言うので信用することにした。

トランジの言ったとおりだった。トーマスはハイキングコースの道を、充電式モーターのついた手押し車でめりめりと葉や小石を踏みながら戻ってきた。ちゃんと私の言いつけどおり、Tシャツも着て来ていた。私たちは三人でなんとか遺体のトーマスを道に引っぱり上げ、手押し車に押し込んだ。

「これ、百三十キロまでいけるから」受付のトーマスが心なしか自慢げに言った。

「このトーマスは百キロもないよね」

トーマスはガタつく道を、たいして手間取ることなく手押し車を操って進んだ。私とトランジは、彼の両側にぴたりとつき、並んで歩いた。

「うちのホテルのオーナーはさあ、百キロ以上あったんだよね。だから、たいへんだった」トーマスは、彼が勝手にアルバイトを継続しているホテルの、どこかへ逐電したと言われていたオーナーの殺害をあっさりと認めた。「あのときは俺一人だったしさ、遺体をこの手押し車に乗せるのもたいへん。殺しちゃったの、ホテルの中だったからさ、階段まで転がしていって、その段差を利用してなんとか乗せたんだよ」

トーマスはビニールシートで一応目隠しした手押し車を、白昼堂々と押してこの森に入ったらしい。

「遠目では見られてたよ、もちろん。でも俺が何を運んでるのか興味を持って近づいてくる住人はいなかったな。みんな、遠くで挨拶の手を上げるだけで……。もしかしたら、中身は死体だって知ってたかも。それだったら、なおさら俺に声はかけないよね。だって死体運んでる最中なんて頭がおかしくなってるに決まってるし、そんなときにうっかり声かけたりなんかして、俺にゾンビみたいに襲い掛かられちゃたまらないもんね」

草地を抜け、町とは反対の森をしばらく行くと、トーマスは道を外れた。

「その先に、池だか沼だかがあるんだよ。オーナーはそこに沈めた。浮かんで来たって話は聞かないから、このトーマスもそこでいいと思うよ。もっとも誰もこんなところ来ないけどさ」

「沼だね」そこに着くなり、トランジが断言した。「これは沼。自然に発生してるから。人工的につくられたものが池」

水草にびっしりと覆われた沼の表面にトーマスを落とす段になって、私は、もしかしたらこの水草はしっかりと絡み合って硬い蓋みたいになっていて、トーマスはただそこにごろんと転がるだけなんじゃないかと不安になった。それをよそに、トーマスが手押し車を傾ける手を止めて言った。

「ピエタ、さいごにキスしてやりなよ。俺、オーナーにキスするの忘れちゃって、今も後悔してる」

私が遺体のトーマスのこめかみにキスをすると、トーマスは満足そうだった。

「じゃいくよ。バイバイ、ノルウェー人のトーマス」

遺体のトーマスの体は、ほんの一瞬にも満たないあいだ表面の水草に受け止められて静止し、それからすばやく傾きながら沈んでいった。

「ごめんねトーマス」私はつぶやいた。トランジはなにも言わなかった。

「さっきは女は怖いなんて言ってごめん、ピエタ」トーマスは感極まったように言った。「俺、ほんとうはわかるよ、ついさっきまで仲良くしてた人を殺してしまう気持ち。うまく説明できないんだけど、愛してるから殺すのでも、もう愛してないから殺すのでもないんだ。ただ殺すんだ。自分のとても大切なものを」

うーんそういうの私わかんない、と言おうとしたのを、トランジが目配せで止めた。とっくに昼は過ぎていた。私たちは三人連れ立って、ホテルに戻った。トーマスは受付の中にある小型冷蔵庫からアイスの一ガロンパックを出し、「きみたちもどう？」と勧めてくれた。

「ノーサンキュー」私たちは丁重に断り、私はこれからトーマスの部屋で思い出に浸りたいと申し出た。すると受付のトーマスは、今やもうどこにもいないトーマスの部屋の鍵をたんっとカウンターに置いてくれた。そんなものはとくに必要なかったのだけど（現にトランジは午前中に侵入を果たしていたのだし）。

「思い出にじゅうぶん浸ったら、きみたち、この町を出て行くつもり？」トーマスが小脇に抱えたパックからアイスをたっぷりすくいながら尋ねた。

「そうだね」トランジがちょっと振り返って答えた。

「じゃあさあ、俺、泊まり客や町のみんなに、ピエタはトーマスと駆け落ちしたって言っていい？」

「いいけど、じゃあトランジまでいないのはどう説明すんの？」トーマスのアイスが強烈な青色をしているのを、私は見た。そこに黒っぽい斑点。チョコミントのまぼろしの味が、不意に口の中に広がった。

「それはね」長いスプーンを振ってトーマスがにやにやした。「ピエタに捨てられたトランジが、半狂乱になって追っかけて行ったんだよ、二人を殺してやるってね」

「あのねえ、私たち恋人どうしじゃないの」と私が言ったのと、トランジが「どうぞご自由に」と言ったのが同時だった。

「でも、きみたちのことレズビアンのカップルだって、だいたいみんなそう思ってるよ、そんで、このところピエタが男と浮気してるって思ってる」

「みんなって誰だよ」私はあきれて背を向けた。エレベーターのボタンを押す。

閉じたエレベーターの中で、私は腕組みをした。

「なんで二人でいるとすぐ恋とか愛とか言われるのかなあ？　別にそんなのどうでもよくない？」

「あんたが言うか」トランジが笑った。「けっこうすぐ恋愛するくせに」

「トランジは恋愛しないよね」私が言った。

「恋愛しても、どうせ相手、死ぬしね」さみしそうでもなんでもなく、ただトランジは事実を述べた。

「そうだね」私は軽く同意した。「それに恋愛なんかよりも大事なものもあるし」

私と死んだトーマスが駆け落ちするということなら、少なくともここでいっしょにトーマスの部屋に入るトランジの姿を他の客に見られては台無しなので、私たちは無人の廊下を注意深く素早く通り抜け、きわめて静かにトーマスの部屋に入った。トランジがパソコンを調べているあいだ、私はトーマスの服や日用品をトランクに詰める作業に専念した。ノートやメモを見つけたら、それを精査するのもトランジの仕事だった。そういうのはだいたい英語じゃなくてノルウェー語で書かれており、私はノルウェー語はからきしだめだったからだ。

調査は、一時間ほどで済んだ。すでに送信されたメールについては、トランジは心配ないと結論づけた。

「ノルウェーまで行って受信したパソコンを破壊しなくていい？」

「そんなことやるとかえって不審がられる。トーマスの説に信憑性《しんぴょう》が、なんて考える先生が出て来ちゃうかもよ」

私たちは部屋の中のものをなにもかもトランクに詰め、来たときと同じように注意深く無人の廊下を走り抜け、トーマスのいる受付は通らないように、非常口から外に出た。私たちは駐車場に放置されている、死んでしまった客のものだった車のなかからフロントの壁にひっかけられた鍵のうちのトランジがいつのまにか盗んだ一つに適合する車を探し出し、荷物を詰め込んで住処《すみか》にしているカフェへ向かった。

その晩遅く、私たちはその町をあとにした。走り去る前に、私たちは住処がわりだったカフェの一階のど真ん中に、ガソリンをたっぷりかけたトーマスの荷物を積み上げ、火を点けた。きっと受付のトーマスは炎が噴き上がって空の底にたちこめた雲を焦《こ》がすのを見ただろう。そしてさっそく翌日から、私とトーマスの駆け落ちと怒り狂ったトランジの話をはじめただろう。あるいは、もしかしたら、あの火にインスピレーションを得て、私とトーマスは邪魔なトランジをカフェもろとも焼き殺して逃げたのだ、というふうにストーリーを変えたかもしれない。

私はあの六十四歳の夏の終わりにつかのま夢見たような七十三歳にはならなかった。

私たちは車でアメリカを横断し、街から街へ、時が経つにつれ次第に小さくなっていくコミュニティからコミュニティへと移動を繰り返した。あるコミュニティは用心深く、緊急事態を除いては人と人とが基本的には顔を合わせないというルールを徹底し、殺人が起こる機会自体を減らしていた。別のコミュニティは全員が全員の見張り番を務めるために、巨大なモールの吹き抜けに集って暮らしていた。また別のコミュニティでは、敢えて殺人の権利を申請制とし、決められた時間・決められた場所で観衆の前で殺人をおこなうなどといったように殺人行為の可視化を図って、死をコントロールしようとしていた。

どこへ行っても、小柄なアジア人の老女の二人連れを警戒する者はいなかった。私たちも、これまでどおりできるかぎりのことをした。トランジの頭脳と私の行動力を惜しみなく発揮して、謎に苦しむ者に手を貸し、ときには命を救った。昔取った杵柄《きねづか》で、子を取り上げたこともある。それでも日にさらされすぎたプラスチックの洗濯バサミが、ちょっと力を込めるとぼろぼろ崩れるみたいにして、人はあっけなく、次々と死んでいった。私たちを残してまったく消滅するコミュニティもあった。私たちが到着する以前に廃墟になったコミュニティで、二人だけで暮らしてみたこともある。けれど、数日して生活の基盤が整ってくると、必ず誰かがやってきた。定住せず、私たちみたいに移動して暮らす者は増加する一方だったから。私たちは新参者たちを追い出したりはしなかった。私たちは受け入れ、彼らに必要なものを分け、私たちがつくったルールを控えめに伝えたりした。はじめはうまくいくように思えた。ここもいずれ、廃墟の規模に見合うだけのコミュニティに育つかもしれない、でもそう期待するが早いか、人々は殺し合いをはじめるのだった。

それでも、私は幸せだった。楽しかった。起こってしまった殺人の謎を解くのも、起こっている最中の殺人現場に向こう見ずに飛び込むのも、起こるであろう殺人から依頼人を守るのも、どれも好きだった。

私自身は、殺人は、もうしなかった。する必要に迫られればしただろうが、そんな機会はなかった。私はかつて幻視したノルウェーの離れ小島のまぶしい光と、謎と死が傘の骨のように広がる現実の光景をしょっちゅう見比べた。私の目を引きつけるのは、いつでも謎と死だった。それはおそらく、私とトランジそのものでもあった。だってどうしてトランジが周囲に殺人事件を誘発するのか、どうして私がその影響を受けずにいるのか、どうやったって解明のしようのないことだから。

いつだったか、崩壊しつつあるコミュニティを見捨てて次のコミュニティに向けてトランジが運転していたある昼間、私はオープンカーの後部座席に寝転んで、トーマスの日記を度付きサングラスの真上で開いていた。それはトーマスのもので唯一トランジが焼かずにとっておいたものだった。ノルウェー語で書かれたそれを、私はノルウェー語の勉強のつもりで一語ずつ辞書を引いて読んだ。そのうちに、私はいやでもいくつかの単語の組み合わせを覚えることになった。「私が殺した妻は、」と彼はしょっちゅう書いていた。「私が殺した妻が」「今日も、私が殺した妻のことを思い出す」娘や息子がいること、彼らとの関係が良好でないことは彼の生前、話の端々からうかがえたが、亡き妻のことはほとんど聞いたことがなかった。

私は少し困って微笑んだ。トーマスをかわいそうだと思い、殺してしまって悪かったとも思った。けれど、それは、トーマスが繰り返し吐露している罪悪感とは、まったく別物だった。トーマスを殺したことは、私にとってはそのままトーマスを殺したことであるだけではなかった。トーマスを殺したことは、今ふたたび、自分の人生と運命を自分で選んだことに等しかった。私はそれを誇らしく思った。

「トランジ、私は若いときの十年を無駄にしたね」エンジン音に負けないよう、私は声を張り上げた。

「んー？」トランジも腹筋に力を込めて答える。うしろで束ねただけの白髪が日に炙《あぶ》られて輝き、ひょろひょろ風になびいてきれいだった。

「私、あのとき、あんたが森ちゃんと消えちゃった日、あんたたちを行かせるんじゃなかった。トーマスを殺したように、あの日あんたの目の前で森ちゃんを殺すべきだった。そうしたらあんたは私を連れて逃げて、私たちの流浪《るろう》の冒険はあの瞬間からはじまっただろうに。あーあ損した。判断を誤った」

「ばかじゃないの」こちらをちらりとも振り返らず、トランジは猛然と安全運転をしていた。

　私は私以外の誰の意見にも、誰のどんな悲しみや苦しみにも傷つけられることはなかった。あるいはそれは、私には人間らしい心がないということを意味するのかもしれなかった。でも私は自分の選択に満足していたし、満足している自分にも深く満足していた。サングラスをずらして見ると、空はこころもとない儚《はかな》い色をしていて、それでもよくよく見ていると、空とあまり区別のつかない色をした大量の雲がそこにあって、ものすごい勢いで引きちぎられ押し流されていくのがわかった。

case12　世界母子会襲来事件

　みんな、押し黙ってトランジを見守っていた。私たち居住者は全員共用スペースとしている居間にいた。白髪をきりきりとお団子にひきつめてかんざしを挿したトランジは、蓋すら開けていないカップアイスをお腹のあたりで両手に持って、やさしい薄紫色のセーター姿でしゃんと本棚の前に立ち、あとの者はトランジを起点としていびつな円を描くように、食卓やソファ、丸椅子やラグを敷いた床におのおの適当に、なんとなく座っていた。

　トランジの抑揚のない話し声はゆっくりとしたペースを保っているのに、どこで息継ぎをしているのかわからない。私は平気だけど、聞き慣れてない人は息苦しくなってくるみたいだ。ことに犯人は。昔はそうだった。息をするのを忘れていたことに気がついて、いきなりぜいぜい言い出す人がいて、それがたいがい犯人だった。今はそうでもない。みんな同じようにおとなしく息苦しそうにしていて、みんな一様にわけがわからないという顔でトランジの話を聞いている。

「……以上のことから、ジョーイを殺したのはダフネであることがわかります。動機は痴情《ちじょう》のもつれでも何かの恨みでもなく、事故でもない。二週間前別のコミュニティから来たばかりのジョーイの持ち物がほしかったから」

「そうなの？　それって何？」私はスプーンをひと舐めすると、わくわくして身を乗り出した。全員にカップアイスが配られていたが、順調に食べているのは私くらいのものだった。

「子ども用の壊れた腕時計。ジョーイのバックパックに引っ掛けてあったのが、なくなってる」

「そうだっけ？」ジョーイはバックパックに小さな役に立たないものをびっしりつけたりぶら下げたりしていたから、ひとつくらいなくなってたってたぶん誰にもわからない。

　ちょうど四日前、この居間でジョーイが仰向けに倒れて死んでいるのをファティマが発見して、居住者の八人全員がこんなふうに招集された。私とトランジがこのコミュニティに受け入れられて半年、やっと起こった殺人だった。いや、厳密に言えば殺人はすでに二件起こっていたんだけど、それはどちらも複数の目撃者の目の前で行われた案件であり、そこに解き明かすべき謎はとくになかったのだ。だから、私とトランジはただの無害な老人でしかなかった。でも、ついに本当の姿をあらわすときが来たのだ。

ここの一応のリーダーを務めるユーリアが定めたほぼ唯一といっていい取り決めは、全員が招集されたときはお菓子を配る、だったから、「ジョーイが殺されたから集合」ということで集まったそのときも、一人一人にチョコレートバーが配られた。みんなそれをぼりぼりやりながらかわるがわる見にくるせいでこまかなチョコレートのかすがぱらぱら落ちてくる中、私はひざまずいて遺体をあらためた。ジョーイの遺体は鼻骨が折れて腫れている以外とくに外傷はなかったが、すぐに右の鼻の穴の奥深くにボールペンが刺さっているのを発見、それにより脳を損傷したのが死因だった。鼻骨の折れ方や死因からして、犯人はジョーイより背の低い者だということが明らかだったけど、ジョーイは百九十センチ近い長身の中年男性で、このコミュニティは死んでしまった新参者のジョーイを除くとあとは男性はたった一人、そのオラフルにしたってせいぜい百七十五センチ程度のひょろっとした体格なので、結局は全員が容疑者ということになっていた。とはいえ、そのときは私とトランジはそのことを誰にも言わなかった。みんなが招集されたのは犯人探しのためではない、ジョーイの死の周知と遺体の埋葬のためだったからだ。

一人用のソファにだらしなくもたれていたダフネがはーっと大きく息を吐いた。ゆっくり身を折って床に食べかけのカップアイスを置く。サイズの合わないだぶだぶのセーターの裾をちょっとまくり、ズボンのポケットから赤い小さな腕時計を取り出した。

「正解」プラスチック製のベルトをつまんでぺろんとこちらに見せた。

「すごい、トランジ！」私は色が薄くなって潤んでいるトランジの妖精じみた美しい目を見つめた。白内障が進んでいて視力もだいぶ落ちているはずなのに、注意力と集中力は視力をもカバーするらしい。

「で、なんでこれがほしかったかもわかんの？　ばあさん」ダフネが腕時計をぷらぷらさせた。

「ダフネ、あなたはマルセイユ出身だよね。その腕時計は人造巨大りんごの開発で成功したフランスのグランデ・ポム社が作って二〇六〇年代に都市部だけでわずかに流通した子ども向けのおまけ。あなたは子どものころ、それを愛用していたのになくしてしまったか、ほしくてたまらなかったのに手に入らなかった。後者かな。そのころは会社も衰退してきてて、せっかくつくったおまけを捌《さば》く余力がなかったそうだから。結局手に入れたのは、在庫でいっぱいの倉庫を打ち壊したコレクター気質の大人たち。たとえば、ジョーイみたいな」

「それで殺して奪ったの？」私が尋ねた。

「頼んでもくれなかったんじゃないかな」トランジが小首をかしげた。

「まあね」ダフネが認めた。「昔、ほしくてたまらなかったのに手に入らなかったの。で、またここでも。だから私のろくでもなかった子ども時代の思い出のために」

「思い出って、あんたまだ子どもだよ」思わず私は言った。ダフネは二十歳そこそこの真っ青で新鮮そうな目で胡散《うさん》臭げに私を見た。

「……で？」オラフルが困惑しきって私たちに問いかけた。髭ですすべの顔を覆っているけれど、彼もまだ若い。「ジョーイを殺したのはダフネだってことはわかった、それがわかったトランジがすごいってこともわかった。ついでにピエタが元医者だってこともわかったしすごいなあって思った。で？　だからどうだっていうんだ？」オラフルは喧嘩腰になっているわけじゃない。本当に、心から困惑しているだけなのだ。

「死んじゃったジョーイには申し訳ないけど、彼はここに来たばかりでまだよく知らない人だったし、別に悲しくない」とポピーが引き継ぎ、「家族でもないしね。一人増えて、また一人減っただけで、私たちの生活、特に変わんないし」とケイラが言い、「だいたいみんな殺人で死ぬんだしね」とユーリアが言い、「そもそも、ピエタもトランジもその年まで生き残ってる時点で、なんだか知らないけどすごいなあって前から思ってたよ」とファティマが締め、居住者全員がひととおり意見を述べるかたちになった。言い終えるとみんな、思い出したように一口アイスをすくって舐めた。全員がどこかがほつれたセーターを着て、肌の色はそれぞれだけどおしなべて無気力そうな顔を並べている。

「みんな、ごめんね」ダフネが謝罪した。「ジョーイ、大きかったから、外に出して埋めるのけっこう大変だったよね」

「いいよ」全員がほぼ同時に言い、ダフネに向かって片手を上げた。

最近の若者は、こういう考え方をする子が多い。とにかくなんでも受動的で、殺人も自然現象みたいに受け入れる。

ここはユーリアが死んだ両親のものだった一軒家を開放してつくったコミュニティで、居住者の中心は家族と離れ離れになった若い子たちだ。でも、特に入居資格が定められているわけでもなくて、ジョーイみたいな中年男や今やとても珍しい存在となった私とトランジみたいな老人も、空き部屋があれば受け入れてくれる。そして北の果てのこのあたりはとりわけ人口が少なくて、ダフネくらいの歳の子を子どもだと言わないのなら子どもと呼べるような年齢の子はまず見かけることはなく、世界的に見ても子どもは大人になる前に、大人になった者は老いる前に殺されて死んでしまうし、近頃じゃ若い人たちは子どもをつくることにまったくといっていいほど関心を持たなくなったから、そこらじゅうの一軒家やアパートが空き家で、空き家は増えるいっぽうなのだった。おまけに在庫を抱えたまま放置されたスーパーと倉庫が何軒もあった。つまり、とても平和だということだ。私たちが見てきたかぎりでは、よその土地も似たり寄ったりだった。菜園や牧畜を営むことによって死を先延ばししようとするコミュニティもちろんあった。でも、そういったパワフルなコミュニティは、どちらかといえば早く全滅するようだった。生き残ろうとする気持ちが強ければ強いほど、殺人は起きやすいから。ここみたいな、受動的なコミュニティのほうが案外長く続く。とはいえ、それも運次第だ。

「うーんとでもさ、ま、でもほんとすごいよね、ばあさんなのに」トランジの告発を受けたばかりのダフネが、取りなすように言った。本当は気遣いのできる、やさしい子なのだ。

「ばあさんだからじゃない？」ケイラが言った。「なんか、いろいろ知ってそうじゃん？　年寄りって」

「だよね、うちらが知らないこといっぱい知ってんだよね？」ダフネが私を振り返った。

「そのとおり」私はうなずいた。「昔は殺人が起こると警察が捜査してね、犯人を捕まえたもんよ。そういうことが二度と起こらないように、見せしめのためにね」

「でも、殺人はなくならなかったんだね」ユーリアが言った。悲しみとか怒りとか、そういうものは彼女の口調からは一切感じ取れなかった。ただ事実を述べているだけだった。「それどころか疫病みたいに広がって、世界を滅ぼしつつある。疫病って、なんのことかよく知らないけど」

「世界は滅びない。滅びるのは人類だけ」トランジが訂正した。「でもそうだよ、私たちはあなたたちの世代のためにいい社会を用意してあげられなかった。かつてはさっきやったみたいに真相を解明することが世の中を良くすることにつながると信じられてきたけど、もはや何の役にも立たない」トランジの口調からも悔恨や皮肉は読み取れず、ただ事実を述べているだけだった。

「でもさ、でも、無用の長物でも、せっかくの他の人にない能力なんだから披露したいっていう気持ちはわかるよ、ねえ？」またダフネが気を遣って言った。

「まあわかる」

「そうだね」

「面白かったよ、ばあさん」

「そういや人が殺されても、なんで殺されたかなんて考えたことなかったしね」

みんなが同調してくれたので、私はにこにこして「そうだよ、面白いでしょう。私は七十年くらいこれを聞いて生きてきたんだよ」と自慢した。

場は誰からともなく解散しつつあった。食卓の、私の隣の椅子に座っていたケイラが手を貸して私を立たせてくれた。私はまだじゅうぶん自分で立てるし、その気になればジョーイを殺すことだってできたと思うけど、素直にケイラのふっくらした手に私のシミの散らばった痩せた手を重ねる。トランジが趣味で謎を解き、自分だけがそれを楽しむのではもったいないと思って私がみんなに招集をかけ、ユーリアがアイスを配り、ダフネが犯行を自供し、そして、こんなふうに特に何も変わらない。それは見込みどおりでもあったし、これからも何も変わらないはずだった。地下熱を利用した発電機はときどき調子が悪く、気温は日本の真冬に相当するけれど、ここではもうとっくに春だった。スーパーの在庫はあと一年はもつだろう。トランジの目はそこまでもたないかもしれないけれど私の目はまだ確かで、きっと彼女の指示どおりに見たものを伝えることができるだろう、だからこれからも殺人が起こったら今日みたいにみんなでトランジの謎解きを楽しむことができる、そんなふうにして暮らして、もしかしたらここの若者たちに私たちのどちらかが老衰かうっかり転ぶかして死ぬところを見せることができるかもしれない。殺人じゃない死を見せられたら、それはきっと大した贈り物になるだろう。私はそんなようなことを考えていた。でも、ちょっと甘かった。終わりは、もっと早くに来た。夜明けに。

これはどこのコミュニティでもたいていそうだけど、日常生活で居住者が集合することはまずない。食事は事前に配られているものか共有スペースから自由に持っていくように明記されているものを各自好きな時間に摂《と》るし、寝るのや起きる時間も自由だ。それでも夜は寒いし、電球の節約のために灯りはなるべくつけたくないという理由で日が落ちると早々に眠ってしまう人が多い。私とトランジもそうだった。レトルトのお粥《かゆ》でかんたんに夕食をすませ、トランジの溶けきったアイスのカップを窓の外枠のところに出しておく。そのあと私は、がたがたの小椅子に腰掛けて内側の窓枠にもたれ、ほの青い薄明の灯りを頼りにノートを開く。大きさの揃わない紙の束を綴《と》じてつくったお手製のノートだ。春、このくらい極点に近い土地は、日が長い。薄明のぼんやりとした諦めのような青は、ダフネの目のしたたるような青とは似ても似つかない。トランジは髪を下ろし、部屋の中心に置いた安楽椅子にぐったりともたれ、目を閉じて考え事をしていた。私はそのあいだ文章と取っ組み合い、軽くかわされて蹴《け》躓《つまず》き、無理矢理にねじ伏せるのが日課だ。ボールペンの芯の繰り出し口にわずかにこびりついた血を爪の先で削り取って捨てた。これはジョーイの右の鼻の穴から取り出したボールペンだった。そうしている合間に、私はときどき振り返ってはごく静かに呼吸しているトランジを眺める。トランジの姿は、振り返るたび少しずつ黒い繭《まゆ》に巻かれていく。

「暗くなった？」トランジがふと目を開けた。トランジの目は薄明の地平線ぎりぎりのところの白い光だった。

照明なしでも活動できる薄明時間は、一時間ほどで終わる。たしかにもうとても暗くて、夜だった。私たちのベッドは、ふとんやブランケットだけじゃなくてカーテンやタオルや着替えのセーターやネルシャツや、その他の何の用途かよくわからない布をとにかく確保できただけ重ねてつくっている。私はさっきケイラがやってくれたように思いやりをもってトランジを立たせ、手を引いていっしょにそのベッドに潜り込む。私たちは二人とも若い頃に比べると痩せて縮んだから、たぶん眠っているとベッドに埋もれてどこにいるのかそれともいないのかぱっと見ただけではきっとわからないと思う。真冬には眠るときはいつもそのまま凍死して目覚めないことを覚悟していた。発電機が完全に停止したらいつそうなってもおかしくはなかった。でも、この夜は私はそれを考えなかった。だって春だもの、新しい居住者がやってきたり殺人が起こったりトランジとその謎を解くことを夢見ていたのだから。

夜中過ぎに、トランジがふとんのどこかで身じろぎをした。

「なにか燃えてる」

「え？　事件？」私は即座に目を覚まし、ひそひそ声で尋ねた。

「でもここじゃない……少し離れたところの……ほら、火の爆《は》ぜる音が聞こえない？」

私は耳を澄ましたがわからなかった。起き上がるとトランジが「寒い」と文句をつぶやいた。私は何枚か布を肩にひっかけたまま床を這って窓のところへ行き、窓枠に取りすがって外を覗いた。トランジの言うとおりだった。だいぶ先の住宅街に、ぽっちりとあたたかくさみしそうな火が上がっていた。

「ほんとだ。朝になったら見に行こうか」私はどうせなら、またみんなを集めて、お菓子をかじりながら行ってみるのも楽しいかも、なんて考えていた。

でもトランジはこう言った。

「うーん、どうかな、ここも焼かれちゃうんじゃないかな……」

「え、まじで？」

「だって外、誰かいる。何人も」トランジが億劫《おっくう》そうにベッドで身を起こした。「みんなに避難するよう言わなくちゃ」

私はそのとおりにしようとした。すばやく身をひるがえし、廊下に出てみんなの部屋の扉を叩いて回る……でもそうする前に、外から拡声器で元気いっぱいに名前を呼ばれた。

「ピエタ！」ぴぃーっといやなノイズが混じる。「いるなら出てきなさい！　出てこないならただちに火を点ける」

「ああ……とうとう見つかっちゃった……」私はうなだれた。

「ピエタの好きな事件だよ」トランジが私をからかった。「うれしくないの？」

私はトランジを無視してずれた布を肩にしっかり巻き直し、窓を開ける。

「ここだよ、ジウ」暗くてよく見えなかったけれど、たしかに家の前には何人も人がいるようだった。どうやらみんな分厚いジャケットを着込んでフードをかぶっている。私はそれらの人影に向かって、適当に手を振った。人影の中の一人が、こちらに歩いてきて私の窓の真下に立った。

「ピエタ、やっぱりまだ生きてたね。まったく、こんなアイスランドくんだりまで逃げてくるなんて」拡声器ごしに、やさしいともとれる口調でジウが応える。「トランジもいっしょなの？」

「トランジは死んじゃった」私は言った。

「うそつき」ジウが間髪を入れずに言った。

「本当だよ」

「信じない」

背後でドアがノックされた。様子をうかがいにきた居住者たちをトランジが招き入れている。小声で何か話している。右肩に手が置かれ、左を見るとうしろから私を抱きしめるような恰好でユーリアがいて、窓の外を覗き込みながら私の手に飴玉《あめだま》を落とした。それで、全員が集まったのだとわかった。私は包み紙を解いて飴をほおばった。

「あのー」ユーリアが私のすぐ横で声を張った。ほっぺたが丸くふくらみ、飴が歯に当たってごろごろ音がしている。「ピエタとトランジになにかご用ですかあ？」

私は少し仰向いて目を閉じた。

「ほら、やっぱトランジ生きてんじゃん！」真下でジウが叫んだ。

「あれ？　私まずかったかな、ごめん」ユーリアが飴玉をごろごろやりながら私に小声で謝った。

「いいよ」私もごろごろさせながら答える。

「申し遅れましたが、私、〈世界母子会〉代表のイ・ジウです」ジウがフードをうしろに押しやった。見慣れたまっすぐな長い黒髪が肩に落ちる。「私たちは、子どもを産むことによって世界を救おうとする有志の集まりです」

ぱっと部屋が明るくなり、その灯りが地面に落ちてこちらを見上げるジウの姿がぼんやり浮かび上がった。私のうしろに女の子たちが無邪気に群がって顔を出している。

「それってどういうこと？」ポピーも飴玉のごろごろの合間から私に小声で尋ねた。

「死亡数より出生数を増やして人類滅亡を阻止しようとしてるんだよ」

「へえー、ふーん、なるほど」

「妊娠可能な年齢の女の子たちだけで組織されてる」トランジが部屋の中から補足した。女の子たちに先んじられて窓を覗けないでいるオラフルを、「あ、オラフル、あんたは姿を見せないほうがいい」と引き止めている。

「こちらの要求はピエタとトランジの引き渡しです。私たちはもう十年近く二人を追ってるの。要求を吞まない場合は武力行為も辞さない。トランジ、私もう出産適齢期だよ。今日こそあんたたちを捕まえて、あとは本部でじっくり妊活するんだから」ジウが宣告した。

「あー、でも二人ともそっちに行きたがってないみたいですけどお」ファティマが窓枠にお腹を載せて上半身を外にぶらぶらさせた。と、ファティマの額に矢が刺さった。口がぽかんと開いて飴玉が落ちる。それを、一歩下がってジウが避けた。見ると、ジウの隣にボウガンを構えたフード姿の会員がいる。ずるっと落ちていくファティマの腰をとっさにつかもうとして、でも支えきれずに手を離したユーリアが、離してしまってから悲鳴をあげた。

「武力行為も辞さないと言っただろう。さっきも非協力的だったコミュニティを焼いたところなんだよ」拡声器をおろし、よく通る肉声でジウが堂々と言い放った。フードの会員たちが、ハンマーを振るって玄関ドアの鍵を壊す音がする。

「待って待って、待ってくれ」オラフルがトランジの制止を振り切って、慌てて割り込んできた。飛び出しそうな飴を舌でうまく頰に収め直しつつ言う。「玄関ドアを壊さないで。修理できるかどうかわからないから。ピエタとトランジなら引き渡す。なあ、みんな、そうだろ？」

ジウが拡声器とは反対の手で持っていた懐中電灯をいきなり点けて、こちらに向けた。

「若い男がいるんだ」ジウがうれしそうにつぶやいた。「ちょっと変更します。ピエタとトランジと、その若い男の引き渡しを要求する」

「えー！　なんで⁉」オラフルが情けない声をあげた。私はまぶしくて涙でしょぼしょぼする目をこすり、「だって女の子たちだけじゃ子どもは産めないでしょ」と言った。

「え、おれセックスしたくないし、別に！」

「セックス？」またジウが拡声器を使った。「ああ、それを恐れているのなら安心しなさい、そうよね、セックスなんて面倒だものね。あなたがその気になるまで決して無理強いはしない。本部にはたくさん女の子がいます。もしかしたらそのうちの一人くらい、あなたの心をとらえる子がいるかも。その子と交際してみればいいわ、住居と食糧は保証します。男は一般的に体力、筋力に恵まれているからすぐ殺すし、おのれを過信して身を守らずすぐ殺される。だから大事に保護してあげなければ。本部にはそうやって、幸せな家庭を築いて大切にされている男が何人もいるのよ。家庭を持ったからといってセックスの義務はありません。試してくれたらありがたいし、家庭の外でやってみたいというならそれもいいわね、でもやるもやらないもあくまであなたの自由よ。私たちは失われた古い時代の家族というものを取り戻そうとしてるの。男性の保護はその第一歩。いつの日かあなたがすすんでセックスしてくれるよう、適切な保護ともてなしをこころがけます」

下で、ドアの鍵どころかドア自体が外されるのがちらりと見えた。会員たちはもうまもなくこの部屋を探り当てるだろう。私は頭をひっこめ、女の子たちの間をすり抜けてトランジのもとへ戻る。ダフネがオラフルの横に顔をつっこんで身を乗り出した。

「オラフルが必要なのはよくわかった、でもピエタとトランジはなんで？　もうとっくに子どもなんか産めないでしょ」

「責任を取らせるためだよ」

「なんの？」

「世界が滅びようとしているのはすべてトランジのせいなの。トランジが、今や世界を席巻《せっけん》している殺人誘発体質の感染源なの。そしてピエタはそれを知りながらトランジを補佐している。これらはみんな、『森ちゃんの書』に書いてある。読む?」ジウはポケットから三つ折りのパンフレットを取り出して掲げているに違いなかった。

「だから、責任を取らせる。ピエタが元産科医だって知ってる? その知識と技術を、なかったことになんてさせない。死ぬまで産科医として私たち〈世界母子会〉に貢献してもらう。そしてトランジは処刑する。来るべき次世代のために。それが森ちゃんの遺志なの」

「ていうか森ちゃんて誰?」ケイラがおずおずと横槍を入れた。

「森ちゃんは告発者だよ。真実を知ったせいで死んでしまったけど、こうやって書を残してくれた。本部では、セックスと出産に成功した事例も出てる。私たちの世代はろくでもなかったけど、私たちの子にはいい世界を用意してあげようよ」

トランジはすでに髪をかんざしでお団子にし、ベッドから引っ張り出したぼろぼろのジャケットを着込み、ブーツを履き、壁際にスーツケースやりんご箱を階段状に積み上げ、天井のダクトの蓋を外して待機していた。天井裏から配管を伝って外に出られることを、ここに住んですぐに私とトランジは把握していた。私はトランジが私のために引っ張り出しておいたジャケットを手早く羽織り、ノートとボールペンを内側のポケットにおさめ、紐でひとつに結わえたブーツを首にかけ、りんご箱に足を乗せた。トランジの、ズボンの布地の中に肉体が入ってるのかどうかわかんないくらいの頼りない足が、天井裏に引っ込む。それに続こうとしたとき、「待てよ」と声がかかった。振り向くと、きらきらと白目の端を輝かせているオラフルがいた。彼は私の愛用の小椅子を両手で握りしめている。

「逃げるの？」オラフルが言った。

「そのつもりだったんだけど」私の代わりに、天井裏からトランジが言った。

「あのさ、でも、逃がしてあげてもいいんじゃないかなあ？」ユーリアが頭を傾け、下からオラフルの表情をうかがっている。

オラフルは聞いていなかった。

「おれは、ジョーイが死んで迷惑してる。だってやっと男手が増えたって思ったのに。ジョーイの死体は重かったよな。土が硬くて掘るのもたいへんだったよな。そりゃみんなでがんばったけど、おれがいちばんがんばったんじゃないかと思うんだ。おれはいつもみんなより、いっそうがんばってると思うんだ。みんなおれにそうしろとは言わないけど、結局そうせざるをえないんだよ」言いながら、小椅子を横に振りかぶって私の足元のりんご箱をなぎ払った。私が床に落ちるのと、部屋のドアが乱暴に開いてボウガンやハンマーやただの棒切れを携えた〈世界母子会〉の女の子たちが入ってきたのはほぼ同時だったと思う。

私たちはたしかに逃げようとしたけれど、行くところがあるわけではなかった。私たちが〈世界母子会〉の女の子たちくらい若ければ、きっともっと色々な対策を練り、逃げ延びるルートを確保しようとしただろう。でも、もう私たちは八十歳をとうに超えていた。足腰はすっかり弱っているし、速く走ったり、あまり長く歩いたりすることはできない。でも、体は逃げ延びることができなくても心は逃げ延びられる。私は〈世界母子会〉に協力する気はゼロだったし、トランジを殺されるのもいやだった。もし彼女らに見つかったら、行くあてはなくてもとにかく逃げようと私たちは決めていた。同じ結末に行き着くにしたって、最後まで全力を尽くして逃げると。

でも目を覚ますと、私は夜明け前の薄明の下、揺れるトラックの荷台でトランジの肩にもたれていて、向かい側ではダフネとオラフルが〈世界母子会〉の会員たちと肩を並べて座り、心配そうに私を見ていた。

「ユーリアとケイラとポピーは来なかったよ」ダフネが、ぽつりと言った。「私たちは大陸に行くの。本部は大陸にあるんだって。朝になったら船が迎えに来る」

「すごいなあ、〈世界母子会〉って船持ってるんだ」

「〈母子会〉の船じゃないらしいよ、民間の」トランジがまっすぐ前を向いたまま言った。

「そうなんだ」私はずきずきする頭を無理して起こした。トランジの向こうからジウがひょいと顔を出した。ジウは私に軽く手を上げて挨拶をした。

「ばあさん、体、だいじょうぶだった？　ごめんな、おれ……」オラフルが腰を浮かす。

「ひどいよね、年寄りに対して……ああそこらじゅうが痛い」私は嘆いてみせた。

「この人はだいじょうぶだよ」トランジがぴしゃりと言う。「それよりオラフル、あんたこそだいじょうぶなの？」

「何が？」

「セックスなんかしなくたって精液は採取できるでしょう」トランジが微笑んだ。

「黙りなさい」ジウが低い声を出す。

「え？」オラフルがトランジを見、ダフネを見、私を見た。

「誰が家父長制の時代になんか戻りたいもんですか。ねえ、ジウ？」

「トランジ！」ジウが立ち上がる。

「いやだ、トランジに乱暴しないで」私は哀れっぽくトランジを抱きしめた。

「え？」オラフルがジウを見た。「家父長制って……なんだっけ？」

「家父長制というのは」説明しかけたトランジを、私はさえぎった。

「つまりねオラフル、あんたは大事にされないってこと。大事にされるのはあんたの精子だけ。あんたの若さなら、そうだね、監禁されて縛り付けられたままでも、うまくすればあと五年くらいは健康な精子を供給できるかな。それ以降はもうだめだね、劣化しちゃって。ねえジウ？　劣化した男はどうするんだっけ。廃棄？」一息に言うと、気持ちが良かった。オラフルがふらりと立ち上がった。

「座りなさい！」ジウが叫ぶ。

オラフルは従わなかった。ジウに飛びかかった。ジウはさっと身構えたけど、私はトランジの足がジウの膝の裏を蹴りつけたのを見た。ジウはオラフルの体当たりを待たず仰け反って倒れた。そこへオラフルの体が勢いよく落ちかかる。会員たちがいっせいに立ち上がり、オラフルの上へと殺到した。

「え、ちょっと……あぶな……」中腰のダフネが私たちのほうへとよろめき、乱闘からかばおうと両腕を広げてしっかりと私たちを抱きしめた。

「いい、タイミング合わせて、飛び降りるよ、ほら今だ！」私はダフネの耳に鋭く吹き込んだ。ダフネはうまくやった。私たちは三人塊になって、荷台から飛び降りた。私は草地に体が落ちるやいなやトランジのお団子からかんざしを引き抜き、体の横すれすれを過ぎるタイヤを思い切り突いた。ダフネが私の手に力強い手を添え、かんざしがタイヤを引き裂くのを手伝ってくれた。トランジのかんざしは装飾品というよりはペーパーナイフなのだ。というか、いつだったか拾ったペーパーナイフをかんざし代わりにしていただけだった。こういうときのためってわけじゃないんだけど、先は研いで尖らせてある。

私は横たわったままで、トランジは片腕で上半身だけ身を起こしてあらぬ方向を向き、ダフネはすぐに立ち上がって、トラックがゆっくりとかしぎ、大きく右に道を外れ、草地の先の岩場に向かって横倒しに倒れながら滑っていくのを見守った。

「あいてて」私が言った。

「子どもを産むのって面白いかなって、ちょっと思ったんだ」ダフネが私を助け起こし、トランジは勝手にダフネの腰や肘をつかんで立ち上がった。

「面白いと思うよ」私は答えた。

船着場とユーリアの家とでは、船着場のほうがよほど近かった。私たちはダフネに左右から取りすがりながら少し歩いた。

「あいてて」私がまた言った。

「ばあさん、だいじょうぶ？」

「うーん、年寄りだしね、ちょっと休憩したいかな」私の息は上がっていた。

「そうだね、私も休憩したい」トランジが同意した。「ダフネ、あんたは先に行ってて。ほら、ぐずぐずしてると朝になっちゃう。船が来ちゃうよ」

ダフネは草地の中に倒れている錆びた鉄骨に、私たちを座らせてくれた。

「でも私、大陸がいやになってここまで来たのに……」

「また行ってみるのもいいんじゃない？」

「あんたならどこにでも行けるでしょう？」私たちは口々に言った。

「そうかな。行けるかな」ダフネは私たちの手を握り、船着場のほうを振りあおいだ。「さよなら、ピエタとトランジ」

私たちは鉄骨の上に二人きりになった。

「あいてててて」私はうめいた。

「なにやってんの、肋骨《ろっこつ》折れてんでしょ、おとなしくしてなって」トランジがたしなめる。

「でも、これを取りたくて……とっさに持ってきたんだ、これ……」体が痛くて、外ポケットからものを出すのも一苦労だった。体を細かく動かすたびにジャケットの内ポケットでお手製のノートが私の体に沿ってぱりぱりはじける感触を味わいながら、やっとのことで取り出したのは、手のひらサイズの小さなノートだった。

「じゃーん……え、あれ？　なにこれ」私のノートとはぜんぜんちがう、ハードカバーの既製品だ。私はトランジが昨日食べなかったカップアイスを取り出そうとしたのに。

「それあげる」トランジが言った。

「いつのまに入れたんだよ」私はページを開いた。トランジの整然とした筆跡の日本語がちまちまと並んでいる。「『教壇から私たちを見下ろしている転校生を、私はちょっとだけ目を上げて見て、すぐにケータイに戻った』……うっそ、これって」

「ピエタが書いたいちばん最初の備忘録だよ。暇を見つけて出力しといた」

「出力ってあんたの頭ん中から？」

「うん。データ消えたってべそかいてたでしょ」

「うわあ、マジで？」

「ちなみにアイスは反対側のポケット。あんた自分で入れた側も忘れたの？　ぼけてんじゃないの？」

「あっそっか」私はまた苦労してノートをポケットに収め、アイスを取り出した。

「じゃーん」

「ふん、ばか」トランジがずるずると私の二の腕伝いに倒れ、膝に頭を乗せて横たわった。すわりのいいところを探して頭の位置を細かく調整している。私は前を見た。そこに、ジウがいた。

「世界が滅びるね、トランジ」私はジウと目を合わせたまま言った。

「世界は滅びない。滅びるのは人類だけ」トランジが訂正した。

「しかし意外と時間かかったよね、もっと早くに全滅するかと思ってた」私はふざけた調子で言ったが、本音だった。

「人聞きの悪いこと言うなって」トランジはむっとしたようだった。

ジウは黙って私たちの会話を聞いていた。あんなことになっても案外まっすぐなままの髪を風になびかせ、頬に血をべったりつけ、左肩を押さえてこちらを見ていた。怒っているようだった。私は小さく手を振った。ジウは洟をすすると、引き締まった顔つきで横を向き、片足をひきずりながら歩いていく。

ジウの姿が消えるまで待って、私はアイスの蓋を開けた。アイスはしっかり固まっていたが、私は再凍結したアイスはじゃりじゃりするし味が変になるから好きじゃない。それに、スプーンもなかった。風が強くて、手から体温がひゅんひゅんと飛び去っていく。

「うわ」

とつぜん、トランジが低い悲鳴を上げた。それで目が覚めた。私はうつむいて、うつらうつらしていたみたいだった。アイスのカップをずらしてトランジの顔を見下ろすと、ほっぺたに私のどこかから流れた血が点々と垂れている。

「アイスこぼしちゃった、ごめん」私はへらへらと笑った。夜明けが近かった。薄明の青は、ダフネの目みたいな生き生きした青に変わりつつあった。曇りの日ばかりのこのあたりには珍しく、今朝は快晴になるのかもしれない。トランジは、私のぶかぶかのジャケットを引っ張って、顔を拭きながら「死ねよ」と毒づいた。

「おまえが死ねよ」私は幸せな気持ちで言い返した。

ピエタとトランジ

PIETA & TRANSI

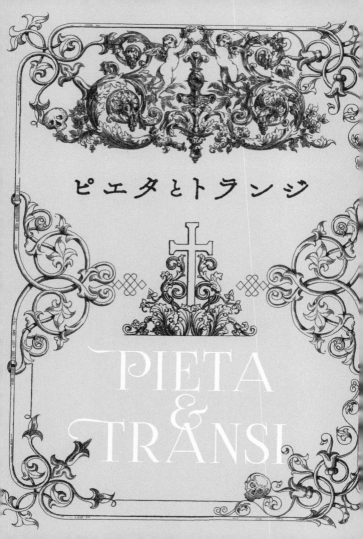

教壇から私たちを見下ろしている転校生を、私はちょっとだけ目を上げて見て、すぐにケータイに戻った。私は机の下でメールを打っていた。相手は彼氏だ。彼氏は高校生じゃない。同じ年の男なんか子どもばっかりでつきあえない。ひとつふたつ年上でもいっしょだ。大学生だってまだまだ子どもだから、私は社会人の男とつきあっている。社会人といっても、つまんないサラリーマンなんかじゃない。彼はフリーでウエブデザインの仕事をしている。

〈転校生？　女の子？　美人？〉

〈別に。ふつう。地味な子〉

それでも、翌日電車のなかで会ったとき、すぐにあの転校生だってわかった。彼女がすぐにクラスの女の子たちと打ち解けて、トランジって呼ばれることになったのも知っていた。変わった響きだけど、彼女の名前をちょっともじったものだ。前の学校でそう呼ばれていたらしい。その前にいた学校でも。べつに聞きたくなくても、iPod のイヤホンを耳に突っ込んでたって聞こえてきたんだからしかたがない。高校生の女子ってほんとうるさいよね。

電車のなかで、私は着替えをしていた。制服のスカートを、規定より五センチ裾上げしたデート用の制服のスカートに。これは、クラスの手芸が得意な子にマックをおごってやってもらった。彼氏が私服の私より、制服の私がいいって言ったから。車両には、私以外に三、四人乗客がいたけど気にしなかった。着替えている最中には、乗客のなかにトランジがいるってことには気づいてなかった。

私は背もたれに肩甲骨を押しつけ、座席からずり落ちそうなかっこうでお尻をちょっと浮かし、もともと穿いていたスカートの上にデート用のスカートを穿いた。ウエストでシャツをきっちり入れてジッパーを上げる。それから、またお尻をちょっと浮かせてずるずるともとのスカートを下ろす。電車の音に負けないよう、iPod の音量はめいっぱい上げていた。轟音《ごうおん》で聴くマイ・ブラッディ・ヴァレンタインは最高だ。って、彼氏が言ってた。車両内の電灯は点いていなかったけど、車窓から午前中の日光がたっぷり入ってくるのでとても明るかった。このあたりは田舎で木が多いから、光は緑がかっていた。誰かがまっすぐに私へ向かって歩いてきた。私は脱いだスカートをかばんに押し込んで、ちょっとだけ目を上げた。トランジだった。彼女の唇が動いた。

　私はイヤホンを片耳だけ外して、「なに？」とできるだけ不機嫌そうに言った。

「どうせすぐ脱ぐのに、なんでわざわざ着替えるの」と彼女は言った。

「はあ？」

「彼氏の家に行くんでしょう。彼氏はずいぶん年上だよね。でも三十歳以上ってことはないだろうから、二十代半ばかな。カレンダー通りに出勤する仕事には就いてない。こんな時間に学校をサボって制服姿で街中をデートしてたらすぐ補導されるから、彼氏の家でセックスして過ごす予定なんでしょ、ピエタ」

　ピエタっていうのは私のことだ。変わった響きだけど、名前をちょっともじったらこうなる。

「私あんたとしゃべったおぼえないんだけど。ともだちになったおぼえもないし。なんで私のあだ名知ってんの」

「気になるのはそこなんだ？」トランジは吊革に両手でつかまり、膝を軽く曲げて体をぶらぶらさせた。「一日校内にいればそのくらいわかる。もう、きのう休んだ子以外学年全員分の名前とあだ名をおぼえた。あだ名のない子もいるけど。……私、ものすごく頭がいいの」彼女は悲しそうだった。

　私は彼氏から、異常な記憶力を持つ知的障害者の話を聞いたことがあるのを思い出した。そういう映画があるんだって。すっごく泣けるからお前も見ろって、泣きそうな顔で長いこと話してくれた。トランジはふつうの女の子に見えたけど、どこかに障害を抱えているのかもしれない。そういう人にはやさしくしなきゃいけない、彼らのすばらしい能力はみんなで大切にしなきゃいけないんだって彼氏が言ってた。

「年上の彼氏がいるってことも、彼氏ん家《ち》にヤりに行くところだってことも、頭がいいからわかったの？」

　トランジは首をかしげた。

「このくらいなら、私ほど頭がよくなくってもだいたいわかると思うけどね」

　私はあらためてトランジの全身をよく見た。真っ黒で地味な髪はきれいにとかしてあり、耳にピアスの穴は開いていない。シャツのボタンは上まできっちり留めている。袖口のボタンまで留まっている。スカートは校則どおり膝丈で、紺色のハイソックスを穿いた脚はけっこう細い。私より細いかも。胸はあんまりないみたいだった。私のほうが大きい。顔は化粧はしてなくて、眉だけそれなりに整えてある。化粧してないわりには、自前の睫毛《まつげ》が長くてまあまあかわいいかもしれない。つまり、連れて歩くのに恥ずかしくないレベルはクリアしている。それに加えて、彼氏は茶髪でばっちりメイクの子がタイプだから、彼氏を盗られる心配がないっていうのも重要なポイントだった。

私は座席をぽんぽんと叩いた。「座ったら？　トランジ」と言った。トランジが少し目を見開いたので、「私は耳がいいの」と笑ってあげた。

トランジは、私のシャツの胸ポケットから覗いている旧モデルの iPod が、彼氏のお古だってことを言い当てた。それから、思いついたように「もしかしてピエタの彼氏って服脱がさないでセックスしたがる人？」と言った。

「やるじゃん」と私は言った。

iPod の停止ボタンを押し、イヤホンを完全に外して、ケーブルをくるくる指に巻き付けながら私はトランジの予定を聞いた。

「とくにない」

「じゃ、なんで転校二日目でサボってんの」

「……私の近くにいるとみんなろくな目に遭《あ》わないから」

私は聞いていなかった。予定がないってところだけ聞いていた。

「じゃさ、私といっしょに来なよ。彼氏に紹介してあげる」

トランジを連れて行ったら、彼氏はきっと喜ぶだろうと思った。今日はヤれなくなっちゃうけど、こういう特殊な才能のある子とともだちになったって知ったら、彼氏は私のことをやさしい子だと思うだろうし、感動してくれるかもしれないし。

「ちょっとピエタ、私の話聞いてた？」

「えっ？」

「だから、私の近くにいるとろくな目に遭わないんだってば。これまでずっとそうだったの」

私は首をひねって横を見た。トランジもおなじようにして私を見ていた。彼女は真剣そうだった。私はにやにやしていた。今度はトランジの言ったことが聞こえたけど、意味はわからなかった。そういえば、こういう人たちってしゃべれない人もいるし、しゃべれてもだいたい意味わかんないことばっかりしゃべるんだって彼氏が言ってた。だからって、邪険にしちゃいけないって。

「よくわかんないけど、そんなこと気にすんなって。だいじょうぶだいじょうぶ」と私は励ました。

「そのうちわかるよ」トランジは小さな声で言った。

トランジの言ったことはほんとうだった。彼氏のアパートに着くなりそれがわかった。

インターホンを押しても、彼氏はぜんぜん出てくれなかった。

「あーあ、また寝てる」

私は、よくあることみたいに軽い口調で言った。よくあることじゃなかったけど、はじめてではなかった。彼氏は徹夜で仕事をしたり、仕事関係の人と飲みに行ったりしなければならなかったりするから、約束した時間に起きていられないこともあるんだ。トランジは、おとなしく待っていた。私はインターホンを連打した。このまま彼氏が起きてくれないと、私、ちょっとかっこわるいな、と思った。だから合鍵をちょうだいって何度もお願いしたのに。トランジの目の前で、「しょうがないなー」って言いながら合鍵を出して、慣れた動作でこのドアを開けてみせたかった。

私はもう一度インターホンを押してから、ドアノブに手を掛けた。がちゃがちゃ音を立ててやろうと思って握っただけだったけど、ドアはふっと開いた。鍵がかかっていなかった。

「あー」と私は言った。なんて言ったらトランジは感心するだろう。開いてたね、なんてますますかっこわるい。私はトランジを見た。トランジはなんだか不安そうだった。私はなにも言わずになかに入った。

「来たよー、あのさー、ともだち連れて来たー」声を張って彼氏に呼びかけながら靴を脱ぐ。短い廊下の奥のワンルームからは返事がなかった。

「ねー、まだ寝てんのー?」私は大股でワンルームに踏み込んだ。トランジは、黙ってぴったりついてきた。

一目で見渡せる狭いワンルームに、彼氏の姿はなかった。ベッドには掛け布団がなくて、部屋の真ん中にふんわりと置いてあった。彼氏が床で寝てるところなんて見たことがなかったけど、床で寝てるとしか思えなかった。

掛け布団をめくろうとすると、トランジが緊張した声で「待って」と言った。でも私はめくった。そして彼氏の死体を発見した。

彼氏は仰向けになっていた。目は開いていて、喉から噴き上がった血が顎や頬骨に散っていた。掛け布団の裏側は真っ赤だった。

私は持っていた掛け布団の端を取り落として飛び退《の》いた。声も出なかった。トランジが私を抱きとめた。掛け布団がずれて、彼氏の目から上が覗いたままになっていた。髪は、血の広がったフローリングにばりばりになって貼り付いていた。

トランジがそっと私をフローリングに座らせた。彼女はおそれる様子もなく彼氏の死体に歩み寄り、布団をさらにめくりあげた。しゃがみこんだり、死体のまわりをぐるっとまわったり、においを嗅いだりしてからまた掛け布団で全身を覆い直し、私のそばに戻って来て言った。

「警察に電話しなきゃね」

私はやっと口を開いた。

「死んでるの？」

「うん」

「なんで？」

「刃物で刺されたことによる出血多量。鳩尾《みぞおち》を一ヵ所、胸から喉にかけてを八ヵ所刺されてる。まず鳩尾を刺して、倒れたところを馬乗りになって滅多刺しにした。死亡時刻はたぶん今日の午前二時から四時くらい」

「ほんと？」

「ほんと」

「誰が殺したの」

トランジは私のとなりで三角座りをしたままあちこちを見た。

「……この人、二股かけてた。犯人は、もう一人の彼女。この人と同年代で、出版社……じゃなくて、大手出版社の子会社の編集プロダクションに勤めてる」

「マジかよ」私は立ち上がった。実を言えば、浮気してるんじゃないかって疑ったことがあった。ケータイにいつもロックをかけてたし、いくらねだっても待ち受け画面を私とツーショットの写メにしてくれなかったし。合鍵もくれなかったし。私のおっぱいが左右非対称だって言われたときには、誰かと比べてるんだってぴんと来た。彼氏は誤解だよって余裕ぶって笑ってたけど、記憶のなかの元カノとかじゃなくて、ついさっきとか、これからすぐあとに間近で見るおっぱいと比べてるような気がしてしかたがなかった。

足が震えたけど、布団に近づいた。トランジも立って、ついてきた。気配でわかった。

「私、警察に電話するね。ピエタは座ってたら?」とトランジが言った。

「サイテー」と私は吐き捨てた。「トランジ、二股ってマジで?」

「ごめん、嘘。ほんとは三股。相手は大学生。しかも、あんたと大学生は頃合いを見て風俗で働かせるつもりだった」

「そんな奴、死んで当然じゃん!」私は掛け布団のふくらみを蹴った。見えないから平気だ、布団越しなら足も汚れないし。肩のあたりを狙ったけど、頭に当たったみたいだった。

「ピエタ！」トランジがあわてて私の肩につかみかかり、壁際に引き戻した。「殺人現場を荒らしちゃだめって知らないの？　あんたはそこでおとなしく座っててよ」

しぶしぶ座り、膝頭におでこをくっつけた。トランジが、落ち着いた声で電話をしている。私は教えてないのに彼氏のフルネームと、ここの住所まで言ってる。ほんとにサイテーだ。高校の、たまにつるんでる子たちに社会人の彼氏ができたって自慢したら、「遊ばれてんじゃないの」ってやっかまれたことがある。これは殺人事件だから新聞にもネットにも出るし、警察は親とか学校に連絡するだろうし、そしたらみんなにもバレて、やっぱり遊ばれてたんだって馬鹿にされるだろう。それに、もうすぐ私の誕生日で、彼氏は私にティファニーのネックレスを買ってくれる予定だった。私はそれを、やっかんでる子たちに見せびらかしてやるのを楽しみにしてたのに。私は胸ポケットからiPodを出した。中身は、彼氏が使ってたときのままだ。新型を買って用がなくなったこれを「おれをつくってきた音楽を聴いてほしいから」ってくれたから、尊重して追加も削除もせずにいた。なにが「おれをつくってきた音楽」だよ。死ねよ。って、死んでるけど。

私はiPodを掛け布団に投げつけた。

「あっ」トランジが非難がましく叫んだ。私は勢いよく立ち、CDを並べた棚にすっ飛んで行った。やみくもに手をかけてCDをフローリングに落とし、しゃがみこんで散らばったのをひっかきまわす。

「現場を荒らすなって言ってんだろ！」電話を切ったトランジが私の腕をつかもうとしたけど、思い切り払いのけた。目当てのCDを見つけ出すと、膝に打ち付けてケースにヒビを入れてやった。マイ・ブラッディ・ヴァレンタインのLoveless。むかし借りパクされたって言うから、バレンタインデーにチョコといっしょに私がプレゼントした。

それから、トランジに抱きついて大声で泣いた。トランジはびっくりしたみたいだった。でも、叱ろうとしてたのをやめて、背中を撫でてくれた。トランジは穏やかな声で言った。

「犯人は、刺し損ねて何度かフローリングも傷つけてる。興奮して手元が狂ったの。その際に、自分の手にも軽い怪我を負った。掛け布団の表側にわずかに血液が付着してるの見た？　あれは犯人のだよ。殺害したあと、キッチンで手をよく洗ってから遺体に布団を掛けたから、被害者の血じゃない。だから犯人はすぐ捕まる。でも、あんたが遺体をわざと足蹴にしたり部屋で暴れたりしたってことを警察が知ったら心証を悪くするから、死体に驚いてパニックになってつまずいたんだって証言する。ピエタもそう言いなよね。わかった？　ＣＤもそう。あんたはふらっとして棚にぶつかったの」

トランジは私を立たせ、シャツの胸ポケットにiPodを差し込むと、背後にまわって膝の裏を蹴った。私はＣＤの散乱するフローリングに膝とてのひらをついて転び、何枚かのＣＤケースにヒビが入った。iPodはポケットからこぼれ落ちた。力なく立ち上がろうとすると、再び膝の裏に蹴りを入れられて四つん這いになった。

「痛い」と私はまた泣いた。

「そうそう、そんな感じで弱々しく泣いてるといいよ」とトランジが褒めてくれた。

警察は、私たちを別々に聴取した。私は泣きながら、トランジに入れ知恵されたとおりに話した。警察の人は、私があの三股男にもてあそばれた上に風俗に売られかけた、バカで間抜けで腑《ふ》抜《ぬ》けのただの女子高生だって判断したみたいだった。マジでムカつく。でも、しかたがない。私は実際、汚い大人にもてあそばれたバカで間抜けで腑抜けのただの女子高生だった。警察は半笑いでiPodを返却してくれた。事件には無関係のようだから、と言っていた。夜になって親が迎えに来た。学校をサボって男ん家に行ったのがバレたんだからふつうならめちゃくちゃ怒られるところだけど、泣き腫らしてつけまも落ちて鼻水で鼻と口あたりのメイクが剝げて死体を見たショックで怯えて震えてごめんなさいごめんなさいってしゃくりあげてる私を見たら、あんまり怒れないってことはわかってた。トランジに会えないまま家に帰され、三日学校を休んだ。パジャマ姿でワイドショーとお笑い番組を見て過ごした。犯人は、すぐに捕まった。なにもかもトランジが言ったとおりだった。犯人の編集プロダクション勤務(26)は、茶髪で年甲斐もなくギャルっぽいメイクや服装をしていた。逮捕されたときの映像では、眉毛がほとんどないように見えた。こんな売りものにもならないブスのオバサンが、あいつの本命だったのかな。親はもっと休んでもいいって言ったけど、トランジに会いたくて、私は学校へ行った。

トランジは来ていなかった。クラスの奴らは、当たり前だけど事件のことを知っていた。みんな、私を見て困っていた。まあまあ仲良くして口を利いてやってた子たちも、私にうまく話しかけられないみたいだった。私にいろんなことを聞いたり言ったりしたいけど、悪者になるのはいやだからそんな態度を取っているのだ。私から近づくと、申し訳なさそうな、でも期待に満ちた顔になった。

「トランジのメアドと番号教えて」

「知らないの？」みんなの目が輝いた。

「うるせえよ」私は手近にいた一人からケータイをひったくって、トランジの連絡先をゲットした。

すぐにトランジにメールを送った。

〈学校来なよ〉

返信はなかった。昼ご飯は、ひとりで食べた。みんな、私と目が合わないよう気をつけながら私を見ていた。授業がぜんぶ終わっても、トランジは来なかった。私はもう一度メールを送った。

〈なにやってんの？　待ってるんだけど〉

購買部でカップのバニラアイスを買い、非常階段をのぼる。うちの学校の外壁にくっついている非常階段は、錆だらけの螺《ら》旋《せん》階段だ。彼氏、いや元カレのiPodでマイ・ブラッディ・ヴァレンタインを聴きながら、学校中を見渡すのにちょうどいい高さまでのぼった。別にあいつが言ったんじゃなくっても、Lovelessが悪くないってことくらい、わかる。階段に直接お尻をつけて座り、手と脚は鉄柵から出した。脚をぶらぶらさせながら、バニラアイスを食べる。グラウンドで野球部が走っていた。テニスコートでは、白いスコートを穿いたテニス部員たちがちょろちょろ動き回っている。あの子たちが得意げに穿いているスコートは、ちょっと短過ぎると思う。私のデート用の制服のスカートより、まだ短い。そのくせ、パンツが見えるのがいやだなんて言って、なかにブルマを穿いている。わけわかんない。パンツを見られたくないんなら、ジャージを穿けばいいのに。

「パンツ見えてるよ」

とつぜん、うしろから声がした。トランジだった。

「びっくりした。ずっと見張ってたのに」イヤホンを外しながら、私は言った。でも、ほんとうはたいしてびっくりしていなかった。この子はすっごく頭がいい子なんだ。私に見られないようにここまでやってきて背後を取るくらい、わけないだろう。

「パンツ」トランジは、行儀よくスカートのお尻のあたりをてのひらでのばし、脚をそろえて私の一つ上の段に座った。「下からはわりと丸見えだよ」

私と同じように柵から脚を出す座り方をしてくれればいいのに、トランジはそういう気は利かないみたいだったから、私は彼女を見るために首をひねった。

「見せてんの」と私は言った。

「そう」とトランジは返事をした。

私は前を向き、アイスをすくいながらうしろにいるトランジにお礼を言った。

「あんな奴、死んでよかったよ」

「そう？」

「うん」

私とトランジはしばらくふたりで話をした。トランジが転校してきたのは、前の学校で事件が頻発《ひんぱつ》したせいだった。前の学校に転校したのも、前の前の学校で事件が頻発したせいだ。トランジには、そのすべての経緯がわかった。警察があまり時間をかけずに解決できそうなものは、放っておいた。そうでないものは、独自に推理したり調べ上げたりした結果を顔なじみの刑事に耳打ちした。刑事に顔なじみがいるなんて、けっこう自慢できる。社会人で、ティファニーのネックレスをくれて、合鍵もくれて、一途《いちず》な彼氏がいるほうがもっと自慢できるけど。

「おかげで、警察にはさんざん疑われた。私がやったんじゃないかって。未成年の連続殺人鬼なんじゃないかって。私がはじめて事件に巻き込まれて解決したのって、五歳のときだよ。五歳児に体重八十九キロの中年男性の首つり自殺の偽装工作ができるかっての」

「えっと、つまり、無実なんでしょ？」

「うん。それでも、まわりの人はだいたいみんな、私のこと気味悪がって離れていく。仲良くしてくれるのはさいしょだけ」

それはひどい。こういう特殊な才能は、みんなで大切にしなくっちゃ。元カレが言ったんじゃなくったって、そういうのって常識じゃない？

トランジはまだ十七歳なのに、たくさんの死体を見たことがあった。殺人、事故、自殺、なんでも見ていた。きれいな死体も、腐乱死体も、バラバラの死体も。液状化したやつも見たことがあるらしい。人間って死んでから長いこと放っておかれると、床の染みになっちゃうんだって。私は、この前の元カレのと、小学生のときに死んだおじいちゃんの死体くらいしか見たことがない。おじいちゃんは病気で死んだ。私が病院に着くとおじいちゃんはものすごく黄色くなっていて、お葬式の日にはもっと黄色くなっていた。

「それがふつうだよ」トランジの声は暗かった。

「トランジはふつうじゃないね」と私は言った。

「どうして私のまわりでは事件ばっかり起こるのかな」

「頭がいいのにそれはわかんないんだ？」私は木のスプーンを舐めた。アイスは溶けはじめていた。私は、溶けて液体みたいになって生温くなったアイスクリームもけっこう好きだ。

「頭がいいからじゃないの？」私はなんとなく思いつきで言った。

トランジはため息をついた。

そのとき、ふと目の前が陰ったなと思ったら、私がぶらぶらさせている爪先のちょっと先を、紺色のかたまりがすごい速さで通り過ぎて行った。私は木のスプーンをくわえて、染み込んだアイスを吸っているところだった。あれは通り過ぎたんじゃなくて落ちてるんだって気がついたのと同時に、どんっと大きな音がした。グラウンドから、男子どもの野太い悲鳴が上がった。

見下ろすと、真下のコンクリートの通路に、青いシャツと紺色のスカートの女の人がうつぶせに倒れていた。右脚が、膝から変な方向に曲がっている。パンプスが片方脱げて、植え込みにひっかかっていた。

「数学の斉藤《さいとう》先生だね」立ち上がったトランジが、私の体に覆い被さるようにして鉄柵につかまり、下を覗き込んだ。たしかに斉藤だ。

「自殺？」

「可能性はある」

「見に行こう！」

私は食べ終わったアイスのカップを階段に放置して全速力で駆け下りた。斉藤のまわりには、もうすでに野球部の連中や通りかかった女子生徒なんかが集まりはじめていた。私はそいつらを押しのけていちばん前へ出た。

斉藤は、顔を横向きにして死んでいた。目は半分開いていて、鼻の穴から血が出ている。頭のまわりに新鮮な血がまあるく広がり、ちょっとずつ大きくなっていた。踏まないように私があとずさると、ほかのやつらもあとずさった。でも、トランジは一歩出た。血の縁ぎりぎりのところに手をついてしゃがみ、死体を見ている。私もとなりで同じ姿勢を取った。こうして見ると、厚みをもってぶつぶつ泡立ちながら広がる血液は、ホットケーキに火が通っていくところにそっくりだ。ホットケーキの表面がこんなふうに泡立ったら裏側が焼けたサイン。そろそろひっくり返してもいい。

トランジが、私の肘をひっぱった。二人して、大袈裟《おおげさ》に叫んでみたり、早くも泣いたりしている野次馬の輪から脱出する。

「自殺じゃない」トランジが小声で言った。「スカートのウエスト部分に不自然に擦れたあとがある。窓枠によりかかって身を乗り出したところを、下から掬《すく》い上げられて落下した」

「犯人は？」

「現時点では断定はできないけど、斉藤先生は古文の橘《たちばな》先生と不倫してたから……」

「うわ！」私は手をたたいて笑った。もともと斉藤は好きじゃなかった。私のことを見た目で判断して、勉強ができないって思い込んでたけど、私はわりと数学が得意なんだ。私がテストでいい点を取ると、カンニングしたんじゃないかって遠回しに嫌みを言った。古文の橘だっていやな奴だ。ひょろっとして眼鏡をかけてて、一部の女子には草食系だとかなんだとか言われて人気があるのはたしかだけど、まるで全女子生徒に好かれているみたいな自信たっぷりの態度をとる。

私はテンションが上がって、トランジを繁華街へ連れ出した。笑い転げながらトランジに抱きつき、何枚もプリクラを撮った。「ずっとナカヨシ」とかトランジに矢印をのばして「名探てい」って書き込む私を、彼女は冷めた顔で見ていた。かわいそう、この子、人を信用できないんだ。

私はプリクラを、トランジのケータイに貼った。

「私、明日からあんたとお昼食べるから、毎日ちゃんと学校に来ること」と言うと、彼女は意地悪そうに笑った。

「いいの？　次はピエタが死ぬかもよ」

「そのときはそのときだよ」私はうっとりした。両親とかいけ好かないクラスのやつらが、私のお葬式で泣いているところを想像した。それから、テレビのワイドショーで私の超キマッてるプリクラ画像が流れて、たくさんの知らない人たちに「こんな若くてかわいいのにもったいねえ！」って思われることも。

　約束どおり、トランジはきちんと登校するようになった。彼女といると、毎日があっというまだった。


　斉藤は、やっぱり自殺じゃなかった。殺害したのはもちろん橘だ。ふたりはダブル不倫の間柄で、斉藤が妊娠したって嘘をついて橘に離婚と結婚を迫った。橘は「なぜあんなにかっとしたのか自分でもわからない」くらいかっとして思わず斉藤をつき落としたあと、色々とアリバイ工作に励んだけど、トランジの目はごまかせなかった。

　うちのクラスの松岡早織《まつおかさおり》と酒井舞花《さかいまいか》が、斉藤が落ちた窓から手をつないで落ちて死んだ。これは自殺だ。ふたりとも、橘にマジで惚れてたらしい。だからって死ぬことないのにね。それもふたりいっしょに死ぬなんて気持ち悪い。C組の三島翔弥《みしましょうや》が刺殺された。私は知らなかったんだけど、彼は覚醒剤の売人のパシリをやってた。で、上がりの一部に手をつけてナイフで刺された。A組の木下《きのした》なずなは、演劇部で主役に抜擢され、嫉妬した先輩の太田美佳子《おおたみかこ》がわざと倒した背景のセットに押し潰されて死んだ。木下なずなとつきあってたうちのクラスの橋本諒《はしもとりよう》は、太田美佳子のまだ小さい妹を誘拐したけど、殺そうとして殺せないでいるところに私とトランジが駆けつけて説得、無事解放させた。太田美佳子も橋本諒も保護観察処分になった。B組の桜井雪奈《さくらいゆきな》はオッサン相手に売春をやってて、変態に首絞めプレイを強要されてラブホテルで死んだ。真面目そうでトランジとおんなじくらい地味な子だったのになあ、桜井雪奈。ぜったい処女だと思ってた。うちのクラスの小泉翼《こいずみつばさ》は、かっこいい名前だけど名は体をあらわさないの代表みたいな奴で、ものすごく太ってたから女子連中からは気持ち悪がられ、男子連中からはいじめられてた。でも、とうとう仕返しを決行した。先頭に立っていじめてた奴ら（本田龍太郎《ほんだりゆうたろう》、三浦彰文《みうらあきふみ》、山田健斗《やまだけんと》）を一人ずつ夜道で襲ったんだ。トランジは、はじめに本田が金属バットで殴り殺された時点で小泉の犯行だって気付いたけど、警察には言わなかった。トランジには、小泉がそのあと三浦と山田を殺すつもりだってことがわかってた。どうせだから殺させてあげようって思ったみたい。だってあいつら、ほんとにひどかったもんね。小泉から金は巻き上げるわ、サンドバッグ代わりにするわは基本で、挙げ句には無理矢理脱がせたパンツを小泉の好きな女子の机に突っ込んだりもしてた。石岡大和《いしおかやまと》は、これもうちのクラスの奴だけど、トランジをストーキングして強姦《ごうかん》しようとした。トランジが異常に頭がいいってことは、もうこのときには学校中で知らない子はいなくて、石岡はそんなトランジに何度も告ったんだけど、全滅だった。石岡、顔はわりとハンサムだし、けっこうモテてるのも知ってたから、つきあってみればいいじゃんって言ったけど、トランジは興味ないみたいだった。それで、あるとき、私がトランジとけんかして先に帰った機に乗じて襲いかかった。で、偶然すぐに謝ろうと思って戻って来た私が、モップで叩きのめした。でもこれは、トランジの罠《わな》だ。石岡は早晩なにかやらかすだろうって言うし、つけまわされて私たちの捜査の邪魔になるからさっさと消えてもらうことにしたんだ。石岡はムチウチになって、肋骨も二本折れて、転校して行った。私はおとがめなし。トランジのシャツは破れてたし、トランジも私も悲鳴を上げてたし、泣いてたし、それを聞きつけて続々集まって来た目撃者たちは全員、正当防衛だって証言してくれたよ。小林亜香梨《こばやしあかり》は、轢き逃げに遭った。服がひっかかって三十メートルも引きずられて死んだ。ひどすぎる。小林亜香梨は私の制服のスカートを裾上げしてくれた子だ。トランジに、なんとしてでも犯人を捕まえてって頼んで、ふたりして一週間も学校をサボって捜査した。犯人は、十八歳の無免許のフリーターだった。しかも、飲酒運転。私たちに追いつめられて逃走しようとしたけど、トランジの顔なじみの刑事が待機していてきちんと捕まえた。ネットの掲示板に、うちの学校の襲撃予告が出た。誰でもいいからサバイバルナイフで刺せるだけ刺してやるって。警察はC組の水《み》野《の》一真《かずま》を逮捕したけど、誤認逮捕だった。真犯人は、D組の渡辺《わたなべ》悠人《ゆうと》だ。トランジは、ちょっと怒ってた。彼女は警察のネットワークをハッキングできるくらいの技術を持ってるから、水野一真が潔白なのは火を見るより明らかだったんだって。日本史の飯沢《いいざわ》が、息子の家庭内暴力に耐えかねて、寝ているあいだに首を絞めて殺した。飯沢は明るい先生でわりと人気があったのに、トランジは家庭の事情を見抜いていた。でも、このときはトランジの推理は必要なかった。飯沢は、明け方に奥さんに付き添われて自首した。学校中の女子の上履きが盗まれた。近隣に住む変質者の仕業だった。変質者は三十六歳の市役所勤めで、においを嗅いだり自分で履いてみたり、ほっぺたに載せて顔を踏まれているところを想像したりするんじゃなくて、一足ずつフリーザーバッグに保存して衣装ケースにきれいに収納していた。A組の白井《しらい》美咲《みさき》がテニスコートで短いスコート姿で死んだ。死因は頭部強打による脳挫傷。これは事故。誰よりも早く朝練にやってきて、テニスボールを踏んでずっこけて、ネットの支柱で頭を打った。

「ねえ、なんでもわかるってどんな気分？」と私はトランジに尋ねた。「ほんとは、けっこう快感でしょ？」

「まあね」とトランジは恥ずかしそうに言った。

生き残っていて、まだ犯《おか》罪も犯《おか》していない生徒たちが、続々と登校拒否をしていた。明日からとうとう臨時休校になった。

「こんな短期間にここまでたくさんの事件が起こったのは、さすがにはじめてだよ」

「へえ、どうしてかな」

「だって、これまではこんなにちゃんと登校してなかったもん」

私たちは、誰も乗っていない車両で、子どもみたいに靴を脱いで座席に膝をつき、窓の外を眺めながらおしゃべりをしていた。木々の葉が窓に迫り、ときどきそれが途切れて広大な田んぼがあらわれた。田んぼは、無人だった。青い稲が、そのうち黄色くなって刈り取られるのも知らずにぴかぴか光っていた。

「このままふたりで学校を全滅させちゃおうか」私は笑いながらトランジの目をじっと見つめた。

「人聞きの悪いこと言うなよ。私が事件起こしてるわけじゃないんだからね」トランジが、むっとした顔をした。

　私は上機嫌でトランジの肩を抱き寄せた。

「わかってるって、トランジ。ねえ私たち、ずっと仲良くしてようね。高校を卒業したら、おんなじ大学に行こう。で、大学も全滅させるの。あ、別々の大学に行って、ふたつとも全滅させるって手もあるね。大人になったら、今度は会社だよ。大企業に就職して、社員も社長も役員も株主も全滅。日本経済は大混乱。そのあとは、あんた政治家になりなよ。簡単でしょ。私は秘書ね。そして起こる内閣連続殺人事件。全部ぜーんぶいっしょに解決しようね」

「わかってないじゃん」トランジはあきれたようにつぶやいたけど、素直に私にもたれていた。私は最近、システマを習いに行っている。システマっていうのは、ロシアの実戦的な格闘術。わりと近所に教室があるのを発見した。先生はゲイのロシア人で、私のことを筋がいいってかわいがってくれている。今じゃけっこう強くなったし、ふつうの女子高生よりは殺されにくいと思う。もっと強くなって、もっと殺されにくくならなくちゃ。私はできるだけ長くトランジといっしょにいたいから。

　駅に着いても、私たちは離れたくなかった。正確には、トランジが離れたがらない。目の届かないところで、私がなにかの事件に巻きこまれて殺されるのを恐れている。トランジのほうも、できるだけ長く私といっしょにいたいのだ。私は売店でバニラのカップアイスを買った。

ホームのベンチに並んで座る。アイスを食べていると、トランジが私の膝に頭を乗せて横になった。私はかまわずにアイスを食べつづけた。ときどき、電車がやって来て人が乗り降りした。といっても、この駅に用のある人は少ない。私たちは好きなだけベンチを占領していられる。

「うわ」

とつぜん、トランジが低い悲鳴を上げた。アイスのカップをずらして顔を見下ろすと、ほっぺたにアイスが白く点々と垂れている。トランジは、私のシャツを引っ張ってスカートのウエストから引き抜き、顔を拭きながら「死ねよ」と毒づいた。

「おまえが死ねよ」私は幸せな気持ちで言い返した。

〈参考文献〉

小池寿子『死を見つめる美術史』(ちくま学芸文庫、二〇〇六年)
キャスリーン・コーエン著、小池寿子訳『死と墓のイコノロジー　中世後期とルネサンスにおけるトランジ墓』(平凡社、一九九四年)

本書は、二〇二〇年三月に小社より刊行されたものです。

|著者|藤野可織　1980年京都府生まれ。2006年「いやしい鳥」で文學界新人賞を受賞しデビュー。2013年「爪と目」で第149回芥川龍之介賞、2014年『おはなしして子ちゃん』で第2回フラウ文芸大賞を受賞。他の著作に『ファイナルガール』『ドレス』『私は幽霊を見ない』『来世の記憶』『青木きららのちょっとした冒険』などがある。

ピエタとトランジ
藤野《ふじの》可織《かおり》

2022年10月14日第1刷発行
2023年5月29日第3刷発行

講談社文庫
定価はカバーに
表示してあります

発行者——鈴木章一
発行所——株式会社　講談社
東京都文京区音羽2-12-21　〒112-8001
電話　出版（03）5395-3510
　　　販売（03）5395-5817
　　　業務（03）5395-3615

KODANSHA

デザイン—菊地信義
本文データ制作—講談社デジタル製作
印刷———株式会社KPSプロダクツ
製本———株式会社KPSプロダクツ

Printed in Japan

ISBN978-4-06-529580-9

講談社文庫刊行の辞

二十一世紀の到来を目睫に望みながら、われわれはいま、人類史上かつて例を見ない巨大な転換期をむかえようとしている。

世界も、日本も、激動の予兆に対する期待とおののきを内に蔵して、未知の時代に歩み入ろうとしている。このときにあたり、創業の人野間清治の「ナショナル・エデュケイター」への志を現代に甦らせようと意図して、われわれはここに古今の文芸作品はいうまでもなく、ひろく人文・社会・自然の諸科学から東西の名著を網羅する、新しい綜合文庫の発刊を決意した。

激動の転換期はまた断絶の時代である。われわれは戦後二十五年間の出版文化のありかたへの深い反省をこめて、この断絶の時代にあえて人間的な持続を求めようとする。いたずらに浮薄な商業主義のあだ花を追い求めることなく、長期にわたって良書に生命をあたえようとつとめるところにしか、今後の出版文化の真の繁栄はあり得ないと信じるからである。

同時にわれわれはこの綜合文庫の刊行を通じて、人文・社会・自然の諸科学が、結局人間の学にほかならないことを立証しようと願っている。かつて知識とは、「汝自身を知る」ことにつきていた。現代社会の瑣末な情報の氾濫のなかから、力強い知識の源泉を掘り起し、技術文明のただなかに、生きた人間の姿を復活させること。それこそわれわれの切なる希求である。

われわれは権威に盲従せず、俗流に媚びることなく、渾然一体となって日本の「草の根」をかたちづくる若く新しい世代の人々に、心をこめてこの新しい綜合文庫をおくり届けたい。それは知識の泉であるとともに感受性のふるさとであり、もっとも有機的に組織され、社会に開かれた万人のための大学をめざしている。大方の支援と協力を衷心より切望してやまない。

一九七一年七月

野間省一

島田荘司 〈改訂完全版〉異邦の騎士
島田荘司 御手洗潔のメロディ
島田荘司 Pの密室
島田荘司 ネジ式ザゼツキー
島田荘司 都市のトパーズ2007
島田荘司 21世紀本格宣言
島田荘司 帝都衛星軌道
島田荘司 UFO大通り
島田荘司 リベルタスの寓話
島田荘司 透明人間の納屋
島田荘司 〈改訂完全版〉占星術殺人事件
島田荘司 〈改訂完全版〉斜め屋敷の犯罪
島田荘司 星《せい》籠《ろ》の海(上)(下)
島田荘司 屋上
島田荘司 名探偵傑作短篇集 御手洗潔篇
島田荘司 〈改訂完全版〉火刑都市
島田荘司 〈改訂完全版〉暗闇坂の人喰いの木
清水義範 蕎麦《そば》ときしめん
清水義範 国語入試問題必勝法〈新装版〉
椎名誠 にっぽん・海風魚旅〈怪し火さすらい編〉
椎名誠 大漁旗ぶるぶる乱風編〈にっぽん・海風魚旅4〉
椎名誠 南シナ海ドラゴン編〈にっぽん・海風魚旅5〉
椎名誠 風のまつり
椎名誠 ナマコ
椎名誠 埠頭三角暗闇市場
真保裕一 取引
真保裕一 震源
真保裕一 盗聴
真保裕一 朽ちた樹々の枝の下で
真保裕一 奪取(上)(下)
真保裕一 防壁
真保裕一 密告
真保裕一 黄金の島(上)(下)
真保裕一 発火点
真保裕一 夢の工房
真保裕一 灰色の北壁
真保裕一 覇王の番人(上)(下)
真保裕一 デパートへ行こう!
真保裕一 アマルフィ〈外交官シリーズ〉
真保裕一 天使の報酬〈外交官シリーズ〉
真保裕一 アンダルシア〈外交官シリーズ〉
真保裕一 ダイスをころがせ!(上)(下)
真保裕一 天魔ゆく空(上)(下)
真保裕一 ローカル線で行こう!
真保裕一 遊園地に行こう!
真保裕一 オリンピックへ行こう!
真保裕一 連鎖〈新装版〉
真保裕一 暗闇のアリア
篠田節子 弥勒
篠田節子 転生
篠田節子 竜と流木
重松清 定年ゴジラ
重松清 半パン・デイズ
重松清 流星ワゴン
重松清 ニッポンの単身赴任
重松清 愛妻日記
重松清 青春夜明け前

重松　清　カシオペアの丘で (上)(下)
重松　清　永遠《とわ》を旅する者〈ロストオデッセイ　千年の夢〉
重松　清　かあちゃん
重松　清　十字架
重松　清　峠うどん物語 (上)(下)
重松　清　希望ヶ丘の人びと (上)(下)
重松　清　赤ヘル1975
重松　清　なぎさの媚薬 (上)(下)
重松　清　さすらい猫ノアの伝説
重松　清　ルビィ
重松　清　どんまい
重松　清　旧友再会
新野剛志　美しい家
新野剛志　明日の色
殊能将之　ハサミ男
殊能将之　鏡の中は日曜日
殊能将之　殊能将之未発表短篇集
首藤瓜於　事故係生稲昇太の多感
首藤瓜於　脳男 新装版
島本理生　シルエット
島本理生　リトル・バイ・リトル
島本理生　生まれる森
島本理生　七緒のために
島本理生　夜はおしまい
小路幸也　高く遠く空へ歌うた
小路幸也　空へ向かう花
小路幸也 原案 山田洋次 平松恵美子　家族はつらいよ
小路幸也 原作・脚本 山田洋次 脚本 平松恵美子　家族はつらいよ2
島田律子　私はもう逃げない〈自閉症の弟から教えられたこと〉
辛酸なめ子　女修行
柴崎友香　ドリーマーズ
柴崎友香　パノララ
翔田　寛　誘拐児
白石一文　この胸に深々と突き刺さる矢を抜け (上)(下)
小説現代編 石田衣良他著　10分間の官能小説集
小説現代編 勝目梓他著　10分間の官能小説集2
小説現代編 乾くるみ他著　10分間の官能小説集3
柴村　仁　プシュケの涙
塩田武士　盤上のアルファ
塩田武士　盤上に散る
塩田武士　女神のタクト
塩田武士　ともにがんばりましょう
塩田武士　罪の声
塩田武士　氷の仮面
塩田武士　歪んだ波紋
芝村凉也　孤《こ》闘《とう》の寂《せき》〈素浪人半四郎百鬼夜行(六)〉
芝村凉也　追憶の翰《かん》〈素浪人半四郎百鬼夜行(拾遺)〉
真藤順丈　畦と銃
真藤順丈　宝島 (上)(下)
柴崎竜人　三軒茶屋星座館1〈冬のオリオン〉
柴崎竜人　三軒茶屋星座館2〈夏のキグナス〉
柴崎竜人　三軒茶屋星座館3〈春のカリスト〉
柴崎竜人　三軒茶屋星座館4〈秋のアンドロメダ〉
周木　律　眼球堂の殺人〈～The Book～〉
周木　律　双孔堂の殺人〈～Double Torus～〉
周木　律　五覚堂の殺人〈～Burning Ship～〉
周木　律　伽藍堂の殺人〈～Banach-Tarski Paradox～〉

周木律　教会堂の殺人〈～Game Theory～〉
周木律　鏡面堂の殺人〈～Theory of Relativity～〉
周木律　大聖堂の殺人〈～The Books～〉
下村敦史　闇に香る嘘
下村敦史　生還者
下村敦史　叛《はん》徒《と》
下村敦史　失踪者
下村敦史　緑の窓口〈樹木トラブル解決します〉
九把刀　阿井幸作／泉京鹿 訳　あの頃、君を追いかけた
神護かずみ　ノワールをまとう女
四戸俊成　芹沢政信　神在月のこども
篠原悠希　霊獣紀〈獲麟《かくりん》の書(上)〉
篠原悠希　霊獣紀〈獲麟《かくりん》の書(下)〉
篠原悠希　霊獣紀〈蛟龍《こうりゅう》の書(上)〉
篠原悠希　霊獣紀〈蛟龍《こうりゅう》の書(下)〉
篠原美季　古都妖異譚〈玉手箱～シール オブ ザ ゴッデス～〉
潮谷験　スイッチ〈悪意の実験〉
潮谷験　時空犯
杉本苑子　孤愁の岸(上)(下)
鈴木光司　神々のプロムナード
鈴木英治　大江戸監察医
杉本章子　お狂言師歌吉うきよ暦
杉本章子　大奥二人道成寺〈お狂言師歌吉うきよ暦〉
諏訪哲史　アサッテの人
菅野雪虫　天山の巫女《みこ》ソニン(1)　黄金の燕
菅野雪虫　天山の巫女《みこ》ソニン(2)　海の孔雀
菅野雪虫　天山の巫女《みこ》ソニン(3)　朱鳥《あけがらす》の星
菅野雪虫　天山の巫女《みこ》ソニン(4)　夢の白鷺
菅野雪虫　天山の巫女《みこ》ソニン(5)　大地の翼
菅野雪虫　天山の巫女《みこ》ソニン　巨山《コザン》外伝〈予言の娘〉
菅野雪虫　天山の巫女《みこ》ソニン　江南《カンナム》外伝〈海竜の子〉
鈴木みき　日帰り登山のススメ〈あした、山へ行こう！〉
砂原浩太朗　いのちがけ〈加賀百万石の礎〉
ラトナ・サリ・デヴィ・スカルノ　選ばれる女におなりなさい〈デヴィ夫人の婚活論〉
瀬戸内寂聴　新寂庵説法　愛なくば
瀬戸内寂聴　人が好き［私の履歴書］
瀬戸内寂聴　白道
瀬戸内寂聴　寂聴相談室　人生道しるべ
瀬戸内寂聴　瀬戸内寂聴の源氏物語
瀬戸内寂聴　愛する能力
瀬戸内寂聴　藤壺
瀬戸内寂聴　生きることは愛すること
瀬戸内寂聴　寂聴と読む源氏物語
瀬戸内寂聴　月の輪草子
瀬戸内寂聴　新装版　寂庵説法
瀬戸内寂聴　死に支度
瀬戸内寂聴　新装版　蜜と毒
瀬戸内寂聴　新装版　花《か》怨《えん》
瀬戸内寂聴　新装版　祇園女御《ぎおんにょうご》(上)(下)
瀬戸内寂聴　新装版　かの子撩乱
瀬戸内寂聴　新装版　京まんだら(上)(下)
瀬戸内寂聴　いのち
瀬戸内寂聴　花のいのち
瀬戸内寂聴　ブルーダイヤモンド〈新装版〉
瀬戸内寂聴　97歳の悩み相談
瀬戸内寂聴　すらすら読める源氏物語(上)(中)(下)
瀬戸内寂聴・訳　源氏物語　巻一《まきいち》

瀬戸内寂聴訳　源氏物語　巻二《まきに》
瀬戸内寂聴訳　源氏物語　巻三《まきさん》
瀬戸内寂聴訳　源氏物語　巻四《まきし》
瀬戸内寂聴訳　源氏物語　巻五《まきご》
瀬戸内寂聴訳　源氏物語　巻六《まきろく》
瀬戸内寂聴訳　源氏物語　巻七《まきしち》
瀬戸内寂聴訳　源氏物語　巻八《まきはち》
瀬戸内寂聴訳　源氏物語　巻九《まきく》
瀬戸内寂聴訳　源氏物語　巻十《まきじゅう》
先崎　学　先崎 学の実況！ 盤外戦
妹尾河童　少年H (上)(下)
瀬尾まいこ　幸福な食卓
関原健夫　がん六回 人生全快
瀬川晶司　泣き虫しょったんの奇跡 完全版〈サラリーマンから将棋のプロへ〉
仙川　環《たまき》　幸福の劇薬〈医者探偵・宇賀神晃〉
仙川　環　偽装診療〈医者探偵・宇賀神晃〉
瀬木比呂志　黒い巨塔〈最高裁判所〉
瀬那和章　今日も君は、約束の旅に出る
蘇部健一　六枚のとんかつ
蘇部健一　六とん2
蘇部健一　届かぬ想い
曽根圭介　沈底魚
曽根圭介　藁《わら》にもすがる獣たち
田辺聖子　ひねくれ一茶
田辺聖子　愛の幻滅 (上)(下)
田辺聖子　うたかた
田辺聖子　春情蛸の足
田辺聖子　蝶花嬉遊図
田辺聖子　言い寄る
田辺聖子　私的生活
田辺聖子　苺をつぶしながら
田辺聖子　不機嫌な恋人
田辺聖子　女の日時計
谷川俊太郎訳　和田誠絵　マザー・グース 全四冊
立花　隆　中核VS革マル (上)(下)
立花　隆　日本共産党の研究 全三冊
立花　隆　青春漂流
高杉　良　労働貴族
高杉　良　広報室沈黙す (上)(下)
高杉　良　炎の経営者 (上)(下)
高杉　良　小説 日本興業銀行 全五冊
高杉　良　社長の器
高杉　良　人事権！
高杉　良　その人事に異議あり〈女性広報主任のジレンマ〉
高杉　良　小説消費者金融〈クレジット社会の罠〉
高杉　良　〈小説〉新巨大証券 (上)(下)
高杉　良　局長罷免―小説通産省
高杉　良　首魁《しゅかい》の宴《うたげ》〈政官財腐敗の構図〉
高杉　良　指名解雇
高杉　良　燃ゆるとき
高杉　良　銀行大合併〈短編小説全集(上)〉
高杉　良　エリートの反乱〈短編小説全集(中)〉
高杉　良　金融腐蝕列島 (上)(下)
高杉　良　勇気凜々
高杉　良　混沌《こんとん》 新・金融腐蝕列島 (上)(下)
高杉　良　乱気流 (上)(下)
高杉　良　小説 会社再建

高杉 良 新装版 懲戒解雇
高杉 良 新装版 大逆転！〈小説 三菱・第一銀行合併事件〉
高杉 良 新装版 バンダルの塔
高杉 良 第四権力〈巨大メディアの罪〉
高杉 良 巨大外資銀行
高杉 良 最強の経営者〈アサヒビールを再生させた男〉
高杉 良 リベンジ〈巨大外資銀行〉
高杉 良 新装版 会社蘇生
竹本健治 新装版 匣《はこ》の中の失楽
竹本健治 囲碁殺人事件
竹本健治 将棋殺人事件
竹本健治 トランプ殺人事件
竹本健治 狂い壁 狂い窓
竹本健治 涙《るい》香《こう》迷《めい》宮《きゅう》
竹本健治 新装版 ウロボロスの偽書 (上)(下)
竹本健治 ウロボロスの基礎論 (上)(下)
竹本健治 ウロボロスの純正音律 (上)(下)
高橋源一郎 日本文学盛衰史
高橋源一郎 5と3/4時間目の授業
高橋克彦 写楽殺人事件
高橋克彦 総門谷
高橋克彦 炎《ほむら》立つ 壱 北の埋み火
高橋克彦 炎立つ 弐 燃える北天
高橋克彦 炎立つ 参 空への炎
高橋克彦 炎立つ 四 冥き稲妻
高橋克彦 炎立つ 伍 光彩楽土〈全五巻〉
高橋克彦 火怨〈北の燿星アテルイ〉(上)(下)
高橋克彦 水壁〈アテルイを継ぐ男〉
高橋克彦 天を衝く (1)～(3)
高橋克彦 風の陣 一 立志篇
高橋克彦 風の陣 二 大望篇
高橋克彦 風の陣 三 天命篇
高橋克彦 風の陣 四 風雲篇
高橋克彦 風の陣 五 裂心篇
高樹のぶ子 オライオン飛行
田中芳樹 創竜伝1〈超能力四兄弟《ドラゴン》〉
田中芳樹 創竜伝2〈摩天楼の四兄弟《ドラゴン》〉
田中芳樹 創竜伝3〈逆襲の四兄弟《ドラゴン》〉
田中芳樹 創竜伝4〈四兄弟《ドラゴン》脱出行〉
田中芳樹 創竜伝5〈蜃気楼都市《ミラージュ・シティ》〉
田中芳樹 創竜伝6〈染血の夢《ブラッディ・ドリーム》〉
田中芳樹 創竜伝7〈黄土のドラゴン〉
田中芳樹 創竜伝8〈仙境のドラゴン〉
田中芳樹 創竜伝9〈妖世紀のドラゴン〉
田中芳樹 創竜伝10〈大英帝国最後の日〉
田中芳樹 創竜伝11〈銀月王伝奇〉
田中芳樹 創竜伝12〈竜王風雲録〉
田中芳樹 創竜伝13〈噴火列島〉
田中芳樹 創竜伝14〈月への門〉
田中芳樹 魔天楼〈薬師寺涼子の怪奇事件簿〉
田中芳樹 東京ナイトメア〈薬師寺涼子の怪奇事件簿〉
田中芳樹 巴《パ》里《リ》・妖都変〈薬師寺涼子の怪奇事件簿〉
田中芳樹 クレオパトラの葬送〈薬師寺涼子の怪奇事件簿〉
田中芳樹 黒蜘蛛島《ブラックスパイダー・アイランド》〈薬師寺涼子の怪奇事件簿〉
田中芳樹 夜光曲〈薬師寺涼子の怪奇事件簿〉
田中芳樹 魔境の女王陛下〈薬師寺涼子の怪奇事件簿〉
田中芳樹 海から何かがやってくる〈薬師寺涼子の怪奇事件簿〉

田中芳樹　白魔《びゃくま》のクリスマス〈薬師寺涼子の怪奇事件簿〉
田中芳樹　タイタニア1〈疾風篇〉
田中芳樹　タイタニア2〈暴風篇〉
田中芳樹　タイタニア3〈旋風篇〉
田中芳樹　タイタニア4〈烈風篇〉
田中芳樹　タイタニア5〈凄風篇〉
田中芳樹　ラインの虜囚
田中芳樹　新・水滸後伝(上)(下)
田中芳樹 幸田露伴 原作　運命〈二人の皇帝〉
田中芳樹 土屋守　「イギリス病」のすすめ
田中芳樹 文 皇名月 画　中国帝王図
田中芳樹 赤城毅　中欧怪奇紀行
田中芳樹 編訳　岳飛伝(一)〈青雲篇〉
田中芳樹 編訳　岳飛伝(二)〈烽火篇〉
田中芳樹 編訳　岳飛伝(三)〈風塵篇〉
田中芳樹 編訳　岳飛伝(四)〈悲曲篇〉
田中芳樹 編訳　岳飛伝(五)〈凱歌篇〉
高田文夫　TOKYO芸能帖〈1981年のビートたけし〉
高村薫　李歐《りおう》

高村薫　マークスの山(上)(下)
高村薫　照柿(上)(下)
多和田葉子　犬婿入り
多和田葉子　尼僧とキューピッドの弓
多和田葉子　献灯使
多和田葉子　地球にちりばめられて
高田崇史　QED〈百人一首の呪〉
高田崇史　QED〈六歌仙の暗号〉
高田崇史　QED〈ベイカー街の問題〉
高田崇史　QED〈東照宮の怨〉
高田崇史　QED〈式の密室〉
高田崇史　QED〈竹取伝説〉
高田崇史　QED〈龍馬暗殺〉
高田崇史　QED～ventus～〈鎌倉の闇〉
高田崇史　QED〈鬼の城伝説〉
高田崇史　QED～ventus～〈熊野の残照〉
高田崇史　QED〈神器封殺〉
高田崇史　QED～ventus～〈御霊将門〉
高田崇史　QED～flumen～〈九段坂の春〉

高田崇史　QED〈諏訪の神霊〉
高田崇史　QED〈出雲神伝説〉
高田崇史　QED〈伊勢の曙光《しょこう》〉
高田崇史　QED～flumen～〈ホームズの真実〉
高田崇史　毒草師〈QED Another Story〉
高田崇史　QED〈～flumen～月夜見〉
高田崇史　QED〈～ortus～白山の頻闇〉
高田崇史　QED〈憂曇華《うどんげ》の時〉
高田崇史　試験に出るパズル〈千葉千波の事件日記〉
高田崇史　試験に敗けない密室〈千葉千波の事件日記〉
高田崇史　試験に出ないパズル〈千葉千波の事件日記〉
高田崇史　パズル自由自在〈千葉千波の事件日記〉
高田崇史　麿の酩酊事件簿〈花に舞〉
高田崇史　麿の酩酊事件簿〈月に酔〉
高田崇史　クリスマス緊急指令〈～きよしこの夜、事件は起こる!～〉
高田崇史　カンナ 飛鳥の光臨
高田崇史　カンナ 天草の神兵
高田崇史　カンナ 吉野の暗闘
高田崇史　カンナ 奥州の覇者

高田崇史　カンナ　戸隠の殺皆
高田崇史　カンナ　鎌倉の血陣
高田崇史　カンナ　天満の葬列
高田崇史　カンナ　出雲の顕在
高田崇史　カンナ　京都の霊前
高田崇史　軍神の血脈〈楠木正成秘伝〉
高田崇史　神の時空《とき》　鎌倉の地龍
高田崇史　神の時空　倭《やまと》の水霊
高田崇史　神の時空　貴船の沢鬼
高田崇史　神の時空　三輪《みわ》の山祇《やまつみ》
高田崇史　神の時空　嚴島《いつくしま》の烈風
高田崇史　神の時空　伏見稲荷の轟雷
高田崇史　神の時空　五色不動の猛火
高田崇史　神の時空　京の天命
高田崇史　神の時空　前紀〈女神の功罪〉
高田崇史　鬼棲む国、出雲〈古事記異聞〉
高田崇史　オロチの郷、奥出雲〈古事記異聞〉
高田崇史　京の怨霊、元出雲〈古事記異聞〉
高田崇史　鬼統べる国、大和出雲〈古事記異聞〉

高田崇史　源平の怨霊〈小余綾《こゆるぎ》俊輔の最終講義〉
高田崇史　試験に出ないQED異聞〈高田崇史短編集〉
高田崇史ほか　読んで旅する鎌倉時代
団鬼六　悦楽王〈鬼プロ繁盛記〉
高野和明　13階段
高野和明　グレイヴディッガー
高野和明　6時間後に君は死ぬ
大道珠貴　ショッキングピンク
高木徹　ドキュメント　戦争広告代理店〈情報操作とボスニア紛争〉
田中啓文　件《くだん》〈もの言う牛〉
高嶋哲夫　メルトダウン
高嶋哲夫　命の遺伝子
高嶋哲夫　首都感染
高野秀行　西南シルクロードは密林に消える
高野秀行　アジア未知動物紀行　ベトナム・奄美・アフガニスタン
高野秀行　イスラム飲酒紀行
高野秀行　移民の宴〈日本に移り住んだ外国人の不思議な食生活〉
高野秀行・角幡唯介　地図のない場所で眠りたい
田牧大和　花合せ〈濱次お役者双六〉

田牧大和　質草破り〈濱次お役者双六　二ます目〉
田牧大和　翔ぶ梅〈濱次お役者双六　三ます目〉
田牧大和　半可心中〈濱次お役者双六〉
田牧大和　長屋狂言〈濱次お役者双六〉
田牧大和　錠前破り、銀太
田牧大和　錠前破り、銀太　紅蜆《べにしじみ》
田牧大和　錠前破り、銀太　首魁《しゅかい》
田牧大和　大福三つ巴〈宝来堂うまいもん番付〉
田中慎弥　完全犯罪の恋
高野史緒　カラマーゾフの妹
高野史緒　翼竜館の宝石商人
高野史緒　大天使はミモザの香り
瀧本哲史　僕は君たちに武器を配りたい〈エッセンシャル版〉
竹吉優輔　襲名犯
高田大介　図書館の魔女　第一巻　第二巻
高田大介　図書館の魔女　第三巻　第四巻
高田大介　図書館の魔女　烏《からす》の伝言《つてこと》（上）（下）
大門剛明　完全無罪
大門剛明　死刑評決〈「完全無罪」シリーズ〉

講談社文庫　目録

橘もも 著／沖田×華 原作／安達奈緒子 脚本　小説　透明なゆりかご (上)(下)
橘もも 著／ヤマシタトモコ 原作／相沢友子 脚本　さんかく窓の外側は夜〈映画版ノベライズ〉
橘もも 著／三木聡 脚本　大怪獣のあとしまつ〈映画ノベライズ〉
滝口悠生　高架線
髙山文彦　ふたり〈皇后美智子と石牟礼道子〉
高橋弘希　日曜日の人々
武田綾乃　青い春を数えて
谷口雅美　殿、恐れながらブラックでござる
谷口雅美　殿、恐れながらリモートでござる
武川佑　虎の牙
武内涼　謀聖　尼子経久伝〈青雲の章〉
武内涼　謀聖　尼子経久伝〈風雲の章〉
武内涼　謀聖　尼子経久伝〈瑞雲の章〉
武内涼　謀聖　尼子経久伝〈雷雲の章〉
立松和平　すらすら読める奥の細道
陳舜臣　中国五千年 (上)(下)
陳舜臣　中国の歴史　全七冊
陳舜臣　小説十八史略　全六冊
千早茜　森の家

千野隆司　大店の暖簾《のれん》〈下り酒一番〉
千野隆司　分家の始末〈下り酒一番㈡〉
千野隆司　献上の祝酒〈下り酒一番㈢〉
千野隆司　大《おお》酒《ざけ》の合戦〈下り酒一番㈣〉
千野隆司　銘酒の真贋〈下り酒一番㈤〉
千野隆司　追跡
知野《ちの》みさき　江戸は浅草
知野みさき　江戸は浅草2〈盗人探し〉
知野みさき　江戸は浅草3〈桃と桜〉
知野みさき　江戸は浅草4〈冬青《そよご》灯籠《どうろう》〉
崔《チェ》実《シル》　ジニのパズル
崔実　pray human《プレイ ヒューマン》
筒井康隆　創作の極意と掟
筒井康隆　読書の極意と掟
筒井康隆／ほか12名　名探偵登場！
都筑道夫　なめくじに聞いてみろ〈新装版〉
辻村深月　冷たい校舎の時は止まる (上)(下)
辻村深月　子どもたちは夜と遊ぶ (上)(下)
辻村深月　凍りのくじら

辻村深月　ぼくのメジャースプーン
辻村深月　スロウハイツの神様 (上)(下)
辻村深月　名前探しの放課後 (上)(下)
辻村深月　ロードムービー
辻村深月　ゼロ、ハチ、ゼロ、ナナ。
辻村深月　V．T．R．
辻村深月　光待つ場所へ
辻村深月　ネオカル日和
辻村深月　島はぼくらと
辻村深月　家族シアター
辻村深月　図書室で暮らしたい
辻村深月　噛みあわない会話と、ある過去について
新川直司 漫画／辻村深月 原作　コミック　冷たい校舎の時は止まる (上)(下)
津村記久子　ポトスライムの舟
津村記久子　カソウスキの行方
津村記久子　やりたいことは二度寝だけ
津村記久子　二度寝とは、遠くにありて想うもの
恒川光太郎　竜が最後に帰る場所
月村了衛　神《み》子《こ》上《がみ》典《てん》膳《ぜん》

月村了衛 悪の五輪
辻堂 魁《かい》 落暉《ゆうひ》に燃ゆる〈大岡裁き再吟味〉
辻堂 魁 山桜花〈大岡裁き再吟味〉
フランソワ・デュボワ 太極拳が教えてくれた人生の宝物〈中国・武当山90日間修行の記〉
手塚マキと歌舞伎町ホスト80人 from Smappa! Group ホスト万葉集〈文庫スペシャル〉
土居良一 海翁伝
鳥羽 亮 金貸し権兵衛〈鶴亀横丁の風来坊〉
鳥羽 亮 提《ちょう》灯《ちん》斬り〈鶴亀横丁の風来坊〉
鳥羽 亮 お京危うし〈鶴亀横丁の風来坊〉
鳥羽 亮 狙われた横丁〈鶴亀横丁の風来坊〉
東郷 隆 上田信 絵 【絵解き】雑兵足軽たちの戦い〈歴史・時代小説ファン必携〉
堂場瞬一 八月からの手紙
堂場瞬一 壊れる心〈警視庁犯罪被害者支援課〉
堂場瞬一 邪心〈警視庁犯罪被害者支援課2〉
堂場瞬一 二度泣いた少女〈警視庁犯罪被害者支援課3〉
堂場瞬一 身代わりの空(上)(下)〈警視庁犯罪被害者支援課4〉
堂場瞬一 影の守護者〈警視庁犯罪被害者支援課5〉
堂場瞬一 不信の鎖〈警視庁犯罪被害者支援課6〉
堂場瞬一 空白の家族〈警視庁犯罪被害者支援課7〉

堂場瞬一 チェンジ〈警視庁犯罪被害者支援課8〉
堂場瞬一 誤《あやま》ちの絆〈警視庁総合支援課〉
堂場瞬一 傷
堂場瞬一 埋れた牙
堂場瞬一 Killers(上)(下)
堂場瞬一 虹のふもと
堂場瞬一 ネタ元
堂場瞬一 ピットフォール
堂場瞬一 焦土の刑事
堂場瞬一 動乱の刑事
堂場瞬一 沃野の刑事
土橋章宏 超高速！参勤交代
土橋章宏 超高速！参勤交代 リターンズ
戸谷洋志 Jポップで考える哲学〈自分を問い直すための15曲〉
富樫倫太郎 信長の二十四時間
富樫倫太郎 スカーフェイス〈警視庁特別捜査第三係・淵神律子〉
富樫倫太郎 スカーフェイスII デッドリミット〈警視庁特別捜査第三係・淵神律子〉
富樫倫太郎 スカーフェイスIII ブラッドライン〈警視庁特別捜査第三係・淵神律子〉
富樫倫太郎 スカーフェイスIV デストラップ〈警視庁特別捜査第三係・淵神律子〉

豊田 巧 警視庁鉄道捜査班〈鉄血の警視〉
豊田 巧 警視庁鉄道捜査班〈鉄路の牢獄〉
砥《と》上《がみ》裕《ひろ》將《まさ》 線は、僕を描《えが》く
夏樹静子 新装版 二人の夫をもつ女
中井英夫 新装版 虚無への供物(上)(下)
中村敦夫 狙われた羊
中島らも 僕にはわからない
中島らも 今夜、すべてのバーで〈新装版〉
鳴海 章 フェイスブレイカー
鳴海 章 謀略航路
鳴海 章 全能兵器AiCO《アイコ》
中嶋博行 新装版 検察捜査
中村天風 運命を拓く〈天風瞑想録〉
中村天風 叡智のひびき〈天風哲人 箴言註釈《しんげんちゅうしゃく》〉
中村天風 真理のひびき〈天風哲人 新箴言註釈《しんげんちゅうしゃく》〉
中山康樹 ジョン・レノンから始まるロック名盤
梨屋アリエ でりばりぃAge
梨屋アリエ ピアニッシシモ
中島京子 妻が椎茸だったころ

中島京子ほか 黒い結婚 白い結婚
奈須きのこ 空の境界(上)(中)(下)
中村彰彦 乱世の名将 治世の名臣
長野まゆみ 簞笥のなか
長野まゆみ レモンタルト
長野まゆみ チマチマ記
長野まゆみ 冥途あり
長野まゆみ 45°〈ここだけの話〉
長嶋有 夕子ちゃんの近道
長嶋有 佐渡の三人
長嶋有 もう生まれたくない
永嶋恵美 擬態
永井均 内田かずひろ 絵 子どものための哲学対話
なかにし礼 戦場のニーナ
なかにし礼 生きる力〈心でがんに克《か》つ〉
なかにし礼 夜の歌(上)(下)
中村文則 最後の命
中村文則 悪と仮面のルール
編／解説 中田整一 真珠湾攻撃総隊長の回想〈淵田美津雄自叙伝〉
中田整一 四月七日の桜〈戦艦「大和」と伊藤整一の最期〉
中村江里子 女四世代、ひとつ屋根の下
中野美代子 カスティリオーネの庭
中野孝次 すらすら読める方丈記
中野孝次 すらすら読める徒然草
中山七里 贖罪の奏鳴曲《ソナタ》
中山七里 追憶の夜想曲《ノクターン》
中山七里 恩讐の鎮魂曲《レクイエム》
中山七里 悪徳の輪舞曲《ロンド》
中山七里 復讐の協奏曲《コンチェルト》
長島有里枝 背中の記憶
長浦京 赤《セキ》刃《ジン》
長浦京 リボルバー・リリー
中脇初枝 世界の果てのこどもたち
中脇初枝 神の島のこどもたち
中村ふみ 天空の翼 地上の星
中村ふみ 砂の城 風の姫
中村ふみ 月の都 海の果て
中村ふみ 雪の王 光の剣
中村ふみ 永遠《とわ》の旅人 天地の理《ことわり》
中村ふみ 大地の宝玉 黒翼《こくよく》の夢
中村ふみ 異邦の使者 南天の神々
夏原エヰジ Ｃｏｃｏｏｎ〈修羅の目覚め〉
夏原エヰジ Ｃｏｃｏｏｎ２〈蠱惑の焰〉
夏原エヰジ Ｃｏｃｏｏｎ３〈幽世の祈り〉
夏原エヰジ Ｃｏｃｏｏｎ４〈宿縁の大樹〉
夏原エヰジ Ｃｏｃｏｏｎ５〈瑠璃の浄土〉
夏原エヰジ 連理の宝〈Ｃｏｃｏｏｎ外伝〉
夏原エヰジ Ｃｏｃｏｏｎ〈京都・不死篇—蠢《しゅん》—〉
夏原エヰジ Ｃｏｃｏｏｎ〈京都・不死篇2—疼《とう》—〉
夏原エヰジ Ｃｏｃｏｏｎ〈京都・不死篇3—愁《しゅう》—〉
夏原エヰジ Ｃｏｃｏｏｎ〈京都・不死篇4—嗄《か》—〉
長岡弘樹 夏の終わりの時間割
西村京太郎 華麗なる誘拐
西村京太郎 寝台特急「日本海」《メモリー・トレイン》殺人事件
西村京太郎 十津川警部 帰郷・会津若松
西村京太郎 特急「あずさ」《アリバイ・トレイン》殺人事件
西村京太郎 十津川警部の怒り

西村京太郎 宗谷本線殺人事件
西村京太郎 奥能登に吹く殺意の風
西村京太郎 特急「北斗1号《スーサイド・トレイン》」殺人事件
西村京太郎 十津川警部 湖北の幻想
西村京太郎 九州特急「ソニックにちりん」殺人事件
西村京太郎 東京・松島殺人ルート
西村京太郎 新装版 殺しの双曲線
西村京太郎 新装版 名探偵に乾杯
西村京太郎 南伊豆殺人事件
西村京太郎 十津川警部 青い国から来た殺人者
西村京太郎 新装版 天使の傷痕
西村京太郎 新装版 D機関情報
西村京太郎 十津川警部 猫と死体はタンゴ鉄道に乗って
西村京太郎 韓国新幹線を追え
西村京太郎 北リアス線の天使
西村京太郎 十津川警部 長野新幹線の奇妙な犯罪
西村京太郎 上野駅殺人事件
西村京太郎 京都駅殺人事件
西村京太郎 沖縄から愛をこめて
西村京太郎 十津川警部「幻覚」
西村京太郎 函館駅殺人事件
西村京太郎 内房線の猫たち〈異説里見八犬伝〉
西村京太郎 東京駅殺人事件
西村京太郎 長崎駅《ナガサキ・レディ》殺人事件
西村京太郎 十津川警部 愛と絶望の台湾新幹線
西村京太郎 西鹿児島駅殺人事件
西村京太郎 札幌駅殺人事件
西村京太郎 十津川警部 山手線の恋人
西村京太郎 仙台駅殺人事件
西村京太郎 七人の証人〈新装版〉
西村京太郎 十津川警部 西国駅3番ホームの怪談
西村京太郎 午後の脅迫者〈新装版〉
西村京太郎 びわ湖環状線に死す
仁木悦子 猫は知っていた〈新装版〉
新田次郎 新装版 聖職の碑《いしぶみ》
日本文芸家協会編 愛染夢灯籠〈時代小説傑作選〉
日本推理作家協会編 犯人たちの部屋〈ミステリー傑作選〉
日本推理作家協会編 隠された鍵〈ミステリー傑作選〉
日本推理作家協会編 Play《プレイ》推理遊戯〈ミステリー傑作選〉
日本推理作家協会編 Doubt《ダウト》きりのない疑惑〈ミステリー傑作選〉
日本推理作家協会編 Bluff《ブラフ》騙し合いの夜〈ミステリー傑作選〉
日本推理作家協会編 ベスト8ミステリーズ2015
日本推理作家協会編 ベスト6ミステリーズ2016
日本推理作家協会編 ベスト8ミステリーズ2017
日本推理作家協会編 2019ザ・ベストミステリーズ
二階堂黎人 ラン迷宮〈二階堂蘭子探偵集〉
二階堂黎人 増加博士の事件簿
二階堂黎人 巨大幽霊マンモス事件
新美敬子 猫のハローワーク
新美敬子 猫のハローワーク2
新美敬子 世界のまどねこ
西澤保彦 新装版 七回死んだ男
西澤保彦 人格転移の殺人
西村健 ビンゴ
西村健 地の底のヤマ(上)(下)
西村健 光陰の刃《やいば》(上)(下)
西村健 目撃

楡 周平 修羅の宴 (上)(下)
楡 周平 バ ル ス
楡 周平 サリエルの命題
西尾維新 クビキリサイクル〈青色サヴァンと戯言遣い〉
西尾維新 クビシメロマンチスト〈人間失格・零崎人識〉
西尾維新 クビツリハイスクール〈戯言遣いの弟子〉
西尾維新 サイコロジカル (上)〈兎吊木垓輔の戯言殺し〉／(下)〈曳かれ者の小唄〉
西尾維新 ヒトクイマジカル〈殺戮奇術の匂宮兄妹〉
西尾維新 ネコソギラジカル (上)〈十三階段〉
西尾維新 ネコソギラジカル (中)〈赤き征裁 vs. 橙なる種〉
西尾維新 ネコソギラジカル (下)〈青色サヴァンと戯言遣い〉
西尾維新 ダブルダウン勘繰郎 トリプルプレイ助悪郎
西尾維新 零崎双識の人間試験
西尾維新 零崎軋識《ぜろざききししき》の人間ノック
西尾維新 零崎曲識の人間人間
西尾維新 零崎人識の人間関係 匂宮出夢との関係
西尾維新 零崎人識の人間関係 無桐伊織との関係
西尾維新 零崎人識の人間関係 零崎双識との関係
西尾維新 零崎人識の人間関係 戯言遣いとの関係
西尾維新 xxxHOLiC アナザーホリック ランドルト環《かん》エアロゾル
西尾維新 難 民 探 偵
西尾維新 少 女 不 十 分
西尾維新 本 題〈西尾維新対談集〉
西尾維新 掟上今日子《おきてがみきょうこ》の備忘録
西尾維新 掟上今日子の推薦文
西尾維新 掟上今日子の挑戦状
西尾維新 掟上今日子の遺言書
西尾維新 掟上今日子の退職願
西尾維新 掟上今日子の婚姻届
西尾維新 掟上今日子の家計簿
西尾維新 掟上今日子の旅行記
西尾維新 新本格魔法少女りすか
西尾維新 新本格魔法少女りすか2
西尾維新 新本格魔法少女りすか3
西尾維新 新本格魔法少女りすか4
西尾維新 人類最強の初恋
西尾維新 人類最強の純愛
西尾維新 人類最強のときめき
西尾維新 人類最強の sweetheart
西尾維新 り ぽ ぐ ら！
西尾維新 悲 鳴 伝
西尾維新 悲 痛 伝
西尾維新 悲 惨 伝
西村賢太 どうで死ぬ身の一踊り
西村賢太 夢 魔 去 り ぬ
西村賢太 藤澤清造追影
西村賢太 瓦 礫 の 死 角
西川善文 ザ・ラストバンカー〈西川善文回顧録〉
西川 司 向日葵《ひまわり》のかっちゃん
西 加奈子 舞 台
丹羽宇一郎 民主化する中国〈習近平がいま本当に考えていること〉
貫井徳郎 新装版 修羅の終わり (上)(下)
貫井徳郎 妖 奇 切 断 譜
額賀 澪 完 パ ケ！
A・ネルソン「ネルソンさん、あなたは人を殺しましたか？」
法月綸太郎 法月綸太郎の冒険
法月綸太郎 新装版 密 閉 教 室

法月綸太郎　怪盗グリフィン、絶体絶命
法月綸太郎　怪盗グリフィン対ラトウィッジ機関
法月綸太郎　キングを探せ
法月綸太郎　名探偵傑作短篇集　法月綸太郎篇
法月綸太郎　新装版 頼子のために
法月綸太郎　誰《たそ》彼《がれ》〈新装版〉
法月綸太郎　法月綸太郎の消息
法月綸太郎　雪密室〈新装版〉
乃南アサ　不発弾
乃南アサ　地のはてから(上)(下)
乃南アサ　チーム・オベリベリ(上)(下)
野沢尚　破線のマリス
野沢尚　深紅
野村克也／宮本慎也　師弟
乗《のり》代《しろ》雄《ゆう》介《すけ》　十《じゅう》七《しち》八《はち》より
乗代雄介　本物の読書家
乗代雄介　最高の任務
橋本治　九十八歳になった私
原田泰治　わたしの信州
原田泰治／原田武雄　泰治が歩く〈原田泰治の物語〉
林真理子　みんなの秘密
林真理子　ミスキャスト
林真理子　ミルキー
林真理子　新装版 星に願いを
林真理子　野心と美貌〈中年心得帳〉
林真理子　正妻〈慶喜と美賀子〉(上)(下)
林真理子　大《おお》原《はら》御《ご》幸《こう》〈帯に生きた家族の物語〉
林真理子　さくら、さくら〈おとなが恋して〉〈新装版〉
林真理子／見城徹　過剰な二人
原田宗典　スメル男〈新装版〉
帚木蓬生　日御子(上)(下)
帚木蓬生　襲来(上)(下)
坂東眞砂子　欲情
畑村洋太郎　失敗学のすすめ
畑村洋太郎　失敗学実践講義〈文庫増補版〉
はやみねかおる　都《ま》会《ち》のトム&ソーヤ(1)
はやみねかおる　都《ま》会《ち》のトム&ソーヤ(2)〈乱！　RUN！　ラン！〉
はやみねかおる　都《ま》会《ち》のトム&ソーヤ(3)〈いつになったら作《ミッ》戦《ション》終了？〉
はやみねかおる　都《ま》会《ち》のトム&ソーヤ(4)〈四重奏《カルテット》〉
はやみねかおる　都《ま》会《ち》のトム&ソーヤ(5)〈I《イ》N《ン》塀戸《VADE》〉(上)(下)
はやみねかおる　都《ま》会《ち》のトム&ソーヤ(6)〈ぼくの家へおいで〉
はやみねかおる　都《ま》会《ち》のトム&ソーヤ(7)〈怪人は夢に舞う〈理論編〉〉
はやみねかおる　都《ま》会《ち》のトム&ソーヤ(8)〈怪人は夢に舞う〈実践編〉〉
はやみねかおる　都《ま》会《ち》のトム&ソーヤ(9)〈前夜祭《イブ》　内人《ないと》side〉
はやみねかおる　都《ま》会《ち》のトム&ソーヤ(10)〈前夜祭《イブ》　創也《そうや》side〉
原武史　滝山コミューン一九七四
濱嘉之　警視庁情報官〈シークレット・オフィサー〉
濱嘉之　警視庁情報官　ハニートラップ
濱嘉之　警視庁情報官　トリックスター
濱嘉之　警視庁情報官　ブラックドナー
濱嘉之　警視庁情報官　サイバージハード
濱嘉之　警視庁情報官　ゴーストマネー
濱嘉之　警視庁情報官　ノースブリザード
濱嘉之　ヒトイチ　警視庁人事一課監察係
濱嘉之　ヒトイチ　画像解析〈警視庁人事一課監察係〉
濱嘉之　ヒトイチ　内部告発〈警視庁人事一課監察係〉
濱嘉之　新装版 院内刑事《デカ》

講談社文庫　目録

濱　嘉之　新装版院内刑事〈ブラック・メディスン〉
濱　嘉之　院内刑事〈フェイク・レセプト〉
濱　嘉之　院内刑事　ザ・パンデミック
濱　嘉之　院内刑事　シャドウ・ペイシェンツ
濱　嘉之　プライド　警官の宿命
馳　星周　ラフ・アンド・タフ
畠中　恵　アイスクリン強し
畠中　恵　若様組まいる
畠中　恵　若様とロマン
葉室　麟　風渡る
葉室　麟　風の軍師〈黒田官兵衛〉
葉室　麟　星火瞬く
葉室　麟　陽《かげ》炎《ろう》の門
葉室　麟　紫匂う
葉室　麟　山月庵茶会記
葉室　麟　津軽双花
長谷川　卓　嶽《がく》神《じん》〈上・白銀《しろがね》渡り〉〈下・湖底の黄金〉
長谷川　卓　嶽神伝《がくじんでん》　鬼哭《きこく》(上)(下)
長谷川　卓　嶽神列伝　逆渡《さかわた》り
長谷川　卓　嶽《がく》神《じん》伝《でん》　血路
長谷川　卓　嶽《がく》神《じん》伝《でん》　死地
長谷川　卓　嶽神伝　風花(上)(下)
原田マハ　夏を喪くす
原田マハ　風のマジム
原田マハ　あなたは、誰かの大切な人
畑野智美　海の見える街
畑野智美　南部芸能事務所 season5 コンビ
早見和真　東京ドーン
はあちゅう　半径5メートルの野望
はあちゅう　通りすがりのあなた
早坂　吝《やぶさか》　○○○○○○○○殺人事件
早坂　吝　虹の歯ブラシ〈上木《かみき》らいち発散〉
早坂　吝　誰も僕を裁けない
早坂　吝　双蛇《そうじゃ》密室
浜口倫太郎　22年目の告白〈―私が殺人犯です―〉
浜口倫太郎　廃校先生
浜口倫太郎　AI崩壊
原田伊織　明治維新という過ち〈日本を滅ぼした吉田松陰と長州テロリスト〉
原田伊織　列強の侵略を防いだ幕臣たち〈続・明治維新という過ち〉
原田伊織　虚像の西郷隆盛　虚構の明治150年〈明治維新という過ち・完結編〉
原田伊織　三流の維新　一流の江戸〈明治は「徳川近代」の模倣に過ぎない〉
葉真中《はまなか》　顕《あき》　ブラック・ドッグ
原　雄一　宿命〈國松警察庁長官を狙撃した男・捜査完結〉
濱野京子　with　you《ウィズユー》
橋爪駿輝　スクロール
平岩弓枝　花嫁の日
平岩弓枝　はやぶさ新八御用旅(一)〈東海道五十三次〉
平岩弓枝　はやぶさ新八御用旅(二)〈中仙道六十九次〉
平岩弓枝　はやぶさ新八御用旅(三)〈日光例幣使道の殺人〉
平岩弓枝　はやぶさ新八御用旅(四)〈北前船の事件〉
平岩弓枝　はやぶさ新八御用旅(五)〈諏訪の妖狐〉
平岩弓枝　はやぶさ新八御用旅(六)〈紅花染め秘帳〉
平岩弓枝　新装版はやぶさ新八御用帳(一)〈大奥の恋人〉
平岩弓枝　新装版はやぶさ新八御用帳(二)〈江戸の海賊〉
平岩弓枝　新装版はやぶさ新八御用帳(三)〈又右衛門の女房〉
平岩弓枝　新装版はやぶさ新八御用帳(四)〈鬼勘の娘〉
平岩弓枝　新装版はやぶさ新八御用帳(五)〈御守殿おたき〉

平岩弓枝 新装版はやぶさ新八御用帳(六)〈春月の雛〉
平岩弓枝 新装版はやぶさ新八御用帳(七)〈寒椿の寺〉
平岩弓枝 新装版はやぶさ新八御用帳(八)〈春怨 根津権現〉
平岩弓枝 新装版はやぶさ新八御用帳(九)〈王子稲荷の女〉
平岩弓枝 新装版はやぶさ新八御用帳(十)〈幽霊屋敷の女〉
東野圭吾 放課後
東野圭吾 卒業
東野圭吾 学生街の殺人
東野圭吾 魔球
東野圭吾 十字屋敷のピエロ
東野圭吾 眠りの森
東野圭吾 宿命
東野圭吾 変身
東野圭吾 仮面山荘殺人事件
東野圭吾 天使の耳
東野圭吾 ある閉ざされた雪の山荘で
東野圭吾 同級生
東野圭吾 名探偵の呪縛
東野圭吾 むかし僕が死んだ家
東野圭吾 虹を操る少年
東野圭吾 パラレルワールド・ラブストーリー
東野圭吾 天空の蜂
東野圭吾 どちらかが彼女を殺した
東野圭吾 名探偵の掟
東野圭吾 悪意
東野圭吾 私が彼を殺した
東野圭吾 嘘をもうひとつだけ
東野圭吾 赤い指
東野圭吾 流星の絆
東野圭吾 新装版 浪花少年探偵団
東野圭吾 新装版 しのぶセンセにサヨナラ
東野圭吾 新参者
東野圭吾 麒麟の翼
東野圭吾 パラドックス13
東野圭吾 祈りの幕が下りる時
東野圭吾 危険なビーナス
東野圭吾 時《トキ》生《オ》〈新装版〉
東野圭吾 希望の糸
東野圭吾作家生活25周年祭り実行委員会 東野圭吾公式ガイド〈読者1万人が選んだ東野作品人気ランキング発表〉
東野圭吾作家生活35周年実行委員会 編 東野圭吾公式ガイド〈作家生活35周年ver.〉
平野啓一郎 高瀬川
平野啓一郎 ドーン
平野啓一郎 空白を満たしなさい(上)(下)
百田尚樹 永遠の0《ゼロ》
百田尚樹 輝く夜
百田尚樹 風の中のマリア
百田尚樹 影法師
百田尚樹 ボックス！(上)(下)
百田尚樹 海賊とよばれた男(上)(下)
平田オリザ 幕が上がる
東直子 さようなら窓
蛭田亜紗子 凜
樋口卓治 ボクの妻と結婚してください。
樋口卓治 続・ボクの妻と結婚してください。
樋口卓治 喋る男
平山夢明 魂《たま》豆《どう》腐《ふ》〈大江戸怪談どたんばたん(土壇場譚)〉
平山夢明 宇佐美まこと ほか 超怖い物件

講談社文庫　目録

東川篤哉　純喫茶「一服堂」の四季
東山彰良　流《りゅう》
東山彰良　女の子のことばかり考えていたら、1年が経っていた。
平田研也　小さな恋のうた
日野　草　ウエディング・マン
平岡陽明　僕が死ぬまでにしたいこと
ビートたけし　浅草キッド
ひろさちや　すらすら読める歎異抄《たんにしょう》
藤沢周平　新装版 春秋の檻〈獄医立花登手控え㈠〉
藤沢周平　新装版 風雪の檻〈獄医立花登手控え㈡〉
藤沢周平　新装版 愛憎の檻〈獄医立花登手控え㈢〉
藤沢周平　新装版 人間の檻〈獄医立花登手控え㈣〉
藤沢周平　新装版 闇の歯車
藤沢周平　新装版 市塵(上)(下)
藤沢周平　新装版 決闘の辻
藤沢周平　新装版 雪明かり
藤沢周平　義民が駆ける〈レジェンド歴史時代小説〉
藤沢周平　喜多川歌麿女絵草紙
藤沢周平　闇の梯子
藤沢周平　長門守の陰謀
古井由吉　この道
藤田宜永　樹下の想い
藤田宜永　女系の総督
藤田宜永　女系の教科書
藤田宜永　血の弔旗
藤田宜永　大雪物語
藤　水名子　紅嵐記(上)(中)(下)
藤原伊織　テロリストのパラソル
藤本ひとみ　新・三銃士 少年編・青年編〈ダルタニャンとミラディ〉
藤本ひとみ　皇妃エリザベート
藤本ひとみ　失楽園のイヴ
藤本ひとみ　密室を開ける手
福井晴敏　亡国のイージス(上)(下)
福井晴敏　終戦のローレライ Ⅰ～Ⅳ
藤原緋沙子　遠花火〈見届け人秋月伊織事件帖〉
藤原緋沙子　春《はる》疾風《はやて》〈見届け人秋月伊織事件帖〉
藤原緋沙子　暖《ぬくめ》鳥《どり》〈見届け人秋月伊織事件帖〉
藤原緋沙子　霧の路《みち》〈見届け人秋月伊織事件帖〉
藤原緋沙子　鳴《なる》子《こ》守《もり》〈見届け人秋月伊織事件帖〉
藤原緋沙子　夏ほたる〈見届け人秋月伊織事件帖〉
藤原緋沙子　笛吹川〈見届け人秋月伊織事件帖〉
藤原緋沙子　青《せい》嵐《らん》〈見届け人秋月伊織事件帖〉
椹野道流　亡羊の嘆〈鬼籍通覧〉
椹野道流　新装版 暁天の星〈鬼籍通覧〉
椹野道流　新装版 無《む》明《みょう》の闇〈鬼籍通覧〉
椹野道流　新装版 壺《こ》中《ちゅう》の天〈鬼籍通覧〉
椹野道流　新装版 隻《せき》手《しゅ》の声〈鬼籍通覧〉
椹野道流　新装版 禅《ぜん》定《じょう》の弓〈鬼籍通覧〉
椹野道流　池《ち》魚《ぎょ》の殃《わざわい》〈鬼籍通覧〉
椹野道流　南《なん》柯《か》の夢〈鬼籍通覧〉
深水黎一郎　ミステリー・アリーナ
藤谷　治　花や今宵の
古市憲寿　働き方は「自分」で決める
船瀬俊介　かんたん「1日1食」!!〈万病が治る！ 20歳若返る！〉
藤野可織　ピエタとトランジ
古野まほろ　身元不明《ジェーン・ドゥ》〈特殊殺人対策官 箱崎ひかり〉
古野まほろ　陰陽少女

2023年 3 月 15 日現在